dtv

Die lieben Verwandten, Freunde und Bekannten sind sich ja meistens einig: Ein runder Geburtstag muss groß gefeiert werden! Doch allein beim Gedanken daran verspürt so manch ein Geburtstagskind den starken Drang zur Flucht. Sei es nun der Widerwille gegen peinliche Geburtstagsreden, Witze übers Alter oder Präsentkörbe mit Blut- und Leberwurst, die Angst vor ungebetenen Gästen oder die eigene Verzweiflung, dass einen wieder mal die Null ereilt: Es gibt zig Gründe, warum man um den Wechsel in ein neues Lebensjahrzehnt kein großes Tamtam machen sollte.

Eigens für diese Anthologie haben achtzehn hochkarätige dtv-Autoren nun ihrer Fantasie freien Lauf gelassen und sich einiges zum 30., 40., 50., 60., 70., 80. und 90. Geburtstag einfallen lassen. Ihre hier versammelten schrägen, witzigen, bösen, skurrilen und nachdenklichen Geschichten bieten allen Geburtstagsmuffeln eine charmante literarische Ausrede – oder helfen ihnen dabei, die Hürde entspannt zu nehmen.

WARUM MAN
NIE
RUNDE
GEBURTSTAGE
FEIERN
SOLLTE

Herausgegeben von
Silvia Schmid

Deutscher Taschenbuch Verlag

Ausführliche Informationen über
unsere Autoren und Bücher
finden Sie auf unserer Website
www.dtv.de

Originalausgabe 2011
© 2011 Deutscher Taschenbuch Verlag GmbH & Co. KG,
München
Umschlagkonzept: Balk & Brumshagen
Umschlagbild: LOOK-foto/age fotostock
Satz: Greiner & Reichel, Köln
Gesetzt aus der Sabon 9,5/13· und der Helvetica Rounded
Druck und Bindung: Druckerei C. H. Beck, Nördlingen
Gedruckt auf säurefreiem, chlorfrei gebleichtem Papier
Printed in Germany · ISBN 978-3-423-21333-2

Inhalt

ROLF LAPPERT

Die ungefeierten Geburtstage des Moritz Eckstein
Eine Posse in neun Runden

Der erste Runde

Sein zehnter Geburtstag sollte dem einzigen Erben der Firma Eckstein-Farben und Lacke unauslöschlich in Erinnerung bleiben. Eine der Scheunen auf Gut Eidersdorf war mit viel Aufwand zum Festsaal umfunktioniert worden. Der Junge begeisterte sich für Astronomie, und so hingen zahllose Lampions in Form von Planeten im Dachgebälk. Dreihundert geladene Gäste kamen, um zu gratulieren, darunter Adlige, Politiker, hohe Beamte und Künstler. Die Sopranistin Karolina Södermann sang das Geburtstagslied, aus einem Heißluftballon schwebten handkolorierte Papierschmetterlinge herab. Es muss beim Ausblasen der Kerzen passiert sein. Oder einer der Planeten fing Feuer, vielleicht Saturn. Menschen kamen bei dem Brand nicht zu Schaden, die Tiere konnten ins Freie getrieben werden, bevor die Ställe ein Raub der Flammen wurden. Die beiden zahmen Kraniche, Wappentiere der Ecksteins, stiegen mit dem Funkenflug in den Nachthimmel und kehrten nie zurück. Das Gutshaus mit seinen dreißig Zimmern brannte die ganze Nacht und glühte noch in der Morgendämmerung.

Der zweite Runde

Am Morgen seines zwanzigsten Geburtstages saß Moritz Eckstein im Garten und las Zeitung. Vogelgezwitscher und

Kuchenduft hingen über der reetgedeckten Villa, die Augustsonne wärmte sein frisch rasiertes Gesicht. Auf der Wiese hinter dem Haus wurde das Festzelt aufgebaut, das Schlagen der Hämmer vermischte sich mit den Klängen des Orchesters, das im Pavillon seinen Auftritt probte. Friedhelm und Hermine Eckstein kamen gerade vom Tennisplatz und setzten sich zu ihrem Sprössling, als einer der Zeltpfähle auf den Zünder einer Fliegerbombe traf. Die Detonation machte das Anwesen dem Erdboden gleich. Drei Arbeiter und zwei Dienstboten kamen ums Leben, dem Flötisten zerriss es die Trommelfelle. Die beiden Jungkraniche in ihrem Käfig erholten sich nicht von dem Schock und starben in der ersten Septemberwoche.

Der dritte Runde

Die Offiziere versammelten sich im vordersten Wagen, um den Dreißigsten ihres Kameraden zu feiern. Sie hängten Fahnen vor die Fenster und Beutekunst an die Wände. Moritz Eckstein lag betrunken in seinem Abteil und träumte vom Ende des Krieges. Sie weckten ihn mit Champagner und Gänsestopfleber. Als er die Augen öffnete, sprang der Zug aus den verbogenen Gleisen. Die Résistance ließ ihn am Leben, weil er Geburtstag hatte. Später am Tag, halbnackt über ein nebliges Feld humpelnd, glaubte er Kraniche zu sehen. Es waren jedoch nur gewöhnliche Fischreiher.

Der vierte Runde

Sein vierzigster Geburtstag war gleichzeitig der erste seiner Firma. Die Belegschaft der EFALA GmbH, eine Sekretärin und acht Arbeiter, dekorierte bereits am Vorabend das winzige Büro. Man verehrte den Direktor, er gab einem in schwerer Zeit Arbeit. Die beiden Kraniche mit den gekreuzten Hälsen, die jeden Farbtopf zierten, schnitt man aus buntem Papier und hängte sie zwischen die Girlanden, Luftschlangen und Ballons. Früh am Morgen des Jubeltages wurden Chemikalien für die Farbherstellung geliefert, die man nicht bestellt hatte. Man rief den Chef zu Hause an, doch er war unterwegs. Beim Einbiegen auf das Firmengrundstück sah er den Lastwagen in einem Feuerball verglühen. Die Druckwelle der Explosion fegte Staub vor sich her, schleuderte Trümmer übers Gelände und ließ Scheiben platzen und Träume. Eine Rauchsäule wuchs in den Himmel. Moritz Eckstein staunte über einen gelben Luftballon, bevor er in Tränen ausbrach.

Der fünfte Runde

Das halbe Jahrhundert wollte er auf dem Wasser begehen. Die Segeljacht »Kranich« schipperte in der Morgendämmerung vor Borkum und hielt Kurs auf Wangerooge, wo man nachmittags in Küstennähe zu ankern und zu feiern gedachte. Seine Frau Hilde, mit der er seit vier Jahren verheiratet war, hatte an Land einen Kuchen gebacken und aus Marzipan die Zahl 50 geformt. Kerzen an Bord hatte der Jubilar untersagt. Auch verbat er sich einen Aufmarsch von Gästen und Gratulanten. Dennoch hielt er argwöhnisch nach anderen Schiffen Ausschau. Die Kollision fand kurz nach elf statt und riss ein medizinballgroßes Loch in die Bugwand. Später war von einem Pottwal die Rede. Den Untergang der »Kranich« verfolgten sie von dem Schlauchboot aus, das sie für Landgänge benutzten. Möwen umkreisten sie. Er drohte ihnen mit der Faust, bereit, den Kuchen bis zum letzten Atemzug zu verteidigen.

Der sechste Runde

Der Garten hinter dem Ferienhaus in Cape Coral bot Platz für hundert Menschen, aber Einladungen waren nur sechzig verschickt worden. Für jedes Lebensjahr ein Gast, so wollte es das Geburtstagskind. Das Partyunternehmen hatte hervorragende Arbeit geleistet: mexikanische Kapelle, Artisten, Eisskulpturen in Kranichform. Der Gästeschar fehlten die Worte. Dass die Unwetterfront, Randerscheinung eines namenlosen Wirbelsturms vor den Bahamas, so schnell die Richtung wechseln und über die Region hereinbrechen würde, konnte niemand ahnen. Was vom Regen nicht zu Boden gedrückt wurde, flog davon. Moritz Eckstein hielt sich an einer Palme fest und blickte einer vom Wind in den grauen Himmel gezerrten Seidentischdecke nach. Hilde behauptete später, er habe hysterisch gelacht.

Der siebte Runde

Monika, seine zweite Ehefrau, organisierte das Fest ohne sein Wissen. Er dachte an ein Abendessen zu zweit, als er das Restaurant betrat, und wunderte sich, dass es leer war. Monika erwartete ihn, und während ihr Gesicht erstrahlte, erloschen die Deckenlampen. Er ahnte nichts Gutes, aber um die Flucht zu ergreifen war es zu spät. Mit dem Licht überschwemmten Menschen den Raum. Verwandte, Freunde, Geschäftspartner tauchten wie aus dem Nichts auf, ›Happy Birthday‹ singend und Konfetti werfend. Gefühle der Ergriffenheit und Liebe dämpften seine Panik. Nach dem Verebben der Gratulationsflut hielt der Vorstandsvorsitzende der EFALA AG eine bewegende Rede. Monika sang ›Das Lied der Kraniche‹, auf der Gitarre begleitet von einer Auszubildenden im dritten Lehrjahr. Kaum waren die letzten Akkorde verklungen, ertönten in der Küche drei

Schüsse. Dann bestimmte nicht mehr Monika den weiteren Verlauf des Abends, sondern ein dicker unrasierter Mann. Betrunken und mit einer Pistole herumfuchtelnd, erzählte er von seiner fristlosen Entlassung, seiner verletzten Ehre und von Gerechtigkeit. Er bedauerte, die Festgesellschaft als Geiseln nehmen zu müssen, um seine Wiedereinstellung als Koch zu erzwingen. Er trank Champagner aus der Flasche und aß beide Schokoladenkraniche von der Geburtstagstorte. Sieben Stunden später starb er durch die Kugel eines Scharfschützen des Sondereinsatzkommandos. Mehr als die Hälfte der Gäste benötigte psychologische Betreuung. Moritz Eckstein war nicht unter ihnen.

Der achte Runde

Einen Bunker zu finden, den man für private Anlässe mieten konnte, war nicht einfach. Seine Sekretärin hatte erst im Osten Glück. Der Raum, fünf Meter unter dem Boden und von zwei Meter dicken Stahlbetonwänden geschützt, hatte keine Fenster und roch nach Schimmel. Moritz Eckstein zeigte sich dennoch zufrieden. Er orderte Kühlboxen für Speisen und Getränke, einen Klapptisch, zwei bequeme Sessel und eine Musikanlage. Seine dritte Frau Elisabeth ging schon am Vormittag in den Bunker, hängte farbige Tücher an die kahlen Wände und bedeckte den Boden mit Teppichen. Sie stellte eine Vase mit Blumen auf den Tisch und versprühte etwas Raumduft. Dann wartete sie auf ihren Mann. Er war ein guter Autofahrer. Erst im Frühjahr hatte er den medizinischen Test bestanden. Doch ein Reh auf der Straße überforderte selbst den geübtesten Lenker. Der Jaguar schoss eine Böschung hoch, wurde in die Luft gehoben, drehte sich zweimal und kam krachend auf dem Dach zu liegen. Das Letzte, was Moritz Eckstein sah, bevor er das Bewusstsein verlor, war der pendelnde Holzkranich am Rückspiegel.

Der neunte Runde

In der Absicht, eine erneute Katastrophe zu vermeiden, schluckte Moritz Eckstein am Vorabend seines neunzigsten Geburtstages Schlaftabletten. Dabei vertat er sich in der Dosierung und wachte am nächsten Morgen nicht mehr auf. Seine dreißig Jahre jüngere Witwe Silvia war untröstlich, hatte sie doch im Geheimen ein rauschendes Fest geplant. Immerhin war der Grabstein fertig, den sie kurz nach der Heirat in Auftrag gegeben hatte. Nur die Todesdaten mussten noch in den freien Platz unter den beiden Kranichen gemeißelt werden. Die Beerdigung fand im engsten Familienkreis und ohne Zwischenfälle statt.

Elisa Albert

Es gibt Schlimmeres als Älterwerden

Mein Bruder starb kurz vor seinem dreißigsten Geburtstag.

Neunundzwanzig, das ist kein Alter – doch auf mich wirkte er schon unheimlich erwachsen mit seinem Job, seiner festen Freundin und seiner eigenen Wohnung. Ich hingegen war gerade mal zwanzig, im dritten Collegejahr und immer noch Jungfrau. Jung und dumm, wie ich war, warf mich sein Tod komplett aus der Bahn. Und machte mich zu einem dieser Menschen, denen es schwerfällt, die Vergangenheit hinter sich zu lassen. Aber vielleicht ist das ja normal, wenn man früh jemanden verliert, der einem nahesteht.

Manchmal höre ich meine Mitmenschen über ihr Alter stöhnen – meist mit furchtbar albernem Getue: »Oh Gott, ich bin steinalt, fast dreißig, kannst du dir das vorstellen?«, oder: »Bitte lass mich nicht schon vierzig werden, das ist ja schrecklich!« Am liebsten würde ich dann rufen: »Okay, Leute, vor hundert Jahren betrug die durchschnittliche Lebenserwartung 46,3 Jahre. Heute dagegen kann jedes Neugeborene im Schnitt hundertzwanzig werden!«

Meine Generation ist mit keimfreiem Wasser und gesicherten Fußgängerüberwegen aufgewachsen, mit Zahnspangen und staatlicher Gesundheitsvorsorge. Wir haben keinen Krieg erlebt, keine körperliche Züchtigung und keine Waffengewalt. Unter solch optimalen Bedingungen kann man eigentlich gar nicht sterben, wenn man nicht mindestens hundertzwei ist und ein ganzes Geschwader von Urenkeln hat.

Trotzdem hat mein Bruder seinen dreißigsten Geburtstag nicht erlebt. Er starb an einem Gehirntumor. An einem Tumor, für den es angeblich keine spezifische Ursache gibt. Ah ja? Und der Ölbohrturm in der Nähe seiner noblen Highschool? Oder die Zange, mit der man ihn am Kopf aus dem Mutterleib gezerrt hat? Das Handy der ersten Generation, mit dem er telefoniert hat? Oder sein exzessiver Cola-Konsum? Alles völlig harmlos, ohne Bedeutung? Sorry, aber das glaube, wer will. Ich jedenfalls nicht!

Seit dem Tod meines Bruders bin ich an meinen Geburtstagen immer fix und fertig – angespannt und nah am Wasser gebaut. Jeder einzelne Geburtstag ist eine quälende, zermürbende Erinnerung daran, was für ein Geschenk das Leben doch ist. (Ich weiß, der Spruch ist abgedroschen. Aber wahr.)

Offen gestanden bin ich immer davon ausgegangen, dass mein Leben mit neunundzwanzig ebenfalls zu Ende sein würde. Und in gewissem Sinne war es das auch. Zumindest das Leben, wie ich es kannte. Denn mit neunundzwanzig wurde ich schwanger. Zufall? Wohl kaum.

Inzwischen bin ich zweiunddreißig.

Meinen Sohn habe ich übrigens nach meinem Bruder benannt.

Übersetzt von Birgit Niehaus

Rita Falk

Der Franz und sein Geburtstag

Was soll man schon über Geburtstage sagen? Und dann noch über runde? Dass man sie nicht feiern soll? Oder gerade? Weil man zufällig mal zehn Jahre älter wird? Weil sich die Anzahl der Haare im Vergleich zu der der Falten genau umgekehrt verhält? Oder weil man mit zehn neuen Kerzen auf der Torte den ewigen Jagdgründen gleich ein gewaltiges Stück näher rückt? Tolle Aussichten, wirklich. Wenn das kein Grund zum Feiern ist …

Aber lassen wir doch einen Betroffenen davon erzählen. Einen, der gern seine Erlebnisse mit der ganzen Welt teilt. Egal, ob sie sie hören will oder nicht. Ja, auch der Eberhofer Franz hat schon mal einen runden Geburtstag feiern müssen. Seinen dreißigsten. Das ist schon ein paar Jahre her. Aber schauen wir einfach mal rein.

Die Oma hat eine Riesenüberraschung für mich. Sie plant seit Wochen umeinander. Meinen dreißigsten Geburtstag will sie feiern. Mit allem Pipapo. Und sie denkt natürlich, ich weiß von nix. Aber ich weiß alles. Da hab ich als Polizist schon berufsbedingt ein Näschen dafür. Ja, ich weiß alles. Und es ist furchtbar.

Gleich wie ich aus dem Streifenwagen steig, kann ich es schon sehen. Der ganze Hof ist voll. Rappelvoll würd ich mal sagen. Sie steht mittig, die Oma. Nicht, dass man sie sehen tät, das nicht. Dafür hört man sie gut.

»Happy Birthday!«, schreit sie aus Leibeskräften. Und alle anderen natürlich gleich mit.

Die Oma kommt auf mich zugewatschelt, stellt sich auf die Zehenspitzen und schlenzt mir die Wange.

»Ja«, sagt sie. »Jetzt ist es aus mit deiner Jugend, gell. Aus und vorbei. Für immer und ewig. Wunderbare Schuhe hast du. Sind die neu?«

Ich nicke.

Nagelneu sind die. Und schweineteuer. Seit Wochen schau ich sie mir im Schaufenster an. Und heut hab ich zugeschlagen. Sozusagen als Geburtstagsgeschenk. Vom Franz für den lieben Franz. Zum dreißigsten halt.

Der Papa kommt mir entgegen und drückt mich. »Alles Gute, Franz«, sagt er. »Wird ja langsam Zeit, dass du ans Heiraten denkst. Jetzt, wo du schon den dritten Nuller feierst.« Er deutet mit dem Kinn so was von auffällig zur Susi rüber, und die wird rot wie ein Ferrari.

Ganz aufs Kommando ertönt jetzt der Schneewalzer. Gespielt wird der von der Blaskapelle Niederkaltenkirchen. Ich hasse Blasmusik.

Einer nach dem anderen überbringt mir dann seine Glückwünsche, die ich wegen dem Walzer nicht hören kann, und Geschenke, die ich mit Sicherheit nicht haben will. Es ist erbärmlich. Und bloß wegen der Null. Um die anderen Geburtstage macht doch auch niemand ein Geschiss. Keine Ahnung, wer sich diesen Schmarrn mit der Null ausgedacht hat.

Jetzt rollt der Simmerl in den Hof mitsamt seiner lustigen Metzgersgattin Gisela. Die beiden steigen einträchtig aus dem Lieferwagen und laden ein Spanferkel aus, das geruchstechnisch gleich den ganzen Hof beschlagnahmt. Mir trieft der Zahn.

»Geh, Liesl«, schreit die Oma ihre Busenfreundin, die Mooshammer Liesl, an, als wäre die taub und nicht sie selber. »Hilf mir beim Raustragen!« Die Liesl gehorcht auf der Stelle, und beide wandern Richtung Küche, um Augenblicke später mit Bergen von Knödeln und Eimern voll Kraut zurückzukommen.

Im Handumdrehen hockt die komplette Geburtstagsgesellschaft auf den Bierbänken und lechzt nach Essen. Der Simmerl und die Gisela verteilen das Fleisch, die Oma bringt die Knödel, die Liesl das Kraut und der Papa die Soße. Ich krieg natürlich die erste Portion, so wie es sich gehört.

Alles wär jetzt wunderbar gewesen, wenn nicht irgendjemand nach Bier gerufen hätte. »Du, Franz, magst so gut sein und die Gäste mit Bier versorgen?«, fragt mich der Papa. »Wirst ja nicht jeden Tag dreißig.«

Der Franz mag nicht, aber was bleibt ihm auch anderes übrig? Nach dem zeitintensiven Ausschank ist mein Essen freilich kalt. Schmecken tut es aber trotzdem. Oder tät es, wenn nicht akkurat in dem Moment der Flötzinger gekommen wär.

Der Flötzinger hat seine Mary dabei. Die ist hochschwanger und kann kaum noch laufen, und irgendwie befürchte ich, dass sie hier gleich platzen wird.

»Entschuldige, wenn wir zu spät sind, aber du siehst es ja selber«, sagt er mit einem Blick auf die werte Gattin. »Es ist ein Theater mit dieser Schwangerschaft, das kannst dir nicht vorstellen. Allein bis die Mary angezogen ist. Dann muss sie aufs Klo. Oder ihr wird wieder mal schlecht, und dann muss sie kotzen ...«

»Erspar mir die Details«, unterbrech ich ihn. Die beiden nehmen Platz und werden mit Essen und Bier versorgt.

»Du, Franz, sei doch so gut und bring für die Mary ein

Wasser. Weil Bier … du verstehst«, sagt der Flötzinger, grad wie ich in mein kaltes Ferkel beißen will.

Ich steh auf und hole ein Wasser. Unterwegs fragt mich ein Mensch im Nadelstreif, den ich noch nie in meinem Leben gesehen hab und der unserer wunderbaren Sprache nicht mächtig ist, nach dem Klo. Ein Preuße wahrscheinlich, trotzdem zeig ich ihm den Weg.

Wie ich an meinen Platz zurückkomm, ist mein Teller weg. Das alternde Personal in Form von der Oma und der Liesl war fleißig und hat bereits die Tische abgeräumt. Schließlich muss ja alles ordentlich sein an so einem Geburtstag. Schon gleich, wenn's ein runder ist. Mein Magen knurrt, jetzt wird der Radetzkymarsch geblasen, und nur die Hoffnung auf die baldige Kuchenorgie lässt mich ausharren.

»Mir ist schlecht«, sagt die Mary und hält sich den Bauch.

»Das ist kein Wunder, du hast ja gefressen wie ein Schleuderaffe«, sagt ihr Gatte wenig mitfühlend.

Ein Auto rast in den Hof.

Selbst als Stockblinder hätt ich gewusst, dass es der Leopold ist, der nun einfällt.

»Bruderherz, lass dir gratulieren, alte Wursthaut!«, schreit er schon beim Aussteigen. Aber anstelle meiner umarmt er natürlich zuallererst den Papa. Der hat Tränen in den Augen. Ja, das war klar. Dann überreicht mir mein Bruder, die alte Schleimsau, ein Päckchen. Das Geschenkpapier ist mit Polizeiautos bedruckt. Der Papa findet das originell.

»Pack aus, Franz«, sagt er. »Aber pass auf das schöne Papier auf, gell. Vielleicht kannst dir da ein Poster draus machen.«

Ich zerreiß es genau in der Mitte. Es sind zwei Bücher, die ich der wertvollen Verpackung entnehme. ›Die Last des Zweitgeborenen‹ und ›Auf dem Weg zum Mann‹ les ich da.

Der Leopold hat ein großes Glück, dass just in diesem Augenblick ein zweiter Wagen in den Hof fährt und den Birkenberger Rudi beinhaltet. Der Rudi ist mein Kollege, mein langjähriger Freund und der einzige Geburtstagsgast, dessen Anwesenheit mir tatsächlich Freude bereitet.

»Franz, alte Wursthaut!«, ruft er schon aus dem Seitenfenster, steigt aus und kommt mir gleich mit ausgestreckten Armen entgegen.

»Neue Schuhe? Sehr schick, sehr schick, wirklich. Du, ich hab eine Überraschung für dich«, sagt er. »Zu deinem Dreißigsten.« Eigentlich lege ich keinen gesteigerten Wert auf weitere Überraschungen. Er geht zum Auto zurück und krabbelt auf den Rücksitz. Wurstelt eine Zeitlang herum und kommt schließlich mit einer Wolldecke wieder zum Vorschein.

Er schenkt mir eine Wolldecke? Großartig. Sie ist rosa. Und er hat sie noch nicht einmal eingepackt.

»Toll, eine Wolldecke«, sag ich.

»Geh, Depp! Ich schenk dir doch keine Wolldecke«, sagt der Rudi. »Wirf doch mal ein Auge rein!«

Und so werf ich ein Auge rein. Und irgendjemand wirft ein Auge raus. Das ist unheimlich. Der Rudi entfernt behutsam die Decke, und zum Vorschein kommt ein Hund. Besser gesagt, ein Welpe. Wobei eigentlich das Wort Welpe gar nicht passt. Einfach zu groß, das Tier. Aber eindeutig ein Hund. Fein, der Birkenberger bringt einen Hund mit zu meiner Megaüberraschungsgeburtstagsfeier. Und weswegen?

»Warum bringst du einen Hund mit?«, frag ich, weil ich's wirklich nicht weiß.

»Das ist dein Geburtstagsgeschenk, Mensch! Freust du dich nicht? Die Hündin von meiner Schwester hat grad geworfen, und da hab ich gedacht …«

»Die Hündin von deiner Schwester hat geworfen und wusste nicht, wohin mit den Viechern. Und du marschierst los und verteilst sie unter deinen Freunden? Du bist abartig!«, sag ich und dreh mich ab.

»Also, das ist jetzt gemein …«, kann ich grad noch hören, und schon werd ich überrannt. Von meiner eigenen Geburtstagsgesellschaft. Weil halt alle diesen blöden Köter entdeckt haben und ihn ums Verrecken streicheln müssen.

Die nächsten zehn Minuten heißt es nur noch: »Mei, süß«, »schau mal die Äuglein«, »das Näslein«, »das Pfötlein!« Die übernächsten zehn Minuten geht's so weiter.

Dann wird zum Glück das Kuchenbüfett eröffnet. Die Blaskapelle spielt einen Tusch. Der Seniorenservice schleppt Schwarzwälder und Erdbeersahne an, Käsekuchen und Donauwellen und Schüsseln mit Bergen von Schlagrahm. Zum krönenden Abschluss gibt's einen Pumucklkuchen mit einem Haufen Kerzen drauf.

So einen Kuchen hat mir die Oma einmal gemacht, da war ich acht oder neun. Und ich hab ihn geliebt, damals. Weil er zuckersüß war und knallbunt. Seitdem bekomm ich ihn jedes Jahr. Jetzt bin ich dreißig. Jetzt hasse ich ihn. Weil er zuckersüß ist und knallbunt und ich Zahnweh krieg davon. Ich blas die dreißig Kerzen aus, was tosenden Applaus zur Folge hat.

So schnell kann ich gar nicht schauen, wie die Oma mir ein Riesenstück vom süßen Albtraum serviert. »Da, Bub. Dein Lieblingskuchen«, sagt sie. Der Leopold wirft einen Blick auf meinen Teller und sagt: »Du bist ja pervers!«

Der Flötzinger kommt und sagt, dass es der Mary jetzt wirklich schlecht ist, und sie gehen ein paar Schritte.

Um die Hundeflüsterer ist es wieder ruhiger geworden. Der Kuchen treibt die Herde an die Näpfe zurück.

»Die Donauwellen sind ein Gedicht, aber jetzt zerreißt es mich gleich«, sagt der Simmerl mit vollem Mund, legt die Kuchengabel beiseite und streicht sich genüsslich über seinen Knödelfriedhof.

»Ein Gedicht!«, bestätigt seine dicke Gisela und hievt sich ein weiteres Schäufelchen hinter die Kiemen. »Was ist denn das für einer?«, will sie wissen und deutet auf meine Ration.

»Pumucklkuchen«, sag ich stochernderweise. Mir schmerzen die Zähne.

»Pumucklkuchen, soso«, sagt die Gisela. »Zum Dreißigsten.«

Der Preuße schlendert mit seinem Teller über den Hof. Darauf liegen sage und schreibe vier Stück Kuchen. Ich seh, wie er den Rudi entdeckt, der am Boden kniet und den blöden Hund krault. Dieser hebt neugierig das Köpfchen und schaut den Nadelstreif an. Dann beginnt er zu knurren. Was bei einem so winzigen Exemplar natürlich lächerlich ist. Aber immerhin zieht sich der Preuße umgehend zurück. So blöd ist das Vieh vielleicht gar nicht.

Der Blaskapellmeister klatscht in die Hände und genießt sofort die ungeteilte Aufmerksamkeit.

»Auf besonderen Wunsch vom Leopold spielen wir nun ein Lied von den Beatles. Für den Papa«, sagt der Blaskapellmeister. »Und zum Franz seinem Dreißigsten.«

Ja, ›Yellow Submarine‹ ist genau das, was mir noch gefehlt hat. Ich geh mal lieber aufs Klo. Mich drückt die Blase, weil das Einzige, was ich bislang zu mir genommen und genossen habe, Bier war.

Auf dem Weg dorthin stoß ich auf den Papa, der hinterm Holzstoß hockt, mit dem Rücken zu mir, und einen Joint raucht. »Herrschaft, Papa«, sag ich. »Geh doch wenigstens in den Garten hinter, eh dich noch jemand sieht.«

Er dreht sich um und schaut mich mit glasigen Augen an. »Heut ist der Todestag von deiner Mama, Franz. Heut vor dreißig Jahren ...«

Ich klopf ihm auf die Schulter und hab einen Knödel im Hals. Er steht auf, zuckt kraftlos mit den Schultern und wandert hinter in den Garten. ›Yellow Submarine‹ bläst es vom Hof her.

Drei Leute stehen vor der Klotür, wie ich hinkomm. Alles drei Frauen. Ich schau so durchs Fenster und kann sehen, wie sich die Männer am Gartenzaun erleichtern. Weil's eh schon wurst ist, tu ich's ihnen gleich.

»Erkennst du mich nicht mehr?«, sagt plötzlich mein Nebenpiesler. Es ist der Preuße. Den hab ich grad noch gebraucht.

Die Blaskapelle spielt ›Warum schickst du mich in die Hölle?‹, und alle singen mit. Ich schüttle den Kopf. »Nein«, sag ich. »Müsst ich dich kennen?«

»Du bist ja gut! Wir waren doch Banknachbarn in der ersten Klasse. Ich bin der Eduard.«

»Aha«, sag ich. Wir wandern gemeinsam den Bierbänken entgegen, und ich kann mich beim besten Willen nicht mehr an ihn erinnern. Aber er klebt jetzt an mir wie eine Warze, und im null Komma nix erfahr ich, dass ihn die Oma ausfindig gemacht und eingeladen hat. Und das eine oder andere Detail aus seinem unverschämt erfolgreichen Leben erzählt er mir auch noch. Also so wie in der Reklame von der Sparkasse halt: mein Haus, mein Auto, mein Pferd. Was an sich schon schlimm genug ist. Den Schmarren aber in einer schier unerträglichen Sprache hören zu müssen, setzt dem Ganzen die Krone auf. Hilfe suchend schau ich über den Hof.

Da, der Rudi! Mein Retter.

»Du, äh ... Dings ...«, sag ich.

»Eduard!«

»Genau, Eduard, entschuldige, aber ich muss dort kurz hin.« Und ich lauf zum Rudi rüber, dass der Kies nur so fliegt.

»Hat er dich genervt, der Typ«, fragt der Rudi mit leicht beleidigter Stimmfarbe.

»Ja, unglaublich.«

»Aha. Da bin ich dir auch wieder recht, gell?«

Ich verdreh nur die Augen, weil mir jetzt nach allem anderen als nach mimosenhaften Vorhaltungen ist.

»Der Hund mag ihn auch nicht«, sagt der Rudi mit Blick auf das Fellknäuel.

»Kluger Hund«, sag ich.

»Gell, und …«, freut sich der Rudi. Aber völlig vergeblich.

»Vergiss es!«, unterbrech ich ihn gleich. »Pack ihn ein und bring ihn deiner Schwester zurück. Ich mag keine Hunde. Und den schon erst recht nicht.«

»Wieso den erst recht nicht?«

»Keine Ahnung. Ich mag ihn einfach nicht. Pack ihn ein und bring ihn dorthin, wo du ihn her hast!«, sag ich und geh mal den Flötzingers entgegen, die grad wieder in den Hof reinwanken.

»Geht's besser?«, frag ich die Mary. Sie nickt zaghaft.

»Ja, das kann sich von Sekunde zu Sekunde ändern«, sagt der Flötzinger. »Aber vielleicht setzen wir uns erst mal ein bisschen zusammen. Wir haben ja noch kein Wort miteinander gewechselt mit dem runden Geburtstagskind, gell. Kümmerst dich schnell um die Mary, Franz? Und ich hol uns derweil ein Bier.«

Er geht und holt Bier. Wir setzen uns nieder.

»Habt ihr denn schon einen Namen fürs Baby?«, frag ich, weil mir sonst auch nix einfällt.

»Ja, freilich«, sagt die Mary mit ihrem wunderbaren englischen Akzent. »Wenn es ein Mädchen wird, heißt sie Clara-Jane. Und ein Junge wird ein Ignatz-Fynn.«

»Ignatz-Fynn. Soso. Da wollen wir doch mal hoffen, dass es ein Mädchen wird«, sag ich und gleich ist es mir peinlich. Die Mary lächelt trotzdem. Aber nur ganz kurz. Dann muss sie kotzen. Genau auf meine nagelneuen Schuhe. Anschließend platzt ihr die Fruchtblase.

Wie man sich vielleicht vorstellen kann, ist in null Komma nix ein Tohuwabohu am Hof, das kann man gar nicht erzählen. Weil, wenn etwa fünfzig Besoffene oder Teilbesoffene versuchen, Erste Hilfe zu leisten, Hebamme zu spielen oder wenigstens einen Sanka zu rufen, ist das schon ein Theater. Wenn dann aber der Vater in spe noch ohnmächtig wird und auf den Kies knallt, macht das überhaupt keinen Spaß mehr. Nicht den geringsten.

Ich erspare uns hier die Einzelheiten, bis dahin, wo endlich die werdenden Eltern im Sanka verstaut und auf dem Weg ins Krankenhaus sind. Anschließend machen sich alle mehr oder weniger verwirrt auf den Heimweg. Alle außer dem Preußen. Der will mir nämlich jetzt eine Versicherung andrehen.

»Da hattest du doch gerade das beste Beispiel, Franz. Das, was eben hier passiert ist, zeigt uns doch deutlich, wie das so ist im Leben, nicht wahr. Man kann gar nicht gut genug versichert sein, verstehst du«, sagt er und zieht aus einem Aktenordner unterm Tisch stapelweise Papiere heraus. »Hier zum Beispiel ...«

Irgendetwas stimmt hier nicht. Der Hof ist leer, und wir sitzen zu zweit an einem der Biertische, und trotzdem kommt von irgendwoher ein sonderbares Geräusch.

»Pssst!«, unterbrech ich den Versicherungsverbrecher,

steh auf und geh ein paar Schritte. Ich lausche und suche, und hinter dem Holzstoß werd ich endlich fündig. Der Rudi, dieser Pharisäer, hat mir doch tatsächlich das blöde Vieh hiergelassen! Ich geh also hin und nehm es auf den Arm. Sein Köpfchen versteckt sich in meiner Ellbeuge.

»Lass doch mal den Köter beiseite«, sagt der Preuße. »Können wir endlich hier weitermachen?« Der Welpe beginnt zu knurren, gleich wie er diese Stimme hört. Kluger Hund.

»Nein, können wir nicht«, sag ich. »Ich hab heute Geburtstag. Einen runden. Und du packst jetzt hurtig dein Geraffel zusammen und schleichst dich, kapiert?«

Das Hündlein hört erst auf zu knurren, wie der Wagen aus dem Hof fährt.

In der Küche treff ich noch auf die Susi. Sie hat ein bisschen abgewaschen und aufgeräumt, sagt sie und dabei stellt sie ein paar Teller in den Schrank.

»Ich gehe wohl auch lieber mal. Das mit dem Heiraten wird ja heute nix mehr, oder?«, grinst sie mir hinterher.

Ich schüttle den Kopf. »Na, für heut reicht's mir mit der Feierei.«

»Ein andermal?«

»Ein andermal!«, sag ich und hau ihr zum Abschied auf den knackigen Hintern.

Ich kann noch kaltes Spanschwein finden. Das essen wir zwei im Hof, der Welpe und ich. Und ich mach mir ein Bier auf und schau in den Sternenhimmel. Wunderbar. Einen Namen brauchen wir, Hündchen, einen Namen … Für einen, der loszieht, um die Preußen zu vertreiben. Für einen echten Bayern halt.

»Ludwig!«, sag ich, und der Hund hebt gleich sein Köpfchen. Ludwig ist ein großartiger Name für einen klugen

Hund. Dann läutet mein Diensttelefon. Ein Autounfall hier ganz in der Nähe. Ja, da hilft alles nix. Geburtstag hin oder her. Weil Dienst ist Dienst. Und es ist schon ein Scheißstress bei der Polizei. So wandern wir los, der Ludwig und ich.

Ilija Trojanow

So viele Geburtstage, so wenige Tage
oder
Der Wunschfluch

Über vieles wunderte ich mich als Kind, über Hüte, Bärte und hohe Mauern, über das Wort Glück, das meine Mutter ständig im Mund führte, mein Vater hingegen niemals benutzte, und über den Satz »Das kann man so nicht sagen« (gerade nachdem es so gesagt worden war), doch nichts verwunderte mich mehr als eine Märchenszene, die sich erstaunlich oft wiederholte. Wann immer einem Jungen oder einem Mädchen, einer Küchengehilfin oder einem Fischer, auf offener See oder vor dem Kamin, die Erfüllung eines Wunsches in Aussicht gestellt wurde, wunderten sich die Auserwählten, was sie der guten Fee antworten sollten. Und wählten meist das Falsche. Wie konnte es sein, dachte ich als Kind, dass sie alle nicht wussten, wonach ihnen der Sinn steht? Mir war hingegen völlig klar, was ich mir – gesetzt den Fall – wünschen würde: jeden Tag Geburtstag zu haben.

Denn wirklich Spaß machte das Leben nur an diesem Tag, der Geburtstag war die Krönung des Jahres. Alle anderen Tage waren Watte und Pappe; an ihnen gab es bloß schrillende Wecker, trockenes Pausenbrot, verlorene Pullover und aufgeschürfte Knie. Der Geburtstag aber verwandelte den Knirps in einen Prinzen. Und das nicht allein wegen der vielen Geschenke, von denen man nächtelang träumte, sondern vor allem wegen der Aufmerksamkeit, die man erfuhr. Kaum verkündete man, dass man Geburtstag hatte, schon stand man im Mittelpunkt. Selbst Fremde überschütteten einen mit Nettigkeiten: Am Kiosk bekam man einen Lutscher oder einen Comic geschenkt, im Café wurde einem ein besonders großes Stück Kuchen, im Restaurant ein besonders leckeres Gericht serviert. Wenn man doch nur die vielen überflüssigen Blätter des Kalenders auf einmal abreißen könnte, um täglich Geburtstag zu feiern: Wie oft hatte ich mir das insgeheim gewünscht …

Ich musste also keine Sekunde lang nachdenken, als an meinem sechzehnten Geburtstag eine Fee erschien, in der Uniform einer Krankenschwester, denn mir war just der Blinddarm entfernt worden.

»Alles Liebe zum Geburtstag. Du hast einen Wunsch frei.«

Ich nahm an, sie wolle ein Spiel mit mir spielen, um mich aufzumuntern und darüber hinwegzutrösten, dass ich an diesem Abend keine Party steigen lassen konnte, und so spielte ich mit.

»Dann wünsche ich mir, jeden Tag Geburtstag zu haben.«

»Wird erledigt«, sagte die Fee, lächelte mich an, flüsterte mir »Alles Liebe zum Geburtstag« zu, und ihre Lippen tupften einen Kuss auf meine Stirn, der für meinen Geschmack leider ein wenig zu mütterlich ausfiel.

Als ich am nächsten Morgen die Augen öffnete, erblickte ich auf dem Beistelltisch viele bunte Päckchen. Noch ganz schlaftrunken wunderte ich mich, dass ich am Vortag meine Geschenke nicht ausgepackt hatte, bis ich mich erinnerte, wie ich sie gierig aufgerissen und auch ausgiebig gewürdigt, sie am Abend aber meinem Vater mitgegeben hatte. Merkwürdig, dachte ich, warum hat Vater die Geschenke wieder eingewickelt und früh am Morgen, noch bevor er zur Arbeit geht, vorbeigebracht?

Ich richtete mich auf und packte das erstbeste aus. Zum Vorschein kam ein eleganter, kabelloser, schwarzer Kopfhörer. Überrascht suchte ich zwischen all den Päckchen nach einer Glückwunschkarte, denn es war gewiss keines der Geschenke vom Vortag. Doch nichts, ich fand nicht den geringsten Hinweis. Schon wollte ich zum Telefon greifen, um meine Eltern zu den verspäteten Geburtstagsgaben zu befragen, als einige Krankenschwestern hereinwehten, »Hoch soll er leben« auf den Lippen, während der Chefarzt mir feierlich eine CD überreichte, verpackt in Klarsichtfolie mit einer roten Schleife drum herum, und ganz zum Schluss drängelte sich noch die Reinemachefrau vor und drückte mir ebenfalls ein kleines Präsent in die Hand, einen aus Seife geschnitzten Smiley. Gewiss ein neuer psychologischer Trick, die Patienten aufzuheitern, überlegte ich, als mich später zwei der Krankenschwestern betüddelten, als wäre ich ihr Augapfel.

Kaum waren sie verschwunden, ging erneut die Tür auf, und meine Eltern kamen herein, um mich mit tausend Glückwünschen zu herzen. Eine Stunde später gesellten sich meine Geschwister hinzu und verkündeten mit zerknirschtem Hochmut: »Heute machen wir alles, was du möchtest.« Da wurde mir mit einem Schlag klar, dass die Krankenschwester tatsächlich eine Fee und ihr Versprechen ernst zu nehmen war, und freudig lehnte ich mich zurück, bereit, die Erfüllung meines innigsten Wunsches zu genießen.

Euphorie, Glück und Entzückung, wochen-, monatelang. Zur Feier des Tages kochte mir meine Mutter täglich alles, was mein Herz begehrte, jeden Nachmittag stand eine andere Geburtstagstorte auf dem Kaffeetisch, selbst gebacken oder von der besten Konditorei der Stadt geliefert,

ich bekam Karten geschenkt für die Konzerte meiner Lieb-
lingsbands (und die Leadsänger wünschten mir »Happy
Birthday!« von der Bühne herab), feierte mit meinen Klassenkameraden wilde Geburtstagspartys in sämtlichen Dis-
cos der Stadt, wobei ich jede Menge Küsse von schönen und
weniger schönen Mädchen erhielt, und war mit meinem
Vater nicht nur beim letzten Heimspiel vor der Sommer-
pause, sondern auch beim ersten der neuen Saison, auf der
Gegentribüne, mittig, da für das Geburtstagskind nur die
besten Plätze gut genug waren. Ich erfreute mich an den
meisten Geschenken, und doch fiel mir auf, dass ich manche
beiseitelegte und schnell vergaß, es waren der Geschenke
einfach zu viele, sodass ich irgendwann damit begann, das
eine oder andere an meine Freunde weiterzuschenken, wenn
sie Geburtstag hatten, und den Rest, fein säuberlich sortiert
in Kisten verpackt, hinauf auf den Dachboden zu bringen.

Am Morgen nach meinem siebzehnten Geburtstag – dem
wahren, dem Tag, an dem ich geboren war –, kam mir
in den Sinn, dass es ganz angenehm wäre, mal ein paar
Geburtstage ausfallen zu lassen. Nach dem Abitur würde
ich zu einer Rucksackreise durch den Süden aufbrechen,
dachte ich arglos, das ließe sich leicht bewerkstelligen: Ich
musste Verwandten und Freunden bloß meine Reiseroute
verschweigen.

Gedacht, getan: Am ersten Abend suchte ich mir in einer
Stadt am Hang der Berge eine Jugendherberge und legte
mich gut gelaunt in einem Saal mit zwanzig Betten schlafen.
   Am nächsten Morgen weckte mich ein vielstimmiger Chor.
Mit vom Schlaf verklebten Augen erblickte ich die anderen
Herbergsgäste, Japaner, Schweden, Holländer und Israelis,

aufgereiht neben meinem schmalen Bett. Sie schmetterten »Happy Birthday«, und kaum waren sie damit fertig, trat der Herbergsvater vor und überreichte mir ein schokoliertes Lamm, zusammen mit einer brennenden Kerze.

»Aber … aber woher wissen Sie?«, stammelte ich.

Der Herbergsvater strahlte. »Ihr Pass hat Sie verraten, junger Mann.« Er reichte mir mein Dokument. »Sie würden staunen, wie häufig hier Geburtstag gefeiert wird.«

Die Japaner, Schweden, Holländer und Israelis setzten sich auf mein unter der Last ächzendes Bett, und wir verspeisten gemeinsam das Lamm, wonach sie mir alle auf die Schulter klopften und sich aufmachten, die mittelalterliche Stadt zu erkunden.

Kaum waren sie weg, schlug ich meinen Pass auf. Tatsächlich: Die Fee hatte ganze Arbeit geleistet. Unter *date of birth* stand das Datum des heutigen Tages – es gab kein Entkommen.

So ging es weiter, von Feier zu Feier, Jugendherberge zu Jugendherberge, Stadt zu Stadt, Land zu Land. Mir blieb nichts anderes übrig, als mich in mein Schicksal zu fügen. Ein einziges Mal wagte ich noch, aufzubegehren, doch es gab keine Rettung vor den Geburtstagseiferern: Als ich behauptete, meinen Pass verloren zu haben, ließ man mich nicht in der Herberge übernachten und legte mir nahe, zur Polizei zu gehen. Dort hätten die Beamten nach Übermittlung meiner Daten garantiert das nächste Geburtstagsständchen intoniert.

So verging fast ein Jahr, und ich sehnte mich schon arg nach einem geburtstagsfreien Tag. Zum Studium zog ich in die Hauptstadt, weit von meinen Eltern entfernt. Die beiden ersten Tage waren sehr angenehm, ich kannte noch keine Kommilitonen, hatte noch keine Freundschaften geschlossen, und auch die Hausbewohner hatten noch nicht bemerkt, dass ein neuer Mieter eingezogen war, sodass meine Ruhe nur gestört wurde durch die Anrufe meiner Eltern, Geschwister, Onkeln und Tanten, Taufpaten und Schulfreunde.

Um einmal einen Morgen keine Glückwünsche entgegennehmen zu müssen, stöpselte ich eines Abends das Telefon aus, zog die Gardinen zu und drehte den Wohnungsschlüssel dreimal um. Voller wohliger Zuversicht schlief ich ein.

Am nächsten Morgen weckte mich ein beharrliches Pochen. Vor der Tür meines winzigen Apartments vernahm ich die Stimmen meiner Eltern. In der Annahme, sie würden aufgeben, wenn ich nicht reagierte, zog ich mir die Decke über den Kopf. Doch es half mir nichts: Irgendwann hörte ich meinen Vater aufgeregt mit einem Mann, vermutlich dem Hausmeister, debattieren und ihn bitten, Notarzt und Polizei zu rufen, da seinem Jungen mit Sicherheit etwas zugestoßen sei. Da blieb mir nichts anderes übrig, als ihnen die Tür zu öffnen, und resigniert nicht nur die erleichterten Glückwünsche meiner Erzeuger, sondern auch die des Hausmeisters entgegenzunehmen.

»Hast du irgendwelche Drogen genommen?«, fragte meine Mutter mit aufdringlicher Besorgnis, und als ich unwirsch verneinte, fauchte mich mein Vater an, sie hätten extra den Nachtzug genommen, um mit mir meinen achtzehnten Geburtstag zu feiern, ich könne ja wenigstens etwas Freude heucheln. Der achtzehnte Geburtstag? Der süße Geschmack von Hoffnung breitete sich in meinem Mund aus: Vielleicht lag der Fluch der Fee ja nur so lange auf mir, wie ich achtzehn war? Bis zu meiner Erlösung hatte ich allerdings noch, schnell rechnete ich nach, zweihundertachtundneunzig Geburtstagsfeiern zu ertragen.

Keinem anderen Geburtstag fieberte ich so entgegen wie meinem wahren neunzehnten. Die Semesterferien hatten gerade begonnen, und ich war zu Besuch bei meinen Eltern, untergebracht in meinem alten Kinderzimmer.

Der Tag begann äußerst vielversprechend. Niemand weckte mich mit schmatzenden Geburtstagsküssen, auf dem Nachtkasten lag kein Geschenkehaufen, und auch im Wohnzimmer waren keinerlei Anzeichen einer bevorstehenden Feier zu entdecken. In der Küche trank mein Vater seinen schwarzen Kaffee und sah kaum von der Zeitung auf, als er mich mit einem »Na, schon auf, Sohnemann?« begrüßte. Meine Mutter war noch im Morgenmantel und löffelte geistesabwesend einen Joghurt, und kurz darauf saßen auch meine Geschwister am Tisch und benahmen sich zum ersten Mal seit zwei Jahren so, als wäre es ein Tag wie jeder andere, jeder war mit sich selbst beschäftigt, es war fast wie im Paradies.

Etwas später verabschiedeten sich alle. Ich saß allein in der Küche, aß mein viertes Toastbrot mit Honig und war allerbester Laune. Gerade malte ich mir meinen Tag aus, einen entspannten, von allen Feierpflichten befreiten Tag, da wurde die Tür aufgerissen und meine Geschwister trugen, im Mund Triller und Pfeifen, wie die drei Könige aus dem Morgenland auf großen Tabletts ganze Berge von Geschenken herein, gefolgt von meinen Eltern, die irgendein Kinderlied sangen, in das ich als Einjähriger angeblich ganz vernarrt gewesen war, und dazu laut in die Hände klatschten.

»Reingelegt!«, schrie mein jüngster Bruder und stach mir mit einem Kochlöffel in den Rücken wie mit einer Pistole.

»Guck nicht so traurig«, sagte meine Schwester, »du hast doch nicht im Ernst geglaubt, wir würden deinen Geburtstag vergessen?«

Ich war zu keiner Antwort fähig. Stumm starrte ich auf das Spektakel, während in mir alle Hoffnungen wie Sandburgen zerrieselten.

Ich blieb Sklave meiner täglichen Geburtstage. Schon im dritten Semester musste ich einen Tag pro Woche aufwenden, um die Geschenke meiner Familie, der Kommilitonen und Freundinnen loszuwerden, denn sie fanden kaum mehr Platz in meiner Studentenbude, und es kam mir vor, als würden sie mich erdrücken. Manchmal wurden daraus auch zwei oder gar drei Tage, je nach Geschenkelage.

Und es war wahrlich nicht einfach, mich von den Sachen zu befreien, selbst wenn sie neu und wertvoll waren. Die Antiquare winkten ab und baten mich, erst wieder in einem halben Jahr vorbeizuschauen, sie kämen mit dem Verkauf meiner Bücher nicht nach, und die Altkleidercontainer im näheren Umkreis meines Viertels quollen über, sodass ich mit der U-Bahn immer weitere Strecken fahren musste, um noch halbwegs leere Tonnen für meine prall gefüllten Plastiktüten zu finden. Ich gewöhnte mir an, stets mit einem Rucksack voller Geschenke aus dem Haus zu gehen, sollte ich einem Bettler begegnen. Manchmal stopfte ich auch Hemden, Hosen und Jacken in eine Plastiktüte, ging damit in einen der Läden einer großen Modekette und ließ die Tüte in einer Umkleidekabine oder zwischen zwei Kleiderstangen stehen. Einmal erwischte mich ein Hausdetektiv noch in der Fußgängerzone, keine fünfzig Meter vom Ausgang entfernt, und drückte mir die vermeintlich vergessenen Einkäufe wieder in die Hand.

So zog sich mein Studium in die Länge – zumal es sehr schwierig war, konzentriert zu studieren, wenn man tagtäglich gefeiert wird.

Mit den Jahren erarbeitete ich mir eine gewisse Routine, die das Leben halbwegs erträglich machte. Das änderte sich mit meinem siebenundzwanzigsten – wahren – Geburtstag, als ich eine tolle Stelle in einem renommierten mittelständischen Unternehmen ergatterte und sich schon bald eine steile Karriere abzuzeichnen begann. Von Anfang an war ich in der Firma sehr beliebt, nicht zuletzt, weil ich jedem zum Geburtstag ein großzügiges Zeichen meiner Wertschätzung überreichte. Die Kollegen ließen sich jedoch ebenfalls nicht lumpen: zur Feier meines Geburtstags legten sie zusammen und beschenkten mich reich, ja, schlimmer noch, am Nachmittag organisierten sie eine Feier mit Champagner und Häppchen, auf der ein jeder mit mir anstoßen wollte, und am Abend lud der Firmeninhaber mich sowie einen kleinen Kreis bevorzugter Mitarbeiter in ein Drei-Hauben-Restaurant ein, wo zu jedem Gang ein anderes Glas Wein kredenzt wurde, sodass ich betrunken nach Hause wankte, Tag auf Tag, Woche auf Woche. Sobald die Probezeit um war, nahm ich meinen ganzen Jahresurlaub (drei Wochen in einem Trappistenkloster), um nicht zusammenzubrechen, und nach meiner Rückkehr bestand ich darauf, unsere auswärtigen Kunden persönlich aufzusuchen – vorgeblich, um mich mit der Auftragslage vertraut zu machen –, um auf diese Weise so selten wie möglich in der Firma zu sein.

Das verschaffte mir ein wenig Erleichterung, wenn auch nicht so viel, wie ich erhofft hatte: Wenn ich im Büro war, knallten die Champagnerkorken weiterhin, die festlichen Abendessen ließen mich morgens nur sehr schwer aus dem Bett kommen, die Qualität meiner Arbeit ließ nach, Nachlässigkeiten schlichen sich ein, und mir unterliefen einige grobe Schnitzer, die dem Unternehmen teuer zu stehen kamen, worauf die Einladung des Firmeninhabers ausblieb, ich dafür aber in der nachfolgenden Woche die Kündigung erhielt.

Ich hätte mir einen anderen Arbeitsplatz suchen können, doch zu welchem Zweck? Egal, in welcher Branche ich tätig wäre, neben einem anstrengenden Job täglich feiern zu müssen, würde mich früher oder später zermürben. An meinem dreißigsten Geburtstag (dem wahren) beschloss ich deshalb, mich selbstständig zu machen, im Hauptberuf fortan Geburtstagskind zu sein. Meinen Eltern gaukelte ich vor, zur Universität zurückgekehrt zu sein, um eine Dissertation zu verfassen. An Heirat oder die Gründung einer Familie war unter diesen Umständen nicht zu denken, meine Liebschaften waren allesamt nur Eintagsfliegen. Ich steckte in einem Dilemma, aus dem es keinen Ausweg gab.

Leider ließ sich die Fiktion der Dissertation nur einige Jahre aufrechterhalten. Um meinen Eltern nicht das Herz zu brechen, blieb mir nichts anderes übrig, als auszuwandern (alle Geschwister waren inzwischen diplomiert und standen erfolgreich auf eigenen Beinen, was sie keineswegs daran hinderte, mich reich zu beschenken). Die beiden waren zwar traurig, freuten sich aber über die wunderbaren Aufstiegschancen, die mir die angeblich durch einen meiner universitären Kontakte vermittelte Direktorenstelle in Argentinien bieten würde.

Natürlich gab ich mich nicht der Illusion hin, in der Neuen Welt vor meinem Geburtstagsfluch in Sicherheit zu sein. Bereits am Flughafen lächelte mich der Einreisebeamte beim Betrachten meines Passes breit an und rief laut »¡*Felicidades!*«, woraufhin sich ein erstaunlicher Tumult erhob, da alle in der Warteschlange hinter mir in unzähligen

Sprachen Glückwünsche ausriefen. Immerhin konnten mir meine Eltern, Geschwister und Freunde keine allzu großen Geschenke mehr schicken; sie begnügten sich mit täglichen Glückwunschbriefen – die natürlich um zwei Wochen zeitversetzt ankamen – und hin und wieder einem Paket, oder sie überwiesen mir eine gewisse Summe, damit ich mir einen schönen Abend machen oder etwas für meine schicke Wohnung in Recoleta kaufen konnte, die ich mir angeblich leistete. Als meine Eltern ihren Besuch ankündigen, musste ich eine derartige Wohnung kurzfristig anmieten. Da meine Eltern ganze zwei Wochen blieben, war sie danach vollgestapelt mit Turnschuhen, GPS-Geräten, Wollmützen und Gesamtausgaben von Borges und Cortázar – die ich nach ihrer Abreise dem Heer von *cartoneros* vermachte, den Kartonsammlern, die die argentinische Hauptstadt jede Nacht für ein paar Pesos vom Papiermüll befreiten.

Abgesehen von solch seltenen Besuchern aus der alten Heimat verkehrte ich mit möglichst wenigen Menschen, weil jeder neue Bekannte nach ein paar Tagen zu einem aggressiven Schenker wurde. Ich lebte immer zurückgezogener, reduzierte meine sozialen Kontakte auf ein Minimum, und als mir selbst dies nicht die immer dringlicher ersehnte Ruhe garantierte – Nachbarn, Vermieter, Barkeeper können von penetranter Aufdringlichkeit sein –, kehrte ich Buenos Aires den Rücken und zog nach Patagonien.

Ich reagierte inzwischen allergisch auf das Wort »Geburtstag«, schrie jeden an, der mich beglückwünschte. Doch die Schäfer aus der Umgebung störte das keinen Deut. Tag für Tag kamen sie mit ihren Jeeps vorbei, um mir Selbstgebackenes oder Selbstgeschlachtetes zu schenken, und da wurde mir klar, dass es nur einen einzigen Ausweg gab: Ich musste jegliche Gesellschaft hinter mir lassen.

Fünf Geburtstage später war ich wieder an der Küste, absolvierte mehrere Segelkurse, kaufte mir einen Einmaster und brach auf. Der Atlantik war gewiss groß genug, um darin spurlos zu verschwinden.

Auf hoher See war ich dann frei. Nur wenn ich mich in irgendeinem Hafen mit Proviant versorgen musste, behelligte man mich mit Glückwünschen, aber alle zwei Monate einmal »Happy Birthday« zu hören war gerade noch erträglich. Das Meer feierte mich nie, die Natur nahm mich kaum wahr, abgesehen von Zugvögeln, die sich gelegentlich auf meinem Mast niederließen.

Es hätte noch zehntausend Geburtstage lang so weitergehen können. Doch heute Morgen hat mich der Fluch wieder eingeholt. Bald nach Sonnenaufgang hielt ein Containerschiff auf mich zu, ein Motorboot wurde zu Wasser gelassen, darin zwei Männer, die mir mit weit ausholenden Bewegungen winkten.

Ihre Gesichter strahlten, als das Boot beidrehte.

»Was für ein wunderbarer Zufall, dass wir Sie ausgerechnet heute finden!«, rief der ältere der beiden Matrosen und schaute demonstrativ auf seine Uhr. »Genau an Ihrem Vierzigsten! Man hat uns Post und Geschenke für Sie mitgegeben, ich war ja skeptisch, ob sich unsere Wege kreuzen würden, aber man sagte uns, Sie seien in diesen Gewässern unterwegs. Herzlichen Glückwunsch!«

Worauf sein Kollege mir mit jovialer Geste zuerst einen Postsack zuwarf und danach so viele Pakete, dass mein Boot am Ende gefährlich tief im Wasser lag.

Nachdem sie sich verabschiedet haben, offensichtlich enttäuscht, nicht zu einem Whiskey oder Schnaps zu Ehren meines runden Geburtstages eingeladen worden zu sein, sitze ich nun wie betäubt am Ruder und betrachte die vielen Glückwunschkarten von all den Menschen, die ich jemals gekannt habe, von meiner Familie, ehemaligen Lehrern und Professoren, von Freundinnen, Sportkameraden, all den Herbergsvätern im Süden, ja sogar von dem Firmeninhaber, der mich vor zehn Jahren gefeuert hat. Ich lese jede dieser Karten und jeden dieser Briefe, hebe die Glückwünsche dann hoch und übergebe sie einzeln dem Wind. Sie flattern davon, schweben eine Weile über dem Ozean, fallen in die Fluten und treiben auf den Wellen dahin.

Das letzte Schreiben, das ich aus dem Postsack ziehe, stammt von der Krankenschwester (ihr Foto klebt statt einer Briefmarke auf dem Umschlag). »HAST DU GENUG GEFEIERT?«, steht auf dem Blatt in großen Lettern, sonst nichts. Auf der Rückseite ist mit Bleistift in klitzekleinen Buchstaben geschrieben: »Wenn ja, zieh Dich aus und spring ins Wasser. Keine Sorge, Du wirst gerettet werden.«

Das werde ich gleich tun, was habe ich schon zu verlieren? Zuvor will ich diese Geschichte aufschreiben, damit sie dokumentiert ist, falls ich doch nicht aufgefischt werde oder mich nach meiner Rettung an nichts mehr erinnern kann. So ergeht es, wenn ich mich recht entsinne, den meisten Märchenfiguren, die lange darüber nachgrübeln, was sie sich wünschen sollen.

Philip Sington

Der große Espartaco

Charlie und ich waren Freunde, und damals dachten wir, wir würden es für immer bleiben. Wir hatten unseren dreißigsten Geburtstag zusammen gefeiert, und zehn Jahre später stand wieder eine Feier an. Nur die Zeit dazwischen war schwer zu erklären.

Von außen betrachtet waren wir ein ungleiches Paar. Ich war freier Journalist; Charlie Anzeigenverkäufer. Ich war unglücklicher Single; er war unglücklich verheiratet. In seinem Büro trank er Cuba Libre und rauchte Gras und schien auch eine Menge Dealer zu kennen; ich hatte einen empfindlichen Magen und Panik vor jeglicher Art von Drogen.

Doch wir lernten uns in Madrid kennen, wo er mit seiner geduldigen spanischen Ehefrau lebte und ich für meine Reportagen oft lange recherchieren musste. Ich kannte in der spanischen Hauptstadt fast niemanden, und Charlie nahm sich meiner an. Er war ungeheuer stolz auf seine Wahlheimat. Es machte ihm großen Spaß, mich herumzuführen, und er hatte immer Zeit für mich. Abend für Abend zogen wir durch die Kneipen. Charlie redete ohne Unterlass, machte mich betrunken und stellte mich dreist all seinen weiblichen Bekannten vor, als wäre ich ein Star, mit dem er angeben wollte … Er nannte mich seinen »Freibrief«, weil seine Frau mich für rechtschaffener hielt als seine übliche Bande von Halunken. Und einen draufmachen zu können bedeutete ihm viel, denn in Madrid nicht auszugehen ist wie in Miami zu sein und nie den Strand zu Gesicht zu bekommen.

Wir hatten noch etwas gemeinsam: Wir waren im selben Monat desselben Jahres geboren, mit nur drei Tagen Abstand. Den großen Dreißiger feierten wir in Sevilla.

»Ich frage mich, wo wir an unserem Vierzigsten sind«, sagte ich nach einer langen durchzechten Nacht, in der wir die andalusischen *señoritas* bewundert hatten.

»Wie wär's mit hier?«, schlug Charlie vor.

So kam es, dass wir einander ein feierliches Versprechen gaben – und deshalb war ich nun, genau zehn Jahre später, wieder hier. Und das, obwohl unsere Freundschaft längst eingeschlafen war. Mit der Zeit hatte man mich immer seltener nach Madrid geschickt. Und irgendwann war es mit meiner Journalistenkarriere ganz vorbei, und ich sattelte auf etwas Krisenfesteres mit glaubwürdigeren Aufstiegschancen um. Die Verabredung in Sevilla hätte ich garantiert vergessen, hätte Charlie nicht mit einer Postkarte mein Gedächtnis aufgefrischt. Das Hotel sei schon gebucht, schrieb er. Auf der Vorderseite der Karte war das Gemälde eines Stierkampfs zu sehen – ein Andenken an unseren letzten Besuch. Augenblicklich kehrten die Erinnerungen zurück. Doch hauptsächlich wollte ich meinen einstigen Freund nicht enttäuschen, denn ich bildete mir ein, dass er sich schon lange darauf gefreut hatte.

Es stellte sich heraus, dass das Hotel nicht nur gebucht, sondern auch schon bezahlt war. Charlie hatte inzwischen Karriere gemacht: Er besaß eine kleine Firma und ein Ferienhaus am Meer; er hatte sogar eine neue Frau, deren Vater irgendein hohes Tier an der Börse war.

Charlies Erfolg war eine Überraschung für mich, denn eigentlich hatte ich befürchtet, dass er früher oder später vor die Hunde gehen würde. Charlie sei kokainsüchtig, war das Letzte, was ich hörte, bevor wir uns aus den Augen verloren, und ich hatte meine Gründe, dem Gerücht zu glauben. Stattdessen sah ich mich jetzt genötigt, meine eigenen Leistungen und Zukunftschancen zu übertreiben. Ich wollte auf keinen Fall, dass Charlie Mitleid mit mir empfand.

Er holte mich mit seinem klimatisierten Mercedes vom Flughafen ab, und während er mir auf der Fahrt über die nagelneue Autobahn in die Stadt von unseren gemeinsamen Madrider Bekannten erzählte, überlegte ich kurz, wie anders mein Leben wohl verlaufen wäre, wenn ich beim Journalismus und in Spanien geblieben wäre, und ich fand den Gedanken gar nicht übel, unsere alte Freundschaft zu erneuern.

Sevilla hatte sich verändert. Man hatte nicht nur den Flughafen und die Straßen modernisiert, mit den Fußgängerzonen und den frisch verputzten Barockfassaden wirkte das ganze Stadtzentrum neuer. Andere Dinge hatten sich dagegen nicht geändert. Wie vor zehn Jahren hatte Charlie Karten für den Stierkampf gekauft, ohne mich vorher zu fragen, und wie damals hatten sie ein Vermögen gekostet, denn er wollte unbedingt gute Plätze haben.

Und wie damals sagte ich ihm, dass ich Stierkämpfe grausam und verwerflich fand. »Verkauf meine Karte am Eingang. Ich gehe so lange spazieren, und wir sehen uns dann hinterher.« Es war April, die Woche der Feria, die Straßen waren voller Pferde und Leute in festlichen Flamencokostümen. Es gab jede Menge Lokalkolorit zu bewundern.

»Das ist nicht dein Ernst!« Kopfschüttelnd drückte Charlie mir die Zeitung in die Hand, die er auf der Stierkampf-Seite aufgeschlagen hatte. »Sieh dir das Programm an: Der große Espartaco tritt auf!«

Genau das hatte er am Tag vor zehn Jahren auch gesagt, nur dass ich damals noch nicht wusste, wer Espartaco war. Aus Neugier war ich also mitgegangen. Ich hatte mit eigenen Augen sehen wollen, ob der Stierkampf wirklich so barbarisch war, wie er im Fernsehen immer auf mich gewirkt hatte.

»Erzähl mir nicht, dass du dich nicht an ihn erinnerst«, sagte Charlie jetzt. »Keiner vergisst Espartaco!«

Damit hatte er recht. Ich gab ihm die Zeitung zurück.

»Um wie viel Uhr geht es los?«

Es wurde mir erst richtig bewusst, als ich in der Menge saß und hinab in die staubige Arena blickte: Es gab keine Schiedsrichter, keine Unparteiischen. Beim ersten Mal, als ich Espartaco sah, musste ich an Rollerball denken, die letzte Szene, wenn es hieß: »Keine Strafen. Kein Zeitlimit.« Wegen des Films hatten meine Freunde und ich seinerzeit drei Tage hintereinander die Schule geschwänzt, um uns die Matinee im verrauchten Odeon-Kino anzusehen, und dafür unzählige Stunden Nachsitzen kassiert. Doch hier, in der Stierkampfarena, war die Gewalt real. Töte oder du wirst getötet, *la fiesta brava*: Es war ein Spektakel aus einer anderen Zeit, einer Zeit, in der noch rohe Sitten herrschten, als das Rindfleisch noch nicht eingeschweißt und Fairplay ein Fremdwort war. Die Zuschauer waren nicht hier, um einen fairen Wettkampf zu erleben, bei dem es auf Geschicklichkeit ankam. Sie wollten Blut sehen. Und ich fühlte mich schuldig, mitten unter ihnen zu sitzen, schuldig und gleichzeitig fasziniert, wie ein Schaulustiger bei einer öffentlichen Exekution.

Vom Platz her schmetterten die Signalhörner, schrill und verzerrt. Charlie rutschte nervös auf dem Sitzkissen herum, zündete sich eine Zigarette nach der anderen an und drückte sie wieder aus. Über uns jagten Mauersegler durch die Lüfte, deren Kreischen die drückende andalusische Hitze zerriss.

Endlich zogen sie in die Arena ein, die drei Matadore, flankiert von den *peones* und *banderilleros*, die langen Spieße in purpurrote Tücher gewickelt. Dann folgten die berittenen *picadores*, die Köpfe unter flachkrempigen Sancho-Pansa-Hüten versteckt. Ihre Pferde trugen Scheuklappen und riesige gepolsterte Röcke wie mittelalterliche Streitrösser, und ihr Anblick ließ mir das Adrenalin durch die Adern schießen.

Die Prozession zog einmal rund um den Platz. Espartaco war bis auf die pinkfarbenen Kniestrümpfe ganz in Gold gekleidet. Als er aus dem Schatten trat, kniff er, von der Sonne geblendet, die Augen zusammen. Neben den anderen Matadoren wirkte sein Gang unsicher, und er winkte scheu, als wüsste er nicht, wie er am besten grüßen sollte, während Hiraldo und Juan Fuego ihren eigenen Stil zur Schau stellten: Fuego winkte hoch über dem Kopf mit nachdrücklichen, weit ausholenden Kreisen. Hiraldo hielt den Hut mit steifer Geste etwa zwei Handbreit neben dem rechten Ohr und würdigte die Menge nur mit einem kurzen Kopfnicken nach rechts und nach links.

Der erste Stier stürmte durch die *puerta de los toriles* in die Arena. Er war bestimmt über einen Meter fünfzig groß, gemessen von Kopf bis zu den Hufen, und wog mindestens eine halbe Tonne. Zweimal lief er um den Platz und blieb dann in der Mitte stehen. Kurz darauf erschien Juan Fuegos *cuadrilla*, nur mit ihren schweren Umhängen bewaffnet, und stellte sich im Bogen auf. Wenn der Matador in Schwierigkeiten geriet, würden sie das Tier abzulenken versuchen, flüsterte mir Charlie zu. Außerdem hielten sie es in Schach, während der Tierarzt den Stier in Augenschein nahm.

»Sie haben einen Tierarzt?«

Er müsse prüfen, ob das Tier sich im Pferch verletzt habe, erklärte Charlie, und falls es lahmte, müsse ein anderer Stier geholt werden.

Charlie wusste alles, was es über den Stierkampf zu wissen gab. Er liebte das Spektakel so wie Spanien überhaupt: mit dem Eifer und der Hingabe eines Konvertierten.

Auf den Zuschauerrängen toste der Applaus, als Juan Fuego mit seinem gelb-roten *capote* in die Arena kam. Der Stier starrte ihn an, doch er bewegte sich nicht. Der Matador musste ein paar Schritte auf ihn zugehen und rief ihm etwas zu, um seine Aufmerksamkeit zu erregen. Doch der Stier reagierte immer noch nicht, nur sein Schwanz zuckte hin und her. Erst als zwei *banderilleros* mit ihren *capotes* vortraten, drehte der Stier kurz den Kopf, um sie zu mustern.

Um die Arena: Stille. Charlie rutschte auf seinem Sitz nach vorn. Nur daran erkannte ich, dass dies ein entscheidender Moment war.

Fuego ging weiter auf den Stier zu und schwenkte den *capote*. Ohne Vorwarnung stürmte der Stier los, zwanzig Meter in der Sekunde. Im letzten Augenblick riss der Matador den Umhang hoch und sprang zur Seite. Ein halbherziges »¡Olé!« erklang aus der Menge. Doch kaum hatte sich der Stier umgedreht, fiel sein Blick auf einen der *banderilleros*. Der kleine Mann konnte sich gerade noch hinter die schwere Schutzwand retten. Im nächsten Moment krachten die Hörner des Bullen dagegen, und zwanzig Zentimeter lange Holzspäne flogen durch die Luft.

Der Stier war jetzt ganz nah bei uns, seine Masse und

Kraft furchterregender denn je, die Muskeln zuckten unter dem glänzenden schwarzen Fell. Seine Hörner waren bestimmt achtzig Zentimeter lang und messerscharf. Wenn es Tote gab, dann weil die Toreros in der Arena verbluteten, flüsterte Charlie mir zu, selbst wenn sie sofort eine Bluttransfusion bekamen. Es sei schwer, wieder so viel Blut in den Kreislauf zu pumpen, wie das Herz herauspumpte, wenn eins dieser Hörner ein Blutgefäß – meist die Oberschenkelarterie – erwischte.

Von der Mitte der Arena rief der Matador wieder nach dem Stier. Er hatte schlecht angefangen, hatte keine Kontrolle über den Kampf. Der Stier drehte sich um und griff ihn wieder an, eine Staubwolke aufwirbelnd. Fuego versuchte still zu stehen, auf die hypnotisierende Macht seines *capote* zu vertrauen, doch der Bulle geriet ins Straucheln, knickte in den Knien ein, sodass Fuegos *cuadrilla* mit ihren Umhängen herbeieilen musste, um das Tier von dem Matador abzulenken.

Dabei war dies noch der einfachste Teil des Kampfs. Der Stier wusste noch nicht, mit wem er es zu tun hatte. Kampfstiere wuchsen in den entlegensten Ecken Spaniens auf, in der Extremadura oder am Fuß der Sierra Morena, und bekamen Menschen nur auf dem Rücken eines Pferdes zu Gesicht. Sonst bestünde die Gefahr, dass sie sie in der Arena wiedererkannten – ihre Peiniger wiedererkannten – und sich nicht von der tanzenden Schimäre der purpurfarbenen Umhänge verführen ließen, wie mir Charlie erklärte. Im Verlauf des Kampfs wuchs dieses Risiko ohnehin. Die wirklich gefährlichen Kampfstiere seien sehr schlau, sagte er, sie würden schnell lernen.

Wieder ertönte ein Hornsignal, worauf die *picadores* hereintrabten. Ohne sie würde jeder Kampf Stunden dauern, flüsterte mir Charlie ins Ohr. Mit ihren Lanzen verletzten sie die Nackenmuskeln des Stiers, und der Blutverlust schwächte das Tier zusätzlich. Die Wunden, die sie ihm zufügten, hätten die Größe eines Golfballs und seien bis zu zehn Zentimeter tief.

Der Stier ging auf das am nächsten stehende Pferd los, das jäh stieg, sonst aber keine Spur von Angst zeigte. Vielleicht war es gedopt, vielleicht aber auch wie ein Zirkuspferd darauf dressiert; jedenfalls wich es, auf der Hinterhand aufgebäumt, nur ein paar Schritte zurück. Beim zweiten Angriff gelang es dem *picador* dann, die Lanzenspitze in die rechte Schulter des Bullen zu bohren, der Pferd und Reiter trotzdem bis zum Rand der Arena drängte. Als er sich losriss, quoll das Blut wie Lava aus der Wunde.

Nach den *picadores* wirkten die *banderillos* geradezu draufgängerisch. Ungeschützt mussten sie sich dem angreifenden Stier in den Weg stellen, im richtigen Moment ihre langen, mit bunten Bändern und Widerhaken versehenen Spieße hochreißen und sie ihm zwischen die Schulterblätter stoßen. Aber Juan Fuegos *banderillos* waren unsicher, genau wie ihr Matador. Sie sprangen um den Bullen herum, ihre *banderillas* trafen nicht, und wenn, dann blieben sie nicht stecken. Aus der Arena wurden Buhrufe laut. Man hielt die Toreros für übervorsichtig und zu zaghaft.

Es war an der Zeit, den Kampf zu beenden. Mit der Grazie eines Balletttänzers trat Juan Fuego wieder vor. In der Arena war jetzt niemand mehr außer ihm und dem Stier, der schwer atmend, eine einzelne *banderilla* zwischen seinen Schulterblättern, in der Mitte stand. Schwungvoll drapierte der Matador seine rote *muleta*.

Nur das Kreischen der Mauersegler zerschnitt die erwartungsvolle Stille. Neben Charlie saßen zwei junge Frauen mit Sonnenbrillen und goldenem Schmuck. Sie fächelten sich mit einem Fächer Kühlung zu, und ein Hauch von Zitrone und Jasmin wehte zu mir herüber. Gern hätte ich die beiden genauer in Augenschein genommen, aber dazu blieb keine Zeit.

Fuego rief den Stier. Seine Stimme klang leise und weit entfernt. Der Stier schien nicht zu wissen, woher sie kam, vielleicht hatte er aber auch einfach das Interesse verloren: So oder so stellte seine Gleichgültigkeit für Fuego eine Beleidigung dar. Seine Geduld war am Ende. Er stampfte mit dem Fuß auf und schwenkte seine *muleta*, bis der Stier endlich losstürmte. Fuego trat hinter dem Tuch zurück und schwang es durch die Luft, als der Stier vorbeidonnerte.

Die Menge rief »¡Olé!«.

Mit gesenktem Kopf griff der Stier wieder an. Diesmal kamen seine Hörner noch näher. Nach dem dritten Angriff drehte Fuego dem Tier sogar triumphierend den Rücken zu und stolzierte ein paar Schritte davon, die *muleta* hinter sich durch den Staub ziehend, vollkommen sicher, dass der schnaubende Stier ihm nicht nachsetzen würde.

Doch der Moment des Ruhms währte nur kurz. Für die nächste Figur beugte Fuego ein Knie, doch sein Timing war schlecht: Beim Angriff des Stiers zog er die *muleta* nicht rechtzeitig beiseite, sodass der Bulle sie mit den Hörnern aufspießte und in hohem Bogen wegschleuderte. Als das Tier sich umdrehte, musste der Matador rennen, und seine *peones* eilten herbei, um seine Flucht zu decken. Wie ein Mann vor dem Urinal musste er anschließend hinter der Schutzwand stehen und zusehen, wie der Stier durch die Arena stürmte und alles angriff, was sich bewegte. Von seinem früheren Ruhm zeugte nur noch die schwarze Kappe, die wie ein Paar abgelegte Micky-Maus-Ohren im Sand lag. Als er sie holen ging, segelte eins der gemieteten blauen Sitzkissen aus dem Publikum herunter und verfehlte seinen Kopf nur knapp.

Der todbringende Degen war lang und am Ende leicht gebogen wie ein Florett. Im Idealfall ramme der Matador die Klinge zwischen den Schulterblättern hindurch bis mitten ins Herz, erklärte Charlie, worauf der Stier augenblicklich zusammenbrechen und sterben würde. Nicht so bei Juan Fuego. Der Stier war verwirrt und erschöpft, und Fuego hatte ihn noch immer nicht unter Kontrolle. Das Bewusstsein der Gefahr machte ihn noch unentschiedener.

Den Degen in der Hand, kniete er in etwa acht Metern Entfernung nieder und zielte mit der Klinge. Doch der Stier griff ihn nicht mehr an, sodass Fuego am Ende auf das Tier zulaufen musste. Weil er es viel zu eilig hatte, sich in Sicherheit zu bringen, traf er nur den Knochen. Wie elektrisiert vor Schmerz machte der Stier einen Satz und drehte sich einmal um die eigene Achse, während der Degen in seinem Rücken sekundenlang hin und her schwang wie eine Antenne, grauenerregend, grotesk, bis er herausfiel.

Fuego unternahm acht Versuche, dem Stier den Todesstoß zu versetzen, keiner gelang. Die Schultern des Stiers waren völlig zerfleischt. Das Tier stand brüllend da, ein Stück Vieh, das nie eine Chance gehabt hatte. Die Menge war außer sich, Zuschauer sprangen auf, buhten und schrien: »Schwächling! Schwanzlutscher! Tunte!«

Dann endlich begann der »Tanz der Schmetterlinge«: Von allen Seiten näherten sich die *peones*, schwenkten ihre roten Umhänge von rechts nach links und kreisten das Tier langsam, Schritt für Schritt, ein, bis es, schwindelig und erschöpft, in die Knie ging. Doch nicht einmal jetzt gelang Fuego ein sauberer Gnadenstoß, sodass am Ende einer der *peones* seinen Dolch zog und mit einem geübten Stoß die Halsschlagader des Stiers durchtrennte.

Den Kampf mit dem zweiten Stier sollte Espartaco bestreiten. Auf der Fahrt von Madrid nach Sevilla hatte Charlie mir im Boulevardblatt ›Hola‹ einen großen Artikel über ihn gezeigt. Als neuer Star des Stierkampfs, hieß es, verdiene der Torero mehrere Millionen Euro im Jahr, und seine Frau war befragt worden, wie sie mit den unzähligen weiblichen Fans ihres Mannes umging: Selbst zweitklassige Matadore erhielten nämlich täglich Briefe von Frauen aller Gesellschaftsschichten, die sich zum Sex anboten und Nacktfotos oder Unterwäsche beilegten. Weniger respektable Zeitschriften brachten jede Menge Klatsch über Marquesas, Fernsehmoderatorinnen und Fotomodels, die sich angeblich frühmorgens aus den Hotels in der Nähe der einen oder anderen *Plaza de Toros* geschlichen hätten. Dabei wirkte Espartaco mit seinen Ponyfransen, dem verklemmten Lächeln und den vorstehenden Zähnen auf mich nicht gerade wie ein Frauenheld. Es fehlte nur die Brille, und er hätte ausgesehen wie ein Physik-Student, der sich einen Bart wachsen ließ, um männlicher zu wirken, und trotzdem keine Frau abkriegte.

Während der *suerte de capotes* tat Espartaco zudem sehr wenig zur Unterhaltung des Publikums. Seine Arbeit mit dem *capote* war nicht so glamourös wie die von Juan Fuego. Es gab keine eleganten Drehungen, kein Tänzeln oder Herumwirbeln. Er schien nur daran interessiert, das Tier zu studieren und die Art, wie es sich bewegte und angriff. Nur einmal wandte er ihm den Rücken zu und ging ein paar Schritte, was Fuego bei jeder Gelegenheit getan hatte, und selbst das schien Espartaco äußerst widerwillig zu tun, ein Ritual, das von ihm verlangt wurde.

Seine *cuadrilla* zeigte mehr Showtalent: Selbstironie lag in der übertriebenen Eleganz ihrer Posen, und ihre Bewegungen mit den *capotes* waren exakt und schnell. Fast bedauerte ich es, Espartaco zurückkommen zu sehen.

Seinem legendären Gladiatorennamen zum Trotz machte er eine saloppe, neuzeitliche Figur. Als er die Mitte der Arena erreichte, flog hoch oben am Himmel ein Düsenjet vorbei, und eine Wolke schob sich vor die Sonne. Er bereitete die *muleta* vor, dann stand er reglos da und wartete. Allein in der Mitte des Rings schien er zu schrumpfen, der einsame Mast seiner wallenden *muleta*. Er ließ sie sanft vor sich flattern, ohne sich zu bewegen. Der Stier blickte ihn an, wandte sich aber gleich ab, als wolle er nicht hinsehen.

Es hieß, Espartaco würde mit einem Stier kämpfen, selbst wenn niemand zusehe. Manche sagten, es wäre ihm sogar lieber so, flüsterte mir Charlie ins Ohr. Der Ruhm interessiere ihn nicht, die Verehrung sei ihm unangenehm, schon immer gewesen. Die Fototermine nehme er nur wahr, weil er vertraglich verpflichtet sei, und seine Gewinne spende er für wohltätige Zwecke oder verteile das Geld in seiner Großfamilie. Für Espartaco war die *corrida* kein Mittel zum Zweck. Sie war das, was ihn am Leben hielt, ihn zu dem machte, der er sein wollte.

Von den Zuschauerrängen war ein Ruf zu hören – Ungeduld, Ansporn, schwer zu sagen. Doch weder Torero noch Tier ließen sich ablenken. Der Stier konnte dem Reiz nicht länger widerstehen. Langsam drehte er sich um, warf schnaubend den Kopf nach hinten. Dann stand auch er bewegungslos da, studierte seinen Herausforderer, dessen Umriss. Nichts regte sich im Rund der Arena außer der *muleta*, die sich im Wind blähte. Die beiden Frauen neben uns ließen ihre Fächer sinken.

Auf einmal rannte der Stier los, wie eine Marionette an unsichtbaren Fäden geführt. Eine Sekunde bis zum Zusammenprall, und Espartaco stand immer noch reglos da, eine nicht zu verfehlende Zielscheibe. Die Zuschauer waren aufgesprungen. Warum wich er nicht aus? War Espartaco lebensmüde, der Mann, der alles hatte? War er hier, um zu sterben?

Er hätte zur Seite springen müssen, dem Stier nur die *muleta* präsentieren dürfen. Doch stattdessen zog er bedächtig das rote Tuch zur Seite und entblößte sich.

Wie hypnotisiert änderte der Stier seinen Kurs und folgte der *muleta*. Es war, als wäre der Matador unsichtbar, überhaupt nicht da: ein Geist, eine Fata Morgana. Kaum waren die Hörner haarscharf an ihm vorbei, riss Espartaco die *muleta* hoch in die Luft und ließ den Bullen nicht einmal diese berühren.

Von da an gehörte der Stier ihm. Mit jedem Angriff holte Espartaco ihn näher an sich heran, immer enger und langsamer, wickelte das Tier förmlich um sich, zog die *muleta* durch den Staub, tiefer und immer tiefer, bis er schließlich auf den Knien war. Seine Anziehungskraft war vollkommen und unwiderstehlich. Es gab keine Welt mehr außer seiner Welt, und die Zeit schien stillzustehen. Alles Leben in der Arena war in diesen einen, alles entscheidenden Moment gepresst, und selbst wir, die Zuschauer auf den Rängen, hielten den Atem an, denn es bedurfte nur der winzigsten Ablenkung, des unglücklichen Rutschens eines Hufs, und der große Espartaco wäre ein toter Mann.

Aber der Stier strauchelte nicht, ließ sich durch nichts ablenken. Selbst zwischen den Angriffen, wenn die Menge jubelte und klatschte, sah er nur das, was der Matador ihn sehen lassen wollte. Sie waren eine Einheit, Mensch und

Tier, zwei Schauspieler in einem Akt, kühn im Angesicht des Todes.

Dann setzte die Musik aus für den Todesstoß.

Noch war der Kampfgeist des Stiers nicht erloschen. Den Degen erhoben und die *muleta* vor sich, näherte sich Espartaco. Der Stier setzte mit gesenktem Kopf zu seinem letzten Angriff an.

Der Schwung seines eigenen Gewichts trieb ihm die Klinge bis zum Schaft in den Nacken. Das Tier blieb stehen, Blut tropfte aus seinem Maul, dann brach es zusammen. Einer der *peones* eilte herbei, aber er wurde nicht mehr gebraucht. Der Stier war tot.

Die Zuschauer waren von ihren Plätzen aufgesprungen. Begeistert applaudierten sie und schwenkten ihre weißen Taschentücher, als der Kadaver von einem Maultiergespann aus der Arena geschleift wurde. Charlie wechselte ein paar anerkennende Worte mit den *señoritas* zu seiner Rechten. Während er mit ihnen lachte, belohnte man Espartaco mit den beiden Ohren des Tieres – eine seltene Ehre. Sie wurden wie Skalpe von dem Kadaver geschnitten und in einem Triumphzug rund um die Arena getragen. Verzückt griffen sich die beiden jungen Frauen an die Brust und warfen ihrem Helden Luftküsse zu in dem rührenden, hoffnungslosen Versuch, seine Aufmerksamkeit zu erregen.

Zehn Jahre später hatte sich nichts verändert: der Lärm, die Menge, das Ritual. Der Himmel war bedeckt, und es war etwas schwüler als damals, doch ansonsten war alles genauso wie in meiner Erinnerung – alles bis auf eines: Die Exotik des Neuen fehlte. Ich spürte, wie sich das Erlebnis von einst, das mir so klar und dramatisch vor Augen stand, langsam in die Dimensionen der Gegenwart einpasste, und selbst die beiden jungen Frauen mit ihrer blassen Haut und dem rabenschwarzen Haar kamen mir auf einmal idealisiert und unwahrscheinlich vor. Zufällig saßen auch diesmal zwei junge Frauen neben uns. Sie kauten Kaugummi, trugen zu viel Parfüm und zu viel Make-up.

Während des Kampfs erhielt Charlie mehrere Anrufe von seiner Frau. Ich konnte nicht alle Einzelheiten verstehen, dafür war mein Spanisch zu eingerostet, aber ich erriet, dass es um Entscheidungen bezüglich einer Gästeliste und dem Catering ging, die sie nicht ohne Charlie treffen konnte. Er nannte sie »*cariño*« und sagte, alles klinge gut. Als Espartaco die Arena betrat, hörte ich nicht mehr hin. Erst auf dem Rückflug fiel bei mir der Groschen: Sie hatten über die Vorbereitungen für die Party zu seinem vierzigsten Geburtstag gesprochen.

Der berühmte Matador hatte nichts von seinem Geschick verloren. Bei jeder seiner Bewegungen jubelte die Menge. Er war immer noch der Liebling des Publikums. Auf allen Rängen brandete Beifall auf, wenn er den Stier näher an sich heranholte und im Staub kniend die *muleta* herumwirbelte, während die Hörner des Stiers nur Zentimeter an seinem Herzen vorbeigingen.

»¡*Olé!*«

Charlies Handy klingelte wieder. Noch ein Problem, das gelöst werden musste. Mein alter Freund legte eine Hand über das linke Ohr, um den Lärm der Menge auszublenden. Ich hatte den Eindruck, seine Abwesenheit sorgte für Unmut in Madrid. Er begann sich zu rechtfertigen. Ich hörte deutlich, wie er sagte: »*Lo prometido es deuda*«, »versprochen ist versprochen«.

Wieder brach die Menge in Jubel aus. Der Stier drehte sich jetzt suchend im Kreis. Espartaco, der hinter einer

Staubwolke verschwunden war, sah nicht einmal hin. Geringschätzig ließ er das Ende seiner *muleta* im Wind flattern, dann schüttelte er sie leicht. Der Stier scherte aus, dann ging er auf ihn los.

Die jungen Frauen sprangen auf, die Taschentücher bereits gezückt. Ich studierte ihre Gesichter, die Konzentration, die Hingabe … Bis ein weiterer Schrei aus der Menge ertönte. Ihre Gesichter erstarrten. Wie in Zeitlupe führte eine das Taschentuch an den Mund. Die andere schrie.

Unten in der Arena war es, als wäre der Bann gebrochen. Von Espartaco war nichts zu sehen. An seiner Stelle waren mehrere grün gekleidete Männer aufgetaucht und versammelten sich in der Mitte. Der Stier war los und jagte die Umhänge, die vom Trio der *peones* wild durch die Luft geschwenkt wurden. Im nächsten Moment kam ein Notarztwagen mit Blaulicht rückwärts in den Tunnel gefahren.

Erst jetzt verstand ich: Dieses Mal war der Stier gestrauchelt.

Die Männer hoben Espartaco auf eine Trage. An ihren Händen und Kleidern klebte Blut, leuchtend, glänzend. Es war überall, auch an ihren Schuhen und im Staub. Charlie war aufgesprungen, die Hände an die Schläfen gepresst. Eine der Frauen war in Ohnmacht gefallen.

Als sie den Matador zum Krankenwagen trugen, rutschte sein linker Arm von der Trage und hing reglos herab. Ein rotes Rinnsal wand sich um seinen Mittelfinger. Und in diesem Moment wusste ich es, wussten es wir alle: Der große Espartaco war tot.

Übersetzt von Sophie Zeitz

Dora Heldt

Ela heißt jetzt Manu

Ich liebe Geburtstage. Meine eigenen sowieso, aber auch die der Familie. Wir feiern immer groß und immer mit allen. Es würde mir wirklich etwas fehlen, wenn wir diese Ereignisse aus irgendeinem Grund abschaffen würden, aber weil sie uns allen so gut gefallen, besteht die Gefahr nicht. Leider wohnen nicht mehr alle hier im Dorf. Die meisten sind zum Glück nur ein paar Kilometer weit weggezogen, man kann sie immer noch mit dem Fahrrad besuchen. Alle, bis auf Ela. Daran habe ich mich noch nicht gewöhnt. Sie ist meine Lieblingscousine, und weil sie so klug und schön ist, wohnt sie in Hamburg. Mitten in der Stadt. Und leider von uns fast sechzig Kilometer entfernt.

Am Sonnabend ist sie vierzig geworden. Das ist ja heute kein Alter mehr, habe ich gelesen, im Gegensatz zu früher, da wurde man an dem Tag zur alten Jungfer, aber heute? Ela hat nämlich weder Mann noch Kinder, ich finde das nicht schlimm, weil sie so immer noch Ela ist und nicht Frau Soundso oder die Mutter von Dingens. Aber meine Tante Gerhild ärgert sich. Sie ist nämlich die Einzige aus dem Dorf, die noch keine Enkel hat. Für meinen Onkel Hans ist das völlig in Ordnung, sagt er zumindest, aber Ela war ja immer schon ein Papa-Kind, sagt Tante Gerhild. Sie ist die Schwester von meiner Mutter, die wiederum fünf Enkel hat, weil meine beiden Schwestern dauernd Kinder kriegen. Ich noch nicht, ich bin ja die Jüngste. Und ich habe keinen

Freund. Außerdem habe ich vor zwei Jahren endlich mit einer Ausbildung angefangen, in »Bruhns Gasthof«. Die muss ich erst mal zu Ende bringen. Das mache ich auch. Ich werde nämlich Köchin, das nützt mir auch noch später. Aber ich schweife ab.

Also: Meine Lieblingscousine Ela ist am Sonnabend vierzig geworden. Während sie noch hier wohnte, hat sie oft auf mich aufgepasst, sie war ja schon siebzehn, als ich geboren wurde. Eigentlich heißt sie Manuela, aber alle sagen Ela. Sie war schon immer die Schönste aus dem Dorf, und sie hat als Beste Abitur gemacht. Es gibt nichts, was sie nicht kann. Na ja, ausmisten vielleicht nicht, aber dazu hatte sie auch nie viel Lust. Dafür hat sie sogar die Melkmaschine und das Getriebe von unserem Trecker repariert.

Onkel Hans und Tante Gerhild haben vor zehn Jahren ihre Landwirtschaft aufgegeben. Sie haben eben nur Ela, und die wollte den Hof nicht. Unseren hat der Mann von meiner mittleren Schwester übernommen, da bleibt alles, wie es ist. Tante Gerhild hilft jetzt beim Roten Kreuz, und Onkel Hans löst Kreuzworträtsel. Einmal im Jahr fahren sie in den Harz zum Wandern. Ziemlich langweilig das Ganze, deswegen regt Ela sich wohl auch immer auf, wenn sie hier ist. Aber Onkel Hans guckt sie nur stolz an und sagt, dass alles gut sei. Es würde doch reichen, wenn eine aus der Familie Karriere mache. Er spricht es »Kajärr« aus, weil er glaubt, dass es so eleganter klingt.

Ela hat nämlich einen Superjob in Hamburg. Die Firma hat ein riesiges Büro mit Blick auf die Elbe, in einem Stadtteil, der direkt am Hafen liegt. Toll. Alles ist ganz modern, mit großen, weißen Schreibtischen, silbernen Lampen und roten Ledersesseln, wie im Film. Ela ist jeden Tag sehr schick angezogen, sie hat auch ziemlich viel zu sagen, glaube ich, aber sie hat ja auch studiert. Irgendetwas mit Werbung, was sie genau macht, das habe ich nicht richtig verstanden. Leider hat sie so viel zu tun, dass wir sie nur noch ganz selten sehen. Manchmal schickt sie mir Pakete, in denen Anziehsachen von ihr sind, die sie nicht mehr braucht. Zum Glück haben wir dieselbe Kleidergröße, deshalb bin ich mit Abstand die bestangezogene Köchin in ganz Niedersachsen.

Meine Mutter schüttelt immer den Kopf und wundert sich, dass Ela so viel Geld für Klamotten ausgibt, die sie nur zweimal trägt. Aber ich finde das klasse.

Aber zurück zum Thema. Letzte Woche habe ich wieder einmal ein Paket von Ela bekommen. Ein roter Blazer war drin, eine Leopardenbluse und eine weiße Jeans mit Stickereien auf dem Hintern. Sehr schön. Am Abend wollte ich ihr einen Brief schreiben, um mich zu bedanken. Ich kann mir nie ihre Postleitzahl merken, deswegen habe ich in meinem Adressbuch nachgesehen, und dabei lief es mir siedend heiß den Rücken hinunter, weil da stand, dass Ela am Sonnabend Geburtstag hat. Und dann noch einen runden.

Ich habe es sofort meiner Mutter erzählt, die war auch ganz erschrocken und sagte: »Großer Gott, da wird das Kind schon vierzig. Das wird doch bestimmt gefeiert.«

Jetzt haben wir seit einiger Zeit ein kleines Problem. Unser Hund, der Jogi Löw heißt, weil er dieselbe Frisur hat, mag keine Postboten. Also zumindest nicht unseren aktuellen. Neulich hat er ihn gebissen, nicht richtig natürlich, nur so ein bisschen angenagt. Darum bekommen wir im Moment aber keine Postzustellung und vergessen andauernd, die Sendungen beim Postamt abzuholen. Ich finde das übertrieben, weil der Postbote den Jogi Löw immer provoziert hat, aber so einem Hund glaubt man ja nicht. Auch wenn er aussieht wie der Bundestrainer.

Meine Mutter hat mich böse angesehen und gesagt: »Und weil deine blöde Töle so schlecht erzogen ist, haben wir jetzt Elas Einladung nicht.«

Wenn Jogi Löw etwas falsch macht, gilt er immer als mein Hund. Es ist nicht gerecht.

Meine Mutter hat sofort ihre Schwester Gerhild angerufen. Ich konnte nicht hören, was die antwortete, es war aber leicht zusammenzureimen.

»Wie? Sie feiert nicht?«

…

»Das ist doch kein Grund. Es ist ein runder Geburtstag.«

…

»Früher hat sie alles gefeiert. Denk mal an die Führerscheinparty. Im Stall. Fast hundert Leute und bis die Polizei kam, war das doch wirklich schön.«

…

»Du regst dich schon wieder auf, denk an deinen Blutdruck, Gerhild. Aber was machen wir denn jetzt?«

…

»Das finde ich aber traurig. Das Leben besteht doch nicht nur aus Arbeit. Das müsst ihr als Eltern auch mal sagen. Na ja, ich denke noch darüber nach, sie ist schließlich auch meine Patentochter. Bis später, grüß Hans.«

Meine Mutter legte den Hörer auf und wandte sich langsam zu mir.

»Tante Gerhild wird komisch. Genau wie Oma. Die hat sich auch nur noch über alles beschwert. Fürchterlich.«

»Und was ist jetzt mit Elas Geburtstag?«

Tante Gerhild war mir im Moment ziemlich egal, ich wollte die Aussicht auf eine Geburtstagsfeier. Und ich wollte Ela wiedersehen. Weihnachten war schon ein halbes Jahr her, und selbst da war sie nur zum ersten Feiertag gekommen. Und nur zum Kaffeetrinken.

Meine Mutter verschränkte die Arme vor der Brust und runzelte die Stirn. »Ela will nicht feiern, weil sie arbeiten muss.«

»Aber es ist Sonnabend. Wochenende. Da hat sie doch frei.« Mit diesem fadenscheinigen Grund gab ich mich nicht zufrieden. »Das glaube ich nicht. Es muss etwas anderes sein.«

Entschlossen griff meine Mutter wieder zum Hörer. »Ich ruf sie mal an. Vielleicht hat sie Kummer oder kein Geld, das kann man doch alles lösen.«

Tatsächlich ging meine Cousine am anderen Ende dran.

»Hallo Elakind, hier ist Tante Monika.«

...

»Nein, es ist nichts passiert. Alles in Ordnung. Hör mal, was ist denn mit deinem Geburtstag am Sonnabend? Willst du nicht nach Hause kommen? Und feiern?«

...

Ihr Gesichtsausdruck wechselte von freudig zu abwartend, von verständnislos zu mitleidig.

»Ach je«, sie nickte. »Das ist ja Pech. Aber du bist nicht allein, oder? Gut. Aber dann holen wir das im Sommer nach. Versprochen? Ja. Und ...«

Sie sah hoch, als ich wilde Zeichen machte. »Und Grüße von Daniela. Willst du sie ... Ach so. Dann tschüss, bis bald.«

Sie legte auf und sagte zu mir: »Grüße zurück, sie hat jetzt eine Besprechung und meldet sich später bei dir.«

»Und was ist jetzt mit Sonnabend?« Gespannt wartete ich auf ihre Antwort.

»Ela hat sich das Knie verdreht und kann nicht laufen. Sie hat ordentlich Schmerzen. Deshalb kann sie weder kommen noch irgendetwas einkaufen, das ist natürlich blöd. Sie will im August feiern, vielleicht hier. Und irgendeine Freundin kommt sie besuchen und bringt Pizza mit. Na ja, schöner Geburtstag.«

Vor dem Fenster entdeckte meine Mutter einen ihrer Enkel auf dem Hof, der sich gerade auf ein Huhn warf.

»Jasper!«

Mit empörtem Schrei schoss sie nach draußen. Es handelte sich um eines ihrer Lieblingszwerghühner, das von meinem dreijährigen Neffen gerade plattgewalzt wurde.

Ich blieb nachdenklich zurück. Es war bestimmt nicht komisch, vierzig zu werden. Und dann noch ein verdrehtes Knie zu haben, das einen hindert, diesen Tag würdevoll und freudig zu begehen. Eine Welle von Mitleid für Ela stieg in mir hoch. Das hatte sie einfach nicht verdient.

Bevor mir die Tränen in die Augen stiegen, betrat meine mittlere Schwester das Zimmer.

»Was ist los?« Nach einem kurzen Blick auf mich beugte sie sich ans Fenster. »Jogi Löw hat ein totes Huhn im Maul.«

»Das war Jasper.«

»Nein.« Gabriele zog die Gardine wieder zu. »Ein totes Huhn. Übrigens hat Ela Sonnabend Geburtstag. Kommt sie oder fahren wir hin?«

»Sie hat ein verdrehtes Knie. Sie kann nicht gehen.«

»Dann müssen wir wohl zu ihr.« Im Vorbeigehen griff sie nach einem Apfel, kurz darauf hörte ich sie mit vollem Mund rufen: »Jaschper, lasch das Huhn schufrieden, sonscht kannscht du was erlebn.«

Mit dem heulenden Jasper auf dem Arm kam meine Mutter kurz darauf zurück. »Dieser Junge macht mich wahnsinnig«, sagte sie und setzte ihn auf die Küchenbank. »Und Gabriele lacht nur.«

»Gabi mag die Hühner ja auch nicht«, antwortete ich und sah zu, wie Jasper einen Weinkorken in den Mund steckte und würgte. Ich griff ihm schnell in den Mund, um den Korken zu erwischen.

Natürlich biss Jasper zu. Und fing an zu heulen. Ich überlegte, ob ich ihn einfach wieder verkorken sollte. Er machte einen wirklich wahnsinnig.

»Gabi hat gemeint, dass wir am Sonnabend zu Ela fahren können.«

Meine Mutter überlegte. »Und was ist mit Essen?«

»Nehmen wir mit. Kerzen und Kuchen auch.«

»Gut.« Ein kleines Lächeln flog über ihr Gesicht. »Dann kriege ich auch mal mein neues Kleid an. Ich sag den anderen Bescheid. Passt du auf Jasper auf?«

Sie war schon weg, bevor ich antworten konnte.

Das Gute an unserer Familie ist, dass wir alle nett sind. Allerdings sind wir ziemlich viele. Das ist manchmal anstrengend, dann aber auch wieder schön. Und sehr praktisch, weil immer irgendeiner gerade etwas kann oder besitzt, was ein anderer braucht. Für wichtige Dinge gibt es eine Telefonkette, so muss jeder immer nur einen anrufen, der dann wiederum mit dem Nächsten telefoniert. Die Reihenfolge ist festgelegt.

Deshalb kam meine Mutter auch schon nach einer Minute wieder und sagte: »Es läuft. Wir treffen uns heute Abend bei Heidi und Jochen, um alles zu planen. Heidi macht Häppchen. Was hat Jasper denn da im Mund?«

Leider hatte ich nichts von Heidis wunderbaren Häppchen, ich musste arbeiten. Der Schützenverein hatte seine Jahreshauptversammlung. Anschließend gab es Schnitzel, da bekam natürlich niemand frei. Schnitzel braten sich ja nicht allein.

Als ich um Mitternacht nach Hause kam, saßen neben meinen Eltern, meinen Schwestern, ihren Männern, Tante Gerhild und Onkel Hans auch noch meine beiden anderen Tanten Eva und Marlies bei uns in der Küche.

»Jogi Löw hat bei Heidi in die Diele gekotzt«, verkündete mein Vater. »Der muss was Schlechtes gefressen haben.«

»Zwerghuhn«, sagte ich, während ich einen Stuhl an den Tisch schob. »Jan ist erster Vorsitzender bei den Schützen geworden und hat gesagt, dass Gabriele ihm gesagt hat, dass wir Sonnabend zu Ela fahren. Er will mit.«

Tante Gerhild verdrehte die Augen. »Nicht, dass das Ärger gibt.«

Jan war nämlich der Exfreund von Ela. Das ist schon fünfzehn Jahre her, aber er kommt nicht darüber hinweg. Deshalb ist er auch so dick geworden, sagt seine Mutter, das ist alles Elas Schuld. Wenn Jan zu viel getrunken hat, wird er immer traurig, redet von Ela und heult.

»Lass den Jungen doch.« Onkel Hans mochte ihn. »Er ist ein Guter, irgendwie habe ich ja immer das Gefühl, die beiden kommen doch mal wieder zusammen. Das passte schon gut.«

»Onkel Hans.« Meine älteste Schwester Maren schenkte allen Korn ein. »Jan ist ein fetter, langweiliger Sack. Außerdem arbeitet er im Friedhofsamt, das ist doch nix für Ela.«

»Der hat ein sicheres Einkommen. Und keinen Stress bei der Arbeit. Da kann er in seiner Freizeit den Garten machen.«

Maren tippte sich an die Stirn und schrieb weiter an einer Liste.

»Was ist das?« Ich beugte mich nach vorn, um etwas lesen zu können, aber Maren hat eine so winzige Schrift, dass es unmöglich war. Sie arbeitete halbtags als Arzthelferin bei unserem Dorfdoktor, deshalb kriegten wir alle immer so leicht Termine.

»Ich habe mal alle aufgeschrieben, die am Sonnabend mit zu Ela wollen. Ist ja nur gut, dass sie jetzt so eine große Wohnung hat. Heute Nachmittag hatten Jutta und Rosi Termine bei uns, denen habe ich auch gesagt, dass wir fahren. Sie kommen mit, Rosi kauft eine Kiste Bier und Jutta macht Frikadellen.«

Mit Rosi und Jutta war Ela früher zur Schule gegangen. Zu der Clique gehörten aber auch noch Helga und Dorit. Die wussten bestimmt auch schon Bescheid.

»Das ist ja nett.« Ich lächelte, als ich den Namen vom Doktor las. »Und Gerd kommt auch mit?«

»Der war damals ja so in Ela verknallt«, stichelte meine Mutter in Richtung ihrer Schwester, die nie verwunden hatte, dass ihre Tochter den einzigen Arzt im Dorf abgewiesen hatte. »Schade eigentlich. Und jetzt ist er geschieden und zahlt so viel Unterhalt für die blöde Tina. Pech.«

Tante Gerhild schnaubte nur.

Ich mochte keinen Streit und fragte mit versöhnlicher Stimme: »Hat Ela denn gesagt, wann wir da sein sollen?«

»Sie hat …«, begann Maren, bevor ihr Blick an meinem Ohr vorbei zur Küchentür ging und sie hektisch aufsprang. »Nein! Jogi Löw reihert auf meine neuen Schuhe. Daniela, mach was!«

Natürlich war es ärgerlich, vor allem weil die Schuhe aus Wildleder und nicht zu retten waren. Aber ich fand es auch nicht gerecht, dass ich den Schaden bezahlen sollte. Hätte Gabrieles Sohn nicht das Zwerghuhn umgebracht, hätte mein Hund es nicht fressen können, dann hätte er auch nicht gereihert. Aber alle gaben Jogi Löw die Schuld. Und ich musste Maren neue Schuhe kaufen.

Weil ich dann doch etwas beleidigt war, habe ich am nächsten Tag mit keinem geredet. Stattdessen war ich lange mit Jogi Löw wandern, nach Magenverstimmungen brauche ich auch immer frische Luft.

Als ich zurückkam, hatte mein Chef schon angerufen. Margitta, unsere Köchin, hatte sich den Arm verbrüht, und ich musste einspringen. Obwohl ich eigentlich ein paar freie Tage haben sollte. So hatte ich keine Gelegenheit, mich mit meinen Schwestern zu vertragen oder mit ihnen über Elas Geburtstag zu sprechen. Sie organisierten einfach alles allein. So sind sie.

Erst am Freitag kam Margitta wieder zur Arbeit. Sie lobte mich, weil ich alles so gut hinbekommen hatte, und ich bekam dafür auch am Sonnabend und Sonntag frei. Das passte ja gut, weil mittlerweile die Familie Elas Geburtstag generalstabsmäßig geplant hatte. Ich war zwar überhaupt nicht mehr einbezogen worden, dafür musste ich aber auch nicht kochen. Das hatten schon meine Tanten, meine Mutter, meine Schwestern und ein paar von Elas alten Schulfreundinnen erledigt.

Auch wenn Ela schon so lange nicht mehr im Dorf wohnte, so war sie doch immer noch wahnsinnig beliebt. Das merkte auch der Letzte, als wir uns am Sonnabendmittag bei Tante Gerhild und Onkel Hans auf dem Hof trafen.

Wir waren insgesamt sechsunddreißig Personen und ein

Hund. Ich konnte Jogi Löw ja schließlich nicht den ganzen Tag alleine lassen, und er fuhr so gern Bus.

Das ist, wie gesagt, so praktisch an einer großen Familie, man hat immer alles parat. Albert, der Mann meiner ältesten Schwester, hat zum Beispiel ein Busunternehmen. Er kam mit dem modernsten Bus, den er hat. In dem gibt es sogar eine Toilette.

Ich setzte mich mit Jogi Löw in die letzte Reihe, das war schon früher mein Lieblingsplatz gewesen. Man sitzt bequem und hat alles im Blick. Der dicke Jan saß mit einem riesigen Rosenstrauß genau vor mir. Er hatte ein ganz rotes Gesicht und war furchtbar aufgeregt.

Rosi und Helga stießen sich an und kicherten, was ich blöd fand. Die beiden waren richtig aufgedonnert, Rosi trug ein gelbes Kleid mit passenden Schuhen und hatte sich eine neue Dauerwelle machen lassen. Sie zog zwei Zettel aus der Tasche und drückte Helga einen in die Hand. Als sie sah, dass ich sie beobachtete, sagte sie: »Ach, Daniela, du kannst eigentlich auch mitsingen, du hast doch so eine schöne Stimme.«

»Was denn?« Ich war skeptisch.

»Wir haben das Lied ›Verdammt, ich lieb dich‹ von Matthias Reim umgedichtet. ›Verdammte Vierzig‹, der Text ist ganz super geworden, habe ich mit Helga und Jutta gemacht. Und Gerd spielt dazu Akkordeon. Machst du mit?«

Sie reichte mir den Zettel, ich überflog die Zeilen:

»Verdammte Vierzig, verdammte Zahl.
Das klingt so heftig, da wird man kahl.
Verdammte Vierzig, verdammter Tag,
gekommen sind alle, die man mag ...«

Ich las nicht ganz zu Ende, sondern sagte bloß: »Mal sehen.«

Dabei fiel mir ein, dass Ela überhaupt keine Akkordeonmusik mochte.

Jogi Löw legte seinen Kopf auf meine Beine und schloss die Augen. Sofort wurde ich auch müde, ich hatte wirklich sehr viel gearbeitet, weil Margitta ausgefallen war. Das sanfte Ruckeln im Bus, die Wärme, das vertraute Stimmengemurmel und Jogi Löws Schnarchen verhalfen mir zu einem friedlichen Schlaf.

Als ich wieder aufwachte, stand der Bus schon mitten in Hamburg an einer roten Ampel. Alberts Stimme hatte mich geweckt. Er brüllte ins Mikrofon: »Kann denn nicht mal jemand auf den Stadtplan gucken?«

Ich schob meinen Hund vom Bein und setzte mich gähnend auf. Vor mir verfielen alle in hektisches Treiben und riefen Albert irgendetwas zu.

»Nicht alle auf einmal! Ich werde irre. Maren, komm doch mal nach vorn. Ich kann doch nicht einfach hier stehen bleiben.«

Meine älteste Schwester konnte Stadtpläne lesen, beruhigt lehnte ich mich wieder zurück und richtig, der Bus fuhr langsam weiter. Zehn Minuten später hielten wir vor Elas Wohnhaus, ich erkannte es sofort wieder. Es gab ein großes Hallo und einzelnen Applaus für den Fahrer. Albert stellte den Motor aus und drehte sich mit dem Mikrofon in der Hand zu uns um.

»Wir sind da. Wer geht zuerst hoch? Maren? Daniela?«

»Lass mal Daniela gehen.« Maren winkte mir zu. »Die hat ja sonst nichts gemacht. Ela soll ja nicht gleich einen Herzinfarkt kriegen. Sie ist jetzt schließlich in einem gefährlichen Alter.«

Rosi, Helga, Jutta und Dorit gackerten zwerghuhngleich. Jogi Löw knurrte.

Ich ging langsam nach vorn. Neben meiner Mutter blieb ich stehen und fragte sie überrascht: »Weiß Ela denn nicht, dass wir kommen?«

Sie sah mich fröhlich an. Ihre Wangen waren rot, in der Hand hatte sie ein leeres Schnapsglas. Anscheinend war die Feier im vorderen Busteil schon in vollem Gange, ich hatte das verschlafen.

»Nö«, sagte sie lächelnd und bekam einen Schluckauf. »Wir haben zu spät dran gedacht. Und da war schon alles organisiert. Sie freut sich bestimmt. Überraschungspartys sind die besten.«

Hinter ihr klatschten Heidi und Jochen sich ab.

Ich holte tief Luft und stieg aus dem Bus.

Ela wohnte im zweiten Stock links in einem sehr schönen Sechs-Familien-Haus. Ich drückte draußen kurz auf die Klingel. Nichts. Dann drückte ich ein zweites Mal. Wieder nichts. Dann drückte ich lang. Lang, kurz, lang.

Die Lachsalven aus dem Bus waren deutlich zu hören. Plötzlich wurde die Haustür von innen aufgerissen und eine ältere, elegante, aber etwas verblüfft blickende Dame stand vor mir. Fragend sah sie erst auf mich, dann auf den Bus.

»Ja? Zu wem wollen Sie denn?«

»Zu meiner Cousine.« Ich war immer noch erschrocken. »Sie hat Geburtstag.«

»Meinen Sie Frau Jansen?«

»Ja. Ela Jansen. Sie wird vierzig.«

Die Dame nickte. »Aber was wollen Sie denn hier? Und was ist das für ein Bus?«

Ich warf einen Blick auf Elas Freunde und Familie, dann sah ich wieder die Frau an. »Der gehört Albert, das ist mein

Schwager. Und Ela wohnt doch hier. Wir wollen sie besuchen.«

»Oh.« Mit unergründlichem Gesichtsausdruck blickte die Dame mich an. »Manu feiert an der Elbe. Das Lokal heißt ›Beach Bar‹. Ich muss jetzt los. Schönen Abend noch.«

»Manu? Aber sie heißt doch Ela. Von Manuela.«

Die Frau war so schnell verschwunden, wie sie aufgetaucht war, und ich ging langsam zum Bus zurück.

Nachdem ich den anderen mit Hilfe des Mikrofons mitgeteilt hatte, dass unsere Ela gar nicht da war, sondern in einer Strandbar feiert, gab es zunächst leichtes Murren. Tante Gerhild war beleidigt.

»Und ich habe extra noch gefragt«, sagte sie. »›Nein, Mama, mein Knie tut doch so weh. Ich hole die Feier im August nach.‹ Und jetzt stehen wir hier, wie bestellt und nicht abgeholt. Toll.«

»Wir sitzen doch.« Meine Mutter reichte ihr ein Schnapsglas. »Trink mal einen. Wir fahren da jetzt einfach hin. Das ist doch bestimmt keine Feier, das ist doch am Strand. Die sitzt da vielleicht mit ein paar Freundinnen und grillt.«

»Genau.« Onkel Hans blieb gelassen. »Genug zu essen und trinken haben wir ja mit. Die freuen sich bestimmt, wenn Nachschub kommt. Also los, Albert. Gib Gummi.«

Albert war ziemlich sauer. Er musste mit dem Bus rückwärts gegen die Einbahnstraße fahren, weil er vor Elas Haus nicht wenden konnte.

»Wenn jetzt hier die Bullerei steht und Geld haben will, dann zahlt ihr das«, pöbelte er ins Mikrofon. »Das kann man doch alles vorher abklären. Maren, hast du jetzt diese Bar gefunden?«

Meine Schwester hielt den Stadtplan mit ausgestreckten

Armen, sie hatte anscheinend ihre Brille schon wieder in der Praxis liegen lassen. Ihre Antwort konnte ich natürlich nicht hören, sie saß ja ganz vorn neben Albert. Und in der Mitte vom Bus wurde lautstark ›Verdammte Vierzig‹ geübt. Es klang tatsächlich mit jedem Durchgang besser. Jogi Löw hatte schon aufgehört zu jaulen.

Wir zuckelten gemütlich an der Elbe entlang. Albert ignorierte die hupenden Fahrzeuge hinter ihm. Er fuhr mitten auf der Straße, weil er Angst hatte, sich an den parkenden Autos die Seitenspiegel abzufahren. Sein Bus war noch ganz neu, gerade mal zwei Wochen alt, und deshalb hatte Albert auch sofort zugestimmt, die ganze Bagage nach Hamburg zu fahren. Damit auch Ela das neue Prachtstück mal sehen könnte.

Jetzt rollte er langsam auf einen Parkplatz zu, der vor einer Reihe moderner Gebäude an der Elbe lag.

»Das ist doch kein Strand.« Marens Stimme war auch hinten zu verstehen, weil sie ganz in Gedanken immer noch das Mikrofon in der Hand hielt. »Hier kann man doch nicht grillen. Das sieht aber sehr vornehm und teuer aus. Albert, ich glaube, wir sind falsch.«

»Das ist mir ganz egal«, antwortete ihr Mann mit genervter Stimme. »Hier ist ein Busparkplatz, und hier stelle ich ihn ab. Du hast mir diese Adresse gesagt, wir sind da und nach mir die Sintflut.«

Still stand der Bus auf dem Platz. Rechts und links parkten jede Menge Autos, glänzende und teure Wagen. Ich hörte Gerds begeisterte Stimme: »Guckt mal, Leute, da vorn ist ein Maserati. Wahnsinn. Und wo ist hier jetzt Ela?«

Sofort erklang der Chor: »*Happy Birthday to you …*«

Maren gab Gabriele und mir ein Zeichen, gefolgt von Tante Gerhild und Onkel Hans kletterten wir unter den Gesängen von Familie und Freunden aus dem Bus und gingen auf die Gebäude zu.

Onkel Hans war nicht mehr ganz sicher auf den Beinen, ich dachte erst, er hätte schon zu viel Schnaps getrunken, aber er klopfte mir jovial auf die Schulter und sagte: »Ich bin immer schaukelig, wenn ich zu lange Bus fahre.« Dann bekam er Schluckauf.

An der Tür stand ein großes Schild: »Geschlossene Gesellschaft«. Gabriele drehte sich zu Maren um.

»Das ist doch die falsche Adresse. Du hast gesagt, du bist sicher. Ganz toll.«

Etwas ratlos blieben wir stehen und zuckten zusammen, als uns plötzlich ein Paar überholte.

»Wir sind ja doch nicht die Letzten«, rief die Blondine im schwarzen, engen Kleid mit Hochsteckfrisur. »Schönen guten Abend.«

Dann sah sie uns genauer an und wurde plötzlich unsicher. Sie trug sehr roten Lippenstift. »Wollen Sie auch zu Manu? Oder ... nicht?«

»Manu?« Tante Gerhild guckte die Frau skeptisch an. »Also, wenn Sie Manuela meinen ... Aber hier ist doch eine geschlossene Gesellschaft.«

»Kein Mensch sagt Manuela«, lachte die Frau. »Wie auch immer, wir müssen. Partytime.«

Ich hatte ein ganz komisches Gefühl. »Ähm, entschuldigen Sie bitte, also, feiert hier meine Cousine Ela, äh, Manuela Jansen? Geburtstag?«

»Ja, sicher.« Die Frau zog ihren Begleiter ungeduldig an uns vorbei. »Komm, Fabian, ich brauche Schampus.«

Die Tür klappte hinter ihnen zu, wir sahen uns an.

»Tja«, sagte Maren. »Sie feiert doch. Das hat dann wohl jemand falsch verstanden. Und nun?«

Ich zuckte mit den Achseln. »Zurück?«

»Ich glaube, es hackt.« Onkel Hans schnappte nach Luft. »Wir fahren doch nicht sechzig Kilometer mit dem Bus für nix. Und der ganze Kofferraum ist voll mit Essen und Trinken. Ne, ne, wir feiern jetzt. Und dann sagen wir der blonden Schickse gleich mal, dass Manu Ela heißt. So was Affiges. Geht ihr mal gucken, wo wir hinmüssen, ich hole die anderen.«

Als er auf den Bus zuschwankte, war ich mir nicht mehr sicher, ob das Schaukeln wirklich nur von der Fahrt kam.

Tante Gerhild straffte sich, hob das Kinn und verkündete: »Ich muss mal. Ich kann nicht im Bus. Wir fragen da jetzt einfach mal nach. Wenn Ela nicht da ist, dann fahren wir eben nach Hause. Kommt ihr?«

Sie drückte die Tür auf, und wir mussten uns beeilen, um hinter ihr zu bleiben.

Kurz darauf standen meine Schwestern und ich in der Tür eines großen Raumes. Der Fußboden war schwarz gefliest, an der Decke hingen die größten Lampen, die ich je gesehen hatte. Es gab keine gedeckten Tafeln, sondern jede Menge Stehtische, deren weiße Decken bis auf den Boden fielen. Überall standen Kerzen, aber nur weiße, es gab eine Art Bühne, keine richtige, aber ein Podest, auf dem ein Mann vor einem Laptop saß. Er hatte langes Haar und wiegte sich im Takt einer komischen Klaviermusik. Alles sehr eigenartig. Und eigenartig wurde auch Elas Gesicht, als sie uns sah.

Ganz langsam ließ sie ihr Glas sinken, schloss ihren Mund und kam mit unsicheren Schritten auf uns zu.

»Wie kommt ihr denn hierher?«, fragte sie leise, als sie endlich vor uns stand.

In diesem Moment fiel mir auf, was so komisch war: Fast alle Leute in dem Raum trugen schwarze Kleidung. Wie auf einer Beerdigung. Auch Ela hatte ein schwarzes Kleid an. Sehr kurz und mit Spitze an den Ärmeln. Ich hoffte, sie würde es nicht so bald entsorgen, es gefiel mir nicht besonders. Mein Kleid war lila, auch von Ela. Aus dem vorletzten Paket.

»Herzlichen Glückwunsch, Ela«, trompetete Gabriele. »Wir dachten, dein Knie ist kaputt, und wollten dich überraschen. Deine Nachbarin hat uns gesagt, wohin wir müssen.«

Elas Antwort klang wie: »Ich bringe sie um«, aber das hatte sie bestimmt nicht gesagt. Ihre Augen weiteten sich, als sie über unsere Schultern schaute. Ich musste mich nicht umdrehen, Tante Gerhilds Stimme übertönte alles.

»Zweite Tür rechts, ganz tolles Klo, sogar richtige Handtücher.«

Ela sah mich mit Panik in den Augen an. »Blamiert mich bitte nicht! Diese Party ist wirklich wichtig für mich.«

Ich lächelte sie beruhigend an. Wir würden ihr doch niemals schaden wollen.

Während die Frauen zur Toilette gingen, hatte uns Onkel Hans, gefolgt von Dr. Gerd, erreicht.

»Elamädchen«, rief er und riss seine Tochter an die Brust. »Alles Gute, Liebes, da guckst du, was? Wir lassen dich an deinem Geburtstag doch nicht allein. Wozu hat man Familie und Freunde?«

Gerd bückte sich und fasste Elas Knie an, sie quietschte wie Jogi Löw, wenn man auf ihn tritt. »Lass mal sehen. Das ist ja gar nicht mehr geschwollen.«

Er klang enttäuscht, schließlich hatte er extra seine Arzttasche mitgeschleppt.

Nach und nach kam die ganze Busbesatzung nach oben. Es gab ein großes Hallo, alle wollten Ela drücken, was schwierig war, weil Gerd immer noch vor ihr hockte und das Knie untersuchte.

Mich hatten sie ein bisschen zur Seite geschoben, ich konnte Ela nur von hinten sehen. Sie wurde von einem zum anderen gereicht, ihre Frisur kam ganz durcheinander, und Gerd robbte immer hinterher. Diejenigen, die gratuliert hatten, gingen weiter, um sich einen Platz zu suchen. Die schwarz gekleideten Gäste guckten komisch. Die Musik war inzwischen aus.

Jochen, Helga, Marlies und Hannes gingen die Reihen ab und gaben jedem die Hand, während sie sich vorstellten. Die anderen folgten, es wirkte, als würden sie kondolieren.

Jan stand mit seinem Rosenstrauß immer noch am Ende der Gratulanten. Es dauerte lange, bis alle drankamen, jeder wollte ja auch etwas Nettes zu Ela sagen. Jans Rosen sahen ein bisschen traurig aus. Es waren nicht mehr alle Köpfe an den Stielen, Albert hatte den Strauß beim Aussteigen eingeklemmt. Jan schwitzte furchtbar, das kam wohl daher, dass er so dick war und so aufgeregt.

Mein Schwager Jörg stand inzwischen neben dem Mann mit dem Laptop. Jörg war sowohl beim Feuerwehrfest als auch beim Sportlerball der DJ, ihm war es noch nie passiert, dass die Musik mittendrin ausging. Ich hoffte, er hatte ein paar von seinen CDs dabei, er machte immer tolle Musik, zu diesem Klaviergeklimper von vorhin wollte ja niemand tanzen.

Ela konnte nur froh sein, dass Jörg sich jetzt kümmerte. Er nahm dafür noch nicht einmal Geld.

Meine Mutter und Tante Gerhild hatten auch schon gratuliert, ich war immer noch nicht drangekommen und folgte den beiden erst mal zum Büfett. Dann würde ich Ela eben zum Schluss gratulieren, aber das könnte ja noch einen Moment dauern.

»Was soll das denn sein?«, fragte Tante Gerhild und hielt skeptisch eine Auberginenrolle zwischen Daumen und Zeigefinger.

»Antipasti«, erklärte ich ihr, schließlich lernte ich Köchin und hatte so etwas schon einmal in der Berufsschule gemacht. »Italienisch.«

»Das ist ja nur eingelegtes Gemüse.« Meine Mutter schüttelte den Kopf. »Ich dachte, die grillen. Gut, dass wir genug mithaben.«

Sie drehte sich zur Tür, um zu sehen, wie lang die Schlange war. Jetzt standen nur noch zehn von uns vor Ela an, der Rest hatte sich schon im Raum verteilt, und die bunten Kleider und Blusen machten sich gut zwischen den vielen schwarzen Menschen.

Zwischendurch guckte ich immer wieder zu meiner Cousine, um den Moment abzupassen, in dem ich sie beglückwünschen könnte. Es dauerte ewig, aber plötzlich war nur noch Jan mit seinen Rosen vor ihr. Gerade als er sie ihr geben wollte, kam Jogi Löw angeschossen. Er hatte ein Hühnerbein im Maul, deshalb konnte er auch nicht richtig bellen, sondern sprang Ela nur stumm an. Sie guckte starr erst auf Jan, dann auf Jogi Löw und fiel um.

Es sah erst schlimmer aus, als es war. Tante Gerhild klopfte ihrer Tochter ein paarmal auf die Wange und sagte, dass es kein Wunder sei. »Die ist so dünn, die hat doch bestimmt den ganzen Tag noch nichts gegessen. Gerd, lass doch mal, sie kommt schon wieder.«

Trotzdem hörte Gerd ihr Herz ab und zählte den Puls,

auch als Ela schon lange wieder wach war. Ich wollte ihr schnell eine Cola holen, das hilft bei mir immer, wenn mir schwindelig ist.

»So, alles wieder im Lack«, rief Jochen schnell in Richtung Zuschauer. »Sie sitzt schon wieder und trinkt. Jetzt macht mal nicht solche Gesichter, jetzt wird gefeiert.«

Ela machte eine schwache Handbewegung und verzog das Gesicht, als wollte sie lächeln. In diesem Moment setzte die Musik wieder ein. Und es war eindeutig Jörg, der die Regie übernommen hatte.

»*Happy birthday, darling, may all your dreams come true.*« Dazu konnte man auch schön tanzen. Rosi nahm das als Startzeichen und rief: »Damenwahl!«

Während die ersten Paare im Foxtrott über die Tanzfläche glitten, blieb Ela auf ihrem Stuhl sitzen. Sie hatte jetzt wieder Farbe im Gesicht, sah aber trotzdem noch sehr angestrengt aus. Ich nutzte die Gelegenheit, um ihr endlich zu gratulieren.

»Herzlichen Glückwunsch«, sagte ich. »Geht es wieder?«

Mit komischen Augen sah sie mich lange an und sagte dann leise: »Ach, Daniela, ich …« Sie wurde von einem lauten Geräusch unterbrochen und drehte sich mühsam um.

Maren und meine Mutter kamen gerade mit den letzten Kühltaschen von unten und schleppten sie an die Seite, wo mein Vater einen Tapetentisch aufgestellt hatte. Heidi tackerte eine Papiertischdecke fest.

»Wir können hier nicht einfach eigenes Essen …«, versuchte Ela mit letzter Kraft, aber Maren legte ihr beruhigend eine Hand auf die Schulter. »Das ist ein Geschenk, das geht. Aber wir lassen die Getränke im Bus, das wollen die hier nicht. Albert baut unten eine kleine Bar auf. Da darf dann auch geraucht werden. Bist du okay?«

Ela antwortete nicht. Ich hielt immer noch ihre Hand in meiner und drückte sie tröstend. Vermutlich tat ihr Knie sehr weh, vielleicht war sie vor lauter Schmerzen umgekippt.

Maren war schon wieder weg, um unser Büfett aufzubauen. Ela starrte immer noch hinter ihr her.

»Vielen Dank für das Paket«, versuchte ich sie abzulenken. »Die Jeans mit den Stickereien ist ganz toll.«

»Was …?«, wollte sie gerade fragen, als sie sah, dass sich, angeführt von Rosi und Jutta, alle an der Tür versammelten. Es sah aus, als wollten sie gehen. Ich beruhigte Ela sofort. »Keine Sorge«, flüsterte ich ihr zu, »wir fahren noch nicht.«

Unter dem ungläubigen Staunen der Schwarzgekleideten formierte sich unser Chor vor der Bühne und wartete darauf, dass Gerd sich sein Akkordeon umgeschnallt hatte. Er spielte ein Paar Töne, hob auffordernd den Kopf und lächelte erst Ela, dann dem Chor zu. Und schon ging es los.

»Verdammte Vierzig, verdammte Zahl,
das klingt so heftig, da wird man kahl.
Verdammte Vierzig, verdammter Tag,
gekommen sind alle, die man mag.«

Ela war so gerührt, dass ihr eine Träne über das rote Gesicht lief. Und wir gaben alles.

Auf der Rückfahrt war es viel stiller als auf der Hinfahrt. Wir hatten uns alle müde gefeiert. Albert hatte noch nicht einmal gemeckert, als Jogi Löw auf die hintere Sitzreihe reiherte. Er hatte zu viele Antipasti gefressen und vertrug keinen Knoblauch. Aber die Sachen mussten ja weg, schließlich waren sie bezahlt und die meisten Gäste hatten nur noch von unserem Büfett gegessen.

Aber Albert war kaputt, das merkte man. Er hatte auch den ganzen Abend gearbeitet. Seine Busbar war ein voller Erfolg gewesen. Wir hatten nur noch Leergut im Bus, die Schwarzgekleideten hatten ganz schön geschluckt. Jede Gruppe, die zum Bus gekommen war, hatte beim Trinken und Rauchen ›Verdammte Vierzig‹ gesungen. Es klang zwar nicht so schön wie bei uns, trotzdem hatte sich Rosi gefreut, dass ihr Text so gut ankam.

Der Karaoke-Wettbewerb war auch toll gewesen. Jörg hatte schon Erfahrung damit, er machte ihn immer auf dem Sportlerball. Elas Chef hatte ganz klar gewonnen. Er hatte wirklich eine gute Stimme und war mit ›Lady in red‹ ganz klarer Sieger geworden. Obwohl seine Frau ein schwarzes Kostüm trug.

Die hatte den ganzen Abend Jogi Löw auf dem Schoß gehabt und war ganz verliebt in ihn. Wahrscheinlich hat sie ihn auch mit Antipasti gefüttert. Zum Glück hatte er erst im Bus gekotzt, das wäre sonst unangenehm geworden. Jogi Löws schwarze Haare hatte man ja auf ihrem schwarzen Rock nicht gesehen.

Der Mann, der vorher so einsam vor dem Laptop gesessen hatte, blieb den ganzen Abend bei Albert im Bus und trank Schnäpse. Das war auch nicht schlimm, seine Musik war nicht so doll gewesen, und wir hatten ja Jörg. Seit der die CDs mit den fünfzig besten Partykrachern gespielt hatte, war die Tanzfläche voll gewesen.

Es war schade, dass Ela wegen ihres Knies überhaupt nicht hatte tanzen können, nicht einmal bei der Polonaise hatte sie mitgemacht. Stattdessen war sie auf ihrem Stuhl sitzen geblieben, hatte uns mit zerzauster Frisur und müden Augen etwas verwirrt zugeguckt, aber wenigstens Nudelsalat und kleine Frikadellen gegessen. Und sehr viel Rotwein getrunken. Gerd hatte den ganzen Abend neben ihr verbracht, irgendwann hatte Ela ihren Kopf an seine Schulter gelegt und war eingeschlafen.

Jan hatte nur ganz kurz geweint, dann war er von einer Svenja angesprochen worden. Die hatte rote Haare, trug einen schwarzen Hosenanzug, war eine Kollegin von Ela und sehr nett. Sie tanzte sogar später eng mit Jan. Er hatte Ela ganz vergessen. Erst später weinte er noch einmal, das war, als wir alle zum Bus sollten. Abschiede machen ihn fertig.

Wir haben Ela dann mit dem Bus nach Hause gefahren. Sie war so erschöpft vom Rotwein und ihren Schmerzen, sie hätte das mit dem Taxi niemals geschafft. Gerd ist bei ihr geblieben, das fand Tante Gerhild auch beruhigend, auch wegen Elas Kreislauf.

»Gerd kommt dann morgen mit dem Zug zurück. Das ist doch nett von ihm.«

Ich habe die Party einfach toll gefunden. Je länger sie gedauert hat, desto mehr schwarze Jacken hingen an den Stuhllehnen. Elas Freunde haben so viel getanzt und unser Lied so oft gesungen, dass sie alle völlig verschwitzt waren.

Am besten hat mir Fabian gefallen, das ist der Auszubildende von Ela. Er trug eine schwarze Jeans und einen schwarzen Pullover und ist sehr hübsch. Er hat den ganzen Abend mit mir getanzt und irgendwann gesagt, dass er Manu noch nie so gesehen und dass er sich ihre Familie völlig anders vorgestellt habe. Als ich ihn gefragt habe, warum er Manu sage und nicht Ela, antwortete er nur, dass sie doch so heiße. Ich habe ihn nicht korrigiert. Sie ist ja seine Chefin. Aber Manu klingt nach schwarzem Hosenanzug, finde ich, eigentlich passt das gar nicht zu unserer Ela. Ihre Lieblingsfarbe war doch immer gelb. Butterblumengelb.

Carlos Salem

So wie die Wolken ziehen

Wie ein Kranker, der nach einem fiebrigen Infekt noch sehr wacklig auf den Beinen ist, scheint sich die Kneipe der Nacht zum Montag zu stellen. Oder so wie ich, wenn ich nach einem Rausch mal wieder einen fürchterlichen Kater habe, denkt Poe, und bestellt noch ein Bier.

Als Lola es ihm über den Tresen zuschiebt, streifen sich kurz ihre Finger; beide spüren die knisternde Spannung, tun aber so, als wäre nichts. Wie lange umkreisen wir uns nun schon, vollführen diesen Eiertanz, der all die Tänze vorwegnimmt, die wir uns schulden?, fragt sich Poe. Viel zu lange, scheinen ihm Lolas Augen zu signalisieren. Vielleicht wagen sie ja diese Nacht den Sprung über den Schützengraben, den jeder von ihnen um sich errichtet hat, um nicht an Ort und Stelle übereinander herzufallen. Vielleicht ja diese Nacht …

Seit Monaten kommt Poe nun schon jeden Abend in Lolas Kneipe, und seit Monaten spürt er, dass sie genauso Feuer gefangen hat wie er. Es ist ihr Lachen, mehr noch als ihr Hintern, ihr Busen oder ihre Beine, bei deren Anblick allen Kneipengängern die Augen übergehen, ja, es ist dieses Lachen, weswegen er sein Herz an sie verloren hat, wahrscheinlich schon am dritten Abend, als sie wissen wollte, wer ihm seinen Spitznamen »Poe« gegeben hat. »Haroldo, mein ehemaliger Chef bei der Zeitung«, hatte er ihr erklärt, »weil ich ein halber Poet sei.« – »Und die andere Hälfte?«, hatte Lola schmunzelnd gefragt. »Ein Hurensohn.« Lola hatte laut aufgelacht, was bei jeder anderen Frau vulgär geklungen hätte, nur nicht bei ihr.

Okay, ich riskier's, versucht Poe sich gerade selbst Mut zu machen, als die Kneipentür aufgeht und ein seltsamer Typ hereinkommt. Ein Flackern in dessen Augen bringt Poe von seinem soeben gefassten Entschluss ab; vielleicht bildet er es sich aber auch nur ein, um das längst fällige Geständnis sowie den Korb, den er womöglich von Lola bekommt, noch einmal hinausschieben zu können. Letztlich ticken wir beide nämlich ganz ähnlich, fährt es ihm durch den Sinn.

Obwohl die Kneipe völlig leer ist, setzt sich der komische Kauz nun auf den Hocker direkt neben Poe, der einmal mehr denkt, dass er Spinner gründlich satt hat.

»In 'ner halben Stunde werde ich vierzig«, sagt der Kerl.

»Glückwunsch«, brummt Poe nur und gähnt demonstrativ.

»Eigentlich hätte ich mich heute umbringen müssen.«

»Dazu ist es nie zu spät.«

»Ja, schon … Weißt du, es ist wegen dem runden. Weil das ein ganz besonderer Geburtstag ist, zieht man Bilanz. Wenn man dann aber feststellt, dass man in allen Bereichen nur Schiffbruch erlitten hat, kommt man unweigerlich zu dem Schluss, dass man von der Bühne des Lebens schleunigst abtreten sollte. Hat man das erst einmal kapiert, wird diese Gewissheit zu einem Zwang, einer Mission, dem Einzigen, das noch irgendwie Sinn macht. Und ich kann dir sagen, man fühlt sich ziemlich komisch, wenn man sich nicht an seine Verabredung mit der Ewigkeit hält.«

»Mach's so wie ich. Spül die Gewissensbisse mit ein paar Bierchen runter. Wenn sie richtig schön kalt sind, kannst du sie spätestens nach dem fünften nicht mehr auseinanderhalten.«

»Das würde mir auch nichts nützen. Ach, verdammte Kacke, dabei hatte ich alles so sorgfältig bedacht ... Na ja, zumindest fast alles, wie ich's tun würde, wusste ich noch nicht genau. Aber am wichtigsten ist sowieso der feste Entschluss, es wirklich zu tun. Das unterscheidet die, die sich ernsthaft das Leben nehmen wollen, von denen, die es aus einem Impuls heraus tun. Die meisten Leute glauben, ein Lebensmüder denkt lange über die Methode nach. Dabei ist das Wichtigste, dass du dir erst einmal klarmachen musst, was Selbstmord wirklich bedeutet. Wenn du dich dann dazu entschließt, weil es das Beste für dich ist, dann ist das ein wahrer Balsam für die Seele.«

»Ah ja. Aber wenn man sich vorher nicht gut das Wie überlegt, zieht man unter Umständen andere mit rein.«

»Das passiert nur denen, die sich zu lange damit aufhalten, die richtige Methode zu wählen. Im letzten Moment bekommen sie dann Schiss, weil sie sich erst da bewusst werden, dass mit dem Tod alles aus ist und vorbei. Und deshalb gelingt's ihnen dann nicht, oder sie brauchen andere dazu.

Ich jedenfalls hätte ganz allein Schluss gemacht, und zwar genau heute, einen Tag vor meinem vierzigsten. Die Frist hab ich mir vor einem Monat gesetzt. Da ich weder Arbeit habe noch Hobbys, habe ich meine restliche Kohle gezählt und dann eine Monatskarte für die Metro gekauft.«

»Es geht doch nichts über Sightseeing, wenn man sich umbringen will ...«

»Das ist kein Scherz«, entgegnet der Selbstmörder beleidigt. »Ich stellte mir vor, dass ich einen ganzen Monat lang unterirdisch die Stadt erkunde, die Arterien dieser Bestie, die meine Träume verschlungen hat. Dreißig Tage lang wollte ich Tunnelmauern vor meinen Augen verschwimmen sehen und an den einzelnen Stationen in anonyme Gesichter schauen, deren Mienen mir bestätigen sollten, dass ich es wirklich tun muss. Zumal …«

»So betrachtet …«

»Zumal sich die Wahrnehmung dabei verändert: Durch den ständigen Blick aus dem Zugfenster nimmt man irgendwann alles nur noch wie in Zeitlupe wahr, egal, ob die U-Bahn nun dahinrast, bremst oder steht. Alles scheint sich verlangsamt zu bewegen, nichts stimmt mehr mit der Realität überein, und du fühlst dich so wie die Wolken, die hoch oben am Himmel vorüberziehen, ja, das ist das Gefühl, das sich da einstellt …«

»Wenn du das sagst …«

»Ja, und deshalb hab ich also heute vor genau einem Monat Fotos machen lassen. In einem dieser Fotoautomaten, die in den U-Bahnhöfen stehen. Ich brauchte ja eines für die Monatskarte. Wie ich darauf aussah, war mir ziemlich egal, Hauptsache, der Kasten spuckte schnell meine Fotos aus.«

»Verständlich. Schließlich blieb dir nur noch ein Monat zu leben …«

»Genau. Als das Gebläse endlich ausging, riss ich also die Klappe auf, steckte meine Hand rein – und zog statt einem zwei Streifen raus. Meine vier Fotos und die einer jungen Frau.«

»Im Leben dreht sich immer alles um eine Frau«, sagt Poe und wirft dabei Lola einen Blick zu.

»Sie war nicht einmal sonderlich hübsch. Aber sie erinnerte mich irgendwie an jemanden, nein, genauer gesagt an etwas. Ist dir schon mal jemand begegnet, dessen Gesicht dir alte Zeiten ins Gedächtnis zurückruft? Der ein Gesicht hat, in dem sich alle möglichen Gesichter, Namen, Worte und Düfte aus deiner Vergangenheit überlagern?«

»Das passiert mir immer, wenn ich zu viel Cognac trinke. Am nächsten Morgen brummt mir dann dermaßen der Schädel …«

»Sie hatte genau so ein Gesicht. Doch nicht das war es, was meinen felsenfesten Entschluss, einen ganzen Monat lang U-Bahn zu fahren, ins Wanken brachte. Nein, mein Fehler war, dass ich mir ihre Fotos näher ansah. Hätte ich das nicht getan, wäre ich jetzt tot. Auf dem ersten starrt sie noch mit leerem Blick vor sich hin. Auf dem zweiten sieht sie direkt ins Objektiv, allerdings ohne zu bemerken, dass hinter dem Vorhang, der die Kabine abschirmt, etwas zum Vorschein kommt, das auf dem dritten Foto dann ganz deutlich zu sehen ist: Von hinten nähert sich ihrem zarten Hals eine kräftige, behaarte Männerhand, bereit, sie jeden Moment zu erwürgen. Das vierte zeigt dann wieder nur das Gesicht der jungen Frau; ihrem Ausdruck nach zu schließen, hat sie tatsächlich nicht mitbekommen, dass sie eben in Lebensgefahr geschwebt hat.«

»Sachen gibt's …«

»Wahrscheinlich hat der Killer nicht zur Tat schreiten können, weil sich plötzlich Leute näherten … Oder weil er im letzten Moment zurückgepfiffen worden ist.«

»Und wenn's ihr Freund war, der ihr einen Streich spielen wollte?«, wendet Lola ein. »Oder sonst irgend so 'n Trottel, der nicht geschnallt hat, dass schon jemand in der Kabine sitzt?«

»Nein, ausgeschlossen«, erwidert der Selbstmörder und streckt ihr sein leeres Glas hin, »wenn ihr das Foto seht, wisst ihr, dass ich recht habe: Es ist ganz eindeutig die Hand eines Auftragskillers.«

Entschieden steckt er die Hand in seine rechte Jackentasche und zieht einen Streifen mit vier Fotos heraus, den er zu Poe hinüberschiebt. Der schaut ihn sich an und reicht ihn dann Lola weiter. Beide nicken.

»Seht ihr? Ich dachte also, dass die junge Frau gerade noch mal mit dem Leben davongekommen war, der Killer aber bestimmt nur auf die nächstbeste Gelegenheit wartet. Ich musste sie unbedingt warnen. Als ich die Monatskarte gelöst hatte, begann ich, den U-Bahnhof wie ein Verrückter nach ihr abzusuchen, einen Bahnsteig nach dem anderen, die Gänge, dann die Züge der Linien, die dort haltmachten, schließlich jede einzelne der Stationen, an denen sie hätte umsteigen können; fast das gesamte U-Bahn-Netz fuhr ich nach ihr ab, blickte jeder jungen Frau ins Gesicht und musterte jede behaarte Männerhand ...«

»Heftig!«, murmelt Lola, wofür Poe sie am liebsten umarmen würde.

»Als ich sie nach ein paar Tagen immer noch nicht gefunden hatte, begriff ich, dass meine Suche viel zu wichtig war, um sie dem Zufall zu überlassen. Ich musste systematischer vorgehen. Bevor's mit mir bergab ging, war ich Journalist, müsst ihr wissen.«

»Das hab ich befürchtet«, brummt Poe.

»Deshalb fing ich an, mich an den Stationen noch genauer umzusehen und die täglichen Abläufe zu erforschen, den geheimen Rhythmus des U-Bahn-Lebens. Anfangs zeigte ich noch jedem die Fotos. Bis ein Stadtstreicher mir zuraunte, dass ich das lieber bleiben lassen solle, das sei zu riskant. Zuerst glaubte ich ihm nicht, es war so ein Alter mit einer Säufernase, der den ganzen Tag immer nur denselben Tango auf seinem Bandoneon spielte, doch aufgrund meiner regelmäßigen Beobachtungen fiel mir irgendwann auf, dass die Schalterbeamten sich manchmal heimlich Zeichen machten, die Verkäuferinnen der Boutiquen in den wichtigsten U-Bahn-Passagen ungewöhnlich blass waren, das Reinigungspersonal sich ab und zu verschwörerische Blicke zuwarf und ich an diversen Stellen dieses unterirdischen U-Bahn-Netzes immer wieder dieselben Satzfetzen hörte, die, obwohl scheinbar banal, irgendwie wie vereinbarte Losungen klangen.«

»Und deshalb hast du dann wieder den Bandoneonspieler gesucht«, sagt Poe.

»Genau. Ich hab mir 'ne Flasche Whisky besorgt und ihn zu mir nach Hause eingeladen. Wenn die U-Bahn schloss, kehrte ich nämlich zurück in meine Wohnung, da ich die Miete noch für den ganzen Monat bezahlt hatte. Ich machte uns ein leckeres Abendessen, und nachdem er gut gegessen und viel getrunken hatte, meinte Publio – so hieß der Alte –, dass ich aufhören sollte, herumzufragen. Und dann weihte er mich in das Geheimnis ein und erzählte mir von dem Reich …«

Der Selbstmörder hält inne und sieht Poe an. Doch nicht er, sondern Lola stellt die erwartete Frage.

»Was für ein Reich?«

»Na, das Reich, das in den U-Bahn-Schächten von einer Loge oder Sekte errichtet wurde, oder wie immer ihr diesen Geheimbund nennen wollt, der im Untergrund langsam und unmerklich immer mehr Macht anhäuft. Ihr habt doch sicher in den Zeitungen schon von Menschen gelesen, die einfach spurlos verschwinden. Nun, Publio zufolge stecken da diese Geheimbündler dahinter: Entweder räumen sie die Leute aus dem Weg, weil sie ihnen auf die Schliche gekommen sind, oder die Verschwundenen haben sich der Verschwörung freiwillig angeschlossen und sind untergetaucht. Darüber hinaus hätten sie aber auch sicher noch Spione, eine Art ›Agenten auf Probe‹, erklärte er mir, die zunächst oberirdisch Geheimnisse auskundschafteten und nach erfüllter Mission endgültig untertauchen durften. Und eigene Sicherheitskräfte hätten sie natürlich auch, damit das Geheimnis um jeden Preis gewahrt wurde.«

»Dieser Publio muss den Kanal ganz schön voll gehabt haben …«, brummt Poe.

»Ja, schon, aber es gab da auch ein paar Punkte in seiner Geschichte, die exakt mit dem übereinstimmten, was ich während meiner nun fast schon zwanzig Tage dauernden Suche beobachtet hatte. Wahrscheinlich wolle man die junge Frau umbringen, weil sie ein heimliches Treiben entdeckt habe, erklärte er mir in jener Nacht, vielleicht brauche man sie aber auch als Menschenopfer für irgendeine kultische Handlung. Habt ihr euch schon mal gefragt, warum die Metro nachts schließt? Na …? Publio war der festen Überzeugung, dass, sobald die Gitter heruntergelassen waren, die Bewohner des Schattenreichs aus ihren Verstecken krochen, um in den Gängen und Stationen rituelle Messen zu zelebrieren und in Versammlungen darüber zu diskutieren, wie weiter auf einen Umsturz hinzuarbeiten war …«

»Heftig«, murmelt Lola wieder.

»Ja, schon. Nichtsdestotrotz gab ich die Suche nach ihr nicht auf und sammelte währenddessen Indizien, die Publios Hypothese Punkt für Punkt bestätigten. Jeden Tag ging ich bei ihm vorbei, und während er weiter seinen Tango spielte, erzählten wir einander unsere Beobachtungen. Bald war klar, was ich zu tun hatte, bevor meine Zeit um war: Um die Verschwörung aufzudecken, musste ich mich …«

»… eine Nacht in der U-Bahn verstecken«, vollendet Poe den Satz des Selbstmörders.

»Genau. Zu einem runden Geburtstag muss man etwas

ganz Besonderes tun. Aber ich hatte eine Heidenangst davor. Gestern Morgen habe ich mir dann endlich ein Herz gefasst und bin zu Publios U-Bahn-Station gefahren, um mich von ihm zu verabschieden. Als ich näher kam, standen jedoch unheimlich viele Leute um die Stelle, wo er immer spielte, obwohl die erste Rushhour schon vorbei war. Ein Schaulustiger, der anscheinend genug gesehen hatte, erklärte mir, nur wenige Minuten vorher sei einem alten Bandoneonspieler im Gedränge die Kehle durchgeschnitten worden. ›Ein Säufer weniger‹, sagte der Typ schulterzuckend, bevor er losrannte, um seine U-Bahn noch zu erreichen.

Publio war tot – und ich fuhr danach den ganzen Tag ziellos herum, sah niemanden an, starrte nur aus dem Fenster, nahm alles wie in Zeitlupe wahr, fühlte mich wie die Wolken, die am Himmel vorüberziehen. Gegen Mitternacht versteckte ich mich dann hinter einem bereits geschlossenen Verkaufsstand, um auf den Betriebsschluss zu warten. Ich hörte die Schritte der Wachmänner, die die Gänge nach letzten Fahrgästen absuchten, hörte nicht zu entschlüsselnde Lautsprecherdurchsagen und wie die leeren Züge zurück ins Depot fuhren …«

»Ganz schön unheimlich …«, murmelt Lola.

»Als endlich alles ruhig war, richtete ich mich auf und machte mich auf die Suche nach irgendwelchen Lebenszeichen. Ich ging durch die menschenleeren Gänge – und auf einmal hörte ich Schritte. Langsame, aber entschiedene Schritte. Direkt hinter mir. Aber auch aus den anderen Gängen näherten sich welche, als wüssten sie genau, wo ich war. Da fielen mir die Überwachungskameras ein, und ich lief los; die Schritte hinter mir wurden jedoch ebenfalls schneller. Als ich um eine Ecke bog und kurz zurückblickte, sah ich sogar jemanden, genauer gesagt, einen Teil von ihm:

eine Hand. Die kräftige, behaarte Hand von dem Foto! Ich rannte weiter, so schnell ich konnte, doch meine Verfolger wurden immer mehr. Sie trieben mich auf einen Bahnsteig. Völlig außer Atem blieb ich schließlich stehen. Es gab kein Entrinnen mehr, sie hatten mich eingekreist, von allen Treppen, aus allen Gängen kamen Schritte und Stimmen näher und näher, wie eine monotone Litanei, die mehr und mehr anschwoll. Plötzlich hörte ich im Tunnel einen Zug, und eine böse Vorahnung sagte mir, dass er voller Menschen war, den Bewohnern dieser Unterwelt. Ich blickte in den dunklen U-Bahn-Schacht …«

Der Selbstmörder hält inne, steckt sich eine Zigarette an und betrachtet den Streifen mit den Fotos. Poe nimmt einen langen Schluck.

»Aber sie haben dich nicht umgebracht …«, sagt Lola nach einer Weile.

»… und du hast dich auch nicht vor den Zug geschmissen«, fügt Poe genervt hinzu.

»Nein«, erklärt der Selbstmörder. »Ab morgen habe ich einen neuen Job. Ich mache fortan PR für die U-Bahn-Gesellschaft. Sie zahlen sehr gut. Und ich kann umsonst U-Bahn fahren.«

»Und die junge Frau?«, fragt Lola, als der Selbstmörder sein Feuerzeug an die Fotos hält.

»Was für eine junge Frau?«

Gedankenverloren sieht der komische Kauz zu, wie der Streifen im Aschenbecher langsam verbrennt, dann steht er auf, zahlt und geht.

Als die Kneipentür hinter ihm ins Schloss fällt, überlegt Lola, ob sie Poe in dieser Nacht zu sich nach Hause einladen soll. Soll sie wirklich …?

»Was denkst du?«, fragt sie ihn unschlüssig.

»Ich denke, dass ich solche Spinner echt satt habe ...
Und außerdem bin ich schon immer lieber Bus gefahren«,
entgegnet Poe, steht auf und geht, ohne sich von der ent-
täuschten Lola groß zu verabschieden.

In dieser Nacht wird er keinen Absacker in einer anderen
Kneipe trinken, wie er das sonst immer tut, sondern direkt
nach Hause gehen. In dieser Nacht muss er gut schlafen.
Und am besten auch noch den ganzen nächsten Tag durch.
Denn morgen Nacht, wenn die Wachmänner der Metro wieder die Gitter herunterrasseln lassen, wird er unter irgendeinem Ladentisch liegen, in der Jackentasche seine alte ver-
rostete .38er, die er seit Ewigkeiten in der Schublade seines
Küchentischs aufbewahrt.

Morgen Nacht wird Poe nämlich vierzig Jahre alt.

Und deshalb muss er unbedingt etwas Besonderes tun.

Übersetzt von Silvia Schmid

Stefan Maiwald

Altersarmut, here I come

Falls Sie an Ihrem nächsten runden Geburtstag eine große Fete steigen lassen wollen, sollten Sie mir jetzt gut zuhören. Eins kann ich Ihnen gleich sagen: Wenn Ihnen Ihre geistige Gesundheit lieb ist, tun Sie's lieber nicht.

Meine Frau wurde im letzten Sommer vierzig Jahre alt, und wenn ich an das Fest zurückdenke, zuckt noch jetzt mein rechtes Augenlid. Runde Geburtstage sind auf der ganzen Welt etwas Besonderes, in Italien sind sie jedoch noch ein wenig besonderer. Alle Beteiligten verbringen Monate mit den Vorbereitungen, reißen sich dabei schier ein Bein aus und verschulden sich dafür bis in die Enkelgeneration. Ja, man könnte fast meinen, Geburtstage mit einer neuen Ziffer vor der Null richtig pompös zu feiern sei eine italienische Eigenheit, genauso wie Kulturdenkmäler verfallen zu lassen und virile Ministerpräsidenten wiederzuwählen.

Zuerst einmal wurde ich Opfer der geografischen Lage. Ich – »eingekaufter« Italiener – lebe mit meiner Familie auf Grado nahe Triest. Die Insel wird von der Adria und einer mäßig salzhaltigen Lagune umschlossen, die sich, grob gesprochen, bis Venedig zieht und in der viele kleine Inseln liegen, auf denen allerdings keine von Tiepolo ausgemalten Renaissancekirchen stehen, sondern nur ein paar Fischerhütten mit Plumpsklo, in denen wellige ›Playboy‹-Kalender aus dem Jahr 1997 hängen. Meine Frau hatte nun die Idee gehabt, die Geburtstagsparty am 6. August auf einer dieser Inseln stattfinden zu lassen. Eine schöne Idee, keine Frage. Wenn man nicht selber den Gastgeber spielen muss: Schaffen Sie erst mal Getränke, Gläser und Klopapier für dreihundert Leute mit einem leckenden Vier-Meter-Kahn auf eine dieser Inseln. Besagte Insel lag zwar nicht weit von Grado entfernt, aber zwei Tage und vierzehn Fahrten dauerte es dann doch. Nicht, dass ich was anderes zu tun gehabt hätte. Klar, ein gepflegtes kühles Bier am Strand wäre ja im heißen Urlaubsmonat August auch allzu naheliegend gewesen. Für das Essen beauftragten wir immerhin einen Catering-Service. War nicht ganz billig, aber was man in Italien beim Autokauf spart (Fiat statt Audi), gibt man dann eben für so was aus.

Dann musste die Party meiner Frau natürlich auch unbedingt unter einem Motto stehen. Das Motto, für das sie sich entschied, lautete »Pink Touch«. Jeder Gast sollte was Pinkfarbenes tragen, und dass Pink nicht Rosa ist, musste ich mir erst von unserer achtjährigen Tochter erklären lassen. Ich kaufte mir also ein pinkfarbenes Hemd für hundertzwanzig Euro, denn Pink ist eine Farbe, die es ausschließlich von lispelnden Designern gibt, die, wie Gott, nur einen Namen haben. Oder kennen Sie die Vornamen von Gucci, Prada oder Fendi?

Und das sollte nicht meine letzte Großinvestition sein, denn ich brauchte ja noch ein Geschenk, was mich einigermaßen unter Druck setzte. Was würde »der Deutsche« seiner Frau wohl zum vierzigsten Geburtstag schenken? Ich musste für ein ganzes Volk geradestehen, das in Italien aus vielen Gründen geschätzt wird, aber ganz sicher nicht wegen seiner Großzügigkeit.

Bei Geschenken in Italien gilt nämlich: Seien Sie spendabel. Es muss richtig, richtig wehtun, egal, zu welcher

Party man geht. Diese Schenkerei ist einerseits sehr spaßig, denn es bedeutet, dass man zum Geburtstag von nicht blutsverwandten Tanten plötzlich einen Flachbildfernseher oder einen Titanium-Golfschläger geschenkt bekommt, andererseits wird die gleiche Freigebigkeit aber auch von einem selbst erwartet, und so überreicht man besagter Tante zu ihrem Geburtstag dann eben einen violetten Pullover aus vierfach gezwirnter Seide oder ein iPad. Dieser ungeheure Warenkreislauf hält die italienische Wirtschaft in Schwung, die die globale Finanzkrise bislang (Stand: Frühsommer 2011) ja auch verhältnismäßig gut überstanden hat, trotz einer in Trümmern liegenden Regierung, deren Vertreter vor lauter Slips auf ihren Schreibtischen kaum noch die täglichen Bulletins lesen können.

Bis zum 5. August kam ich jedoch gar nicht dazu, mir ein Geschenk für meine Frau zu überlegen, denn ich hatte mit den Vorbereitungen einfach zu viel zu tun. Zum Beispiel musste ich ungebetene Gäste abwimmeln. Ich gelte als Diplomat der Familie und wurde deshalb mit folgendem Problem konfrontiert: Selbst wenn man dem ganzen Dorf (rund zweihundertfünfzig Leute) Einladungen schickt – abgesehen natürlich von den Babys, den Siechen und den Lahmen –, vergisst man immer irgendeinen entfernten Bekannten, der zwar schon vor zwei Jahrzehnten ins Ausland gezogen ist, ausgerechnet zu deiner Party aber zurückkommen will und sich deshalb lauthals beschwert. Als nun Anrufe unangenehmer Menschen drohten, übernahm ich das Telefon. Immerhin konnte ich meine unvollkommenen Sprachkenntnisse vorschieben. Und wenn nicht mal das half, die grobmaschige Netzabdeckung auf der Insel …

Am Morgen des 6. August musste ich also gar nicht erst schweißgebadet erwachen. Vor lauter Grübeln über die ultimative Geburtstagsgabe hatte ich ohnehin nicht geschlafen. Außerdem klingelten schon ab sieben Uhr die Blumenhändler aus dem Ort. Es ist wohl sinnlos, gegen hochgezüchtetes Gestrüpp als Geschenk zu wettern, aber man darf doch erstaunt sein, dass selbst jene Leute Blumen schickten, die später noch zum Fest eingeladen waren, mithin also doppelt gaben. Machen sich meine geliebten Italiener damit nicht ein bisschen viel Stress? Man hat doch schon genug Mühe mit einem Geschenk, dachte ich kopfschüttelnd. Oder gibt es Dienstleister, die so was für einen erledigen, wie die legendären *galoppini*, die einem in den italienischen Großstädten für ein paar Euro die Behördengänge abnehmen oder zumindest eine günstige Wartenummer zuschieben? (Eine bessere Wartenummer kostet in Neapel derzeit fünf Euro. Wer jemals in Deutschland drei Stunden auf die Erneuerung seines Führerscheins gewartet hat, wünscht sich ganz sicher eine ähnliche mediterrane, äh, Eleganz in diesen Dingen.)

Während sich unsere Wohnung also in ein Gewächshaus verwandelte und allmählich wie ein Komposthaufen zu riechen begann, flüchtete ich, um meiner schon ungeduldig wartenden Herzensdame endlich ihr Geschenk zu besorgen.

Grado ist kein guter Ort, um Geschenke zu kaufen, vor allem nicht im August, wenn sich das Feriengastaufkommen und die Preistreiberei proportional zueinander verhalten. Falls Sie mir jetzt mit einer Geschenkidee aushelfen wollen, sollten Sie wissen, dass meine Frau keine Romantikerin ist und mit immateriellen Aufmerksamkeiten nicht viel anzufangen weiß. Ein Herz, von einem Flugzeug in den Himmel geschrieben – sie würde sagen: »Wie nett, und wo ist mein Geschenk?«, und sich dann suchend umdrehen. Mir blieb also nur der direkte Weg zum Juwelier, um dort das Teuerste auszusuchen, was in der Auslage zu finden war.

Der Juwelier hatte mich die letzten Jahre immer auffällig freundlich gegrüßt, wann immer ich an seinem Geschäft vorbeigegangen war und er draußen eine Zigarette geraucht hatte. Jetzt wurde mir klar: Er hatte nicht freundlich gelächelt, sondern wissend. Denn er hatte es genau gewusst: Eines Tages würde ich bei ihm auftauchen – und eine neue Einbauküche finanzieren.

Ich schenkte meiner Frau also eine Perlenkette. Unbegreiflich, warum sie so viel kostete, Perlen sind schließlich nichts anderes als Muschel-Gewölle. Die konkrete Summe kann ich zwar aus Gründen des Anstands nicht nennen, doch so viel sei verraten: Meine Rücklagen für die Rente habe ich damit vollständig aufgebraucht. Sollte ich morgen erwerbsunfähig werden, müsste ich in der Fußgängerzone Mundharmonika spielen. Aber wenn die Gesundheit mitspielt, habe ich ja Zeit, wieder fleißig zu sparen. Zumindest bis zu Lauras fünfzigstem Geburtstag.

P. S. Mein vierzigster Geburtstag steht unmittelbar bevor. Ich will an dem Tag eigentlich auf eine einsame Berghütte mit Privatstrand und angeschlossenem Golfplatz flüchten, nur mit Frau und Kindern. Aber am besten wäre wohl, meine Frau daheim zu lassen, denn ich ahne es schon: Egal, wo ich den Tag verbringen werde, sie wird mir eine Überraschungsparty mit Big Band, Clowns, Einradfahrern und Feuerschluckern organisieren. Und das zuckende Lid wird zum eingeschliffenen Tic, den ich mit ins Grab nehmen werde.

Denis Thériault

Der perfekte Schlag

Zwei Leidenschaften beherrschten Falardos Leben. Die eine
war Golf, jener Sport der Götter, der ihn bereits in jungen
Jahren in seinen Bann gezogen hatte und den er auf sämtlichen Golfplätzen Amerikas ausübte, seit ihn eine beträcht-
liche Erbschaft von allen Geldsorgen befreit hatte. Und die
zweite, erst vor kurzem entflammte, doch nicht minder
heftige Leidenschaft galt Gwendoline Hitchcock, der an-
mutigsten Golfspielerin, die je auf Floridas *greens* gesichtet
worden war.

Falardo hatte Gwendoline erstmals auf einer Golfanlage
in Fort Lauderdale gesehen. Beim himmlischen Anblick der
schönen Sportlerin mit der aufrechten Haltung, die mit herrlich geformten Waden über den *fairway* schritt, waren seine
Sinne in Aufruhr geraten, und sogleich hatte er sich daran-
gemacht, nicht nur Gwendolines Herz, sondern auch die
verführerischen Rundungen, die jenes empfindsame Organ
umhüllten, zu erobern. Ein Unterfangen, das sich schon bald
als äußerst kompliziert herausgestellt hatte und auf kein
Happy End hindeutete: Selbst nach drei Monaten erwiderte
die betörende Nymphe der *links* seine Avancen hartnäckig
mit einer an Verachtung grenzenden Gleichgültigkeit. Dabei
hatte Falardo wirklich alles versucht: Er war Gwendoline
wie ein zweiter Schatten von einem Golfclub zum nächsten,
von Boca Raton bis Pompano Beach, gefolgt, hatte sich
nicht nur zu sämtlichen Turnieren, an denen sie teilnahm,

gemeldet, sondern sie auch mit fürstlichen Geschenken über-
häuft und in Miamis edelste Restaurants eingeladen. Doch
vergebens: All seine Präsente waren an ihn zurückgegan-
gen, seine Einladungen schroff ausgeschlagen worden. Was
immer Falardo unternommen hatte, die Quecksilbersäule,
die Gwendolines Wohlwollen anzeigte, war partout nicht
über den Nullpunkt gestiegen. Und das war der Grund, warum er sich im Juli 1971, am Ende des ersten Tages eines in
Pompano Beach ausgetragenen Freundschaftsturniers – zu
allem Überfluss auch noch der Vorabend seines dreißigsten
Geburtstags – in der Bar des Tres Flamencos Golf Resorts
aus lauter Verzweiflung einen sechsten Scotch genehmigte.

Geknickt musste Falardo sich an diesem Abend nämlich
eingestehen, dass er seine Chancen von Anfang an falsch
eingeschätzt hatte. Irrigerweise hatte er Gwendolines ab-
lehnende Haltung als weibliche Taktik interpretiert, um
das Feuer der Leidenschaft zu schüren, sein Verlangen nach
ihr noch zu steigern. Wie er zu spät erkannt hatte, gehörte
Gwendoline jedoch nicht zu jenen kapriziösen Circen, die
den Weg zu ihrem Herzen mit Hindernissen pflasterten. Für
so viel Raffinesse war die einfach gestrickte Seele der hinrei-
ßenden Golfspielerin nicht geschaffen. Nein, der Weg, der
zu Gwendoline Hitchcocks Herzen führte, war direkt und
deutlich ausgeschildert: Um es zu erweichen und ihre Gunst
zu gewinnen, musste man über einen Trumpf verfügen, zu
dem einem weder Schönheit noch Geist oder Reichtum verhalfen, brauchte man nur eine einzige Bedingung erfüllen,
neben der selbst die löblichsten Tugenden nichts zählten:
Man musste ein hervorragender Golfer sein. Gwendoline
war es egal, ob man Paul Newman oder Quasimodo, Al
Capone oder Gandhi, Einstein oder der letzte Dorftrottel
war: Hauptsache, man spielte bravourös Golf.

»Was ich nicht tue und auch nie tun werde«, sagte sich Falardo voller Selbstmitleid, vermochte er sich trotz seines Rauschs doch nicht in Illusionen zu wiegen. »Ein Versager bin ich, ein kompletter Versager.«

In dem Punkt ging Falardo jedoch etwas zu hart mit sich ins Gericht. Für jemanden, der sich dem Golfsport nur zum Vergnügen widmete, spielte er ausgezeichnet – allerdings nicht gut genug, um über das Stadium eines Amateurs hinauszukommen und Gwendolines Ansprüchen auch nur im Entferntesten gerecht zu werden. Ihm fehlte einfach jene Aura des Siegers, jene magische Ausstrahlung, die ihn in die schwindelerregenden Höhen der Champions hätte katapultieren können. Davon kündete mit schonungsloser Deutlichkeit der mit etlichen taktischen Fehlern gespickte katastrophale Turniertag, der hinter ihm lag. Nachdem er die meiste Zeit damit verbracht hatte, seinen Ball aus tückischen Sandmulden hinauszubefördern, die eine rätselhafte magnetische Anziehungskraft auf ihn auszuüben schienen, belegte er auf der vorläufigen Rangliste lediglich einen beschämenden siebzehnten Platz. Und zur Scham, sich vor Gwendoline, der seine Fehlschläge nicht entgangen waren, dermaßen blamiert zu haben, hatte sich dann auch noch die Schmach gesellt, mit ansehen zu müssen, wie sie am Arm von Tony Tallwood freudestrahlend von dannen schritt, was der untersetzte Schönling, der die Rangliste anführte, sichtlich genoss.

»Ich hasse diesen Typen!«, knurrte Falardo, der sich versucht fühlte, seine Eifersucht in einem siebten Scotch zu ertränken, kam ihm bei der Vorstellung, dass sich zwischen diesem Schwachkopf Tallwood und der Frau, die sein Herz höher schlagen ließ, womöglich etwas anbahnte, doch die Galle hoch. »Das war's dann wohl«, seufzte er resigniert und bestellte ein weiteres Glas. »So gut wie der werde ich nie spielen.« Doch der integre Barkeeper erinnerte ihn daran, dass er tags darauf ein Turnier zu beenden habe, und empfahl ihm, besser schlafen zu gehen. Und da sich vor Falardos Augen inzwischen alles drehte, die Theke, die Flaschen, die übrigen Gäste, ja das ganze Interieur der Bar, beschloss er, seinem Rat auch zu folgen.

Nur mit Mühe gelangte er zur Tür, wo er aus der wohltemperierten Kühle des Clubhauses hinaus in die Schwüle der Nacht wankte. Eine Nacht, die ihm zu seiner Verwunderung außerordentlich schön vorkam, weshalb er beschloss, vor dem Schlafengehen noch einen kleinen Spaziergang zu machen. Und so torkelte er in Richtung Golfplatz, der sich bis hinunter zum Atlantik erstreckte, in dem sich die Sterne spiegelten. Beim ersten Abschlag blieb er schließlich stehen, um die beiden Monde über ihm zu bestaunen – was ihm bei näherer Betrachtung seltsam vorkam und er den vielen Scotchs zuschrieb. Folglich kniff er die Augen zusammen, um die beiden Monde übereinanderzuschieben, und ließ sich dann auf den Rasen fallen. Schon lange bin ich nicht mehr so betrunken gewesen, dachte er leicht amüsiert, um dann gleich wieder in Melancholie zu verfallen, da seine Gedanken erneut zu Gwendoline wanderten und ihn mit düsterer Miene über das Unglück grübeln ließen, eine Frau zu lieben, der nur Siegertypen gefielen, selbst aber bloß ein mittelmäßiger Golfer zu sein.

»Ach, wenn ich doch nur ein einziges Mal siegen könnte! Was gäbe ich drum, morgen dieses verflixte Turnier zu gewinnen …!«, murmelte er, wohl wissend, dass das ein Ding der Unmöglichkeit war.

»So unmöglich ist das gar nicht, Mister Falardo«, hörte er auf einmal hinter sich eine raue Stimme mit starkem britischem Akzent.

Erschrocken sprang Falardo, der sich allein geglaubt hatte, auf und drehte sich um. Vor ihm stand eine seltsame Gestalt. Das Alter hatte den wie aus dem Nichts aufgetauchten hageren Greis mit dem struppigen Bart kaum gebeugt, auch wenn er sich auf einen Stock stützte. Trotz der Schwüle trug er ein dickes Tweedjackett, eine perfekt sitzende Krawatte, schottische Kniestrümpfe und eine wollene Schirmmütze. Er rauchte eine dicke Zigarre.

Seltsamer Vogel, dachte Falardo, bestimmt ein Hotelgast, der einen Nachtspaziergang macht.

»Was, bitte, ist nicht unmöglich?«, fragte er ihn.

»Morgen zu gewinnen«, antwortete der andere zwischen zwei Havanna-Rauchschwaden.

Der komische Kauz hatte offenbar seinen laut ausgesprochenen Wunsch gehört! Verärgert musterte Falardo den dreisten Alten. Irgendwie erinnerte er ihn an jemanden. Diese seltsame Aufmachung … Falardo kam zu dem Schluss, dass es sich um ein Sportdress handelte, wie es Golfspieler im 19. Jahrhundert getragen hatten. Plötzlich dämmerte es ihm: Er hatte ihn schon einmal auf einem Foto gesehen, vor Jahren, im American Golf Museum. Auf einem Foto aus der Pionierzeit des Golfsports, als die Golfbälle noch aus in Kuhleder gewickelten Entenfedern gefertigt waren. Das Foto zeigte den legendären Tom Morris, jenen sagenumwobenen schottischen Golfer aus den Anfängen des Saint Andrews Golf Club – und der Kerl glich dem alten Tom Morris wie ein Golfball dem anderen! Welch verblüffender Zufall! Obwohl … konnte eine solche Ähnlichkeit wirklich bloßer Zufall sein? Vielleicht hatte sich der Greis ja absichtlich als Tom Morris verkleidet … War er womöglich verrückt und hielt sich für jenen ehrwürdigen Vorreiter des Golfsports?

Jedenfalls war er ein Original, dachte Falardo, und gewiss ganz harmlos, auch wenn sein Stock eine gefährliche Waffe sein konnte. Sein Auftreten ließ jedoch keinerlei Aggressivität erkennen, weshalb er, froh über diese Ablenkung von seinem Kummer, beschloss, das Spiel mitzuspielen.

»Guten Abend, Mister Morris«, sagte er, vom Alkohol noch ganz beschwingt.

Anstatt diese höchst unwahrscheinliche Identität zu leugnen, huschte nur ein verschwörerisches Lächeln über das Gesicht des alten Mannes.

»Ich glaube, Sie machen sich über mich lustig, Mister Morris«, fuhr Falardo fort. »Wie kämen Sie sonst auf die Idee, zu behaupten, ich könnte das Turnier gewinnen? Ich bin ein miserabler Golfspieler.«

»Stellen Sie Ihr Licht nicht so unter den Scheffel«, erwiderte Tom Morris' Doppelgänger. »Ich habe Ihnen heute zugesehen und halte Sie für äußerst talentiert.«

»Sie scherzen.«

»Ganz und gar nicht, Mister Falardo. Ich habe Ihren Stil aufmerksam studiert. Ihr Schlag ist wahrlich bemerkenswert.«

»Ja, schon möglich …«, sagte Falardo zögerlich, denn das war in der Tat der einzige Aspekt seiner Technik, wegen dem er sich nicht zu schämen brauchte: Selbst seine ärgsten Widersacher beneideten ihn um seine Schlagkraft, auch wenn das nur ein schwacher Trost war. »Stimmt, ich habe einen guten Schlag«, gestand er.

»Einen großartigen Schlag haben Sie!«, beteuerte Morris. »Und ich weiß, wovon ich rede: Der Schwung ist ideal und die Bewegung außergewöhnlich fließend. Ihr Schlag ist der vollkommenste, den ich je bewundern durfte, Mister Falardo.«

»Na schön, ich habe also einen guten Schlag«, räumte Falardo ein. »Doch sonst habe ich nicht viel zu bieten ...«

»Allerdings!«, sagte der Greis ohne jegliche Nachsicht. »Ihr Spiel ist ansonsten verheerend. Sie haben einen hervorragenden Schlag, aber auf dem *green* agieren Sie erbärmlich. Beim Putten sind Sie eine absolute Niete, Mister Falardo. Ihnen fehlt jegliche Präzision.«

»Ja, Sie haben vollkommen recht«, entgegnete Falardo angesichts der Autorität, mit der dieses Urteil verkündet worden war. »Die Präzision ist mein größtes Problem.«

»Dem ich zum Glück abhelfen kann, Mister Falardo.«

Misstrauisch musterte Falardo den wunderlichen Kauz. Sollte sich der vermeintliche Morris in Wirklichkeit als Golflehrer herausstellen, der auf Kundenfang aus war? Falardo kannte die Scharlatane nur zu gut, die sich auf den Golfplätzen herumtrieben, ständig auf der Suche nach arglosen, betuchten Kunden, denen sie ungeniert sagenhafte, schnelle Erfolge in Aussicht stellten.

»Danke, aber ich brauche keinen Nachhilfeunterricht«, antwortete er barsch, enttäuscht von dem Alten, der ihm bis dahin eigentlich ganz sympathisch gewesen war.

Morris schüttelte den Kopf. »Sie verstehen mich völlig falsch, Mister Falardo. Mir geht es um etwas ganz anderes. Darf ich fragen, wie alt Sie sind?«

»Ich werde morgen dreißig«, erklärte Falardo seufzend.

»Ein schicksalhaftes Alter ...« Morris nickte. »Also, hören Sie gut zu: Was halten Sie von einer außergewöhnlichen, zwanzig Jahre währenden Golfkarriere? Nein, lachen Sie nicht, Mister Falardo, ich meine es völlig ernst: Möchten Sie nicht der berühmteste Golfspieler aller Zeiten werden?«

Falardo konnte jedoch nicht aufhören zu lachen. Was für eine absurde Vorstellung!, dachte er. Doch plötzlich kam ihm wieder Gwendoline in den Sinn, an deren honigsüßen Brüsten sich in diesem Augenblick vielleicht die feiste Drohne Tallwood labte, und seine Miene verdüsterte sich. Der berühmteste Golfspieler aller Zeiten zu werden …

»Dafür würde ich sogar meine Seele verkaufen«, murmelte er leise vor sich hin.

Als Falardo gewahr wurde, was er soeben gesagt hatte, drängte sich ihm plötzlich ein Gedanke auf, der so grotesk war, dass er allein dem vielen Alkohol zuzuschreiben war.

»Sagen Sie, Mister Morris, Sie sind nicht zufällig der Teufel?«

Da brach der hagere Alte in schallendes Gelächter aus – wenn sich das schnarrende Geräusch, das er von sich gab, denn als Lachen bezeichnen ließ.

»Nein, Mister Falardo, Sie müssen mir dafür nicht Ihre Seele verschreiben, falls Sie das befürchten. Ich wüsste auch gar nicht, was ich damit anfangen sollte – sofern so etwas wie eine Seele überhaupt existiert. Nein, ich bin nicht der Teufel. Aber ich bin gleichwohl imstande, Ihren Wunsch zu erfüllen. Als Gegenleistung erwarte ich lediglich, dass Sie mir am Ende Ihrer glanzvollen Golfkarriere einen Dienst erweisen.«

»Was für einen Dienst?«

»Keine Angst, ich verlange nichts Illegales oder Unmoralisches von Ihnen. Nichts, was Ihren Neigungen zuwiderläuft. Also, was halten Sie davon? Wollen Sie der berühmteste Golfspieler aller Zeiten werden?«

Falardo starrte ihn an. Das Ganze überschritt derart die Grenzen des gesunden Menschenverstandes, dass man eigentlich nur noch darüber lachen konnte.

»Ja, warum nicht?«, erwiderte er deshalb, glucksend vor Vergnügen. »Also, einverstanden, Mister Morris.«

Und dann schlug er in die ausgestreckte Hand des Alten ein, eine knochige, erstaunlich kalte Hand, die sich wie eine Klaue um die seine schloss, worauf augenblicklich so etwas wie ein nervöser Impuls, eine Art Stromstoß seinen Arm durchzuckte. Und wie um den Pakt feierlich zu besiegeln, öffneten sich im selben Moment die Schleusen des Himmels, und es begann in Strömen zu regnen …

»Was für ein Wolkenbruch!«, rief Falardo.

Bis auf die Haut durchnässt, öffnete er die Augen.

Während er leicht wankend aufstand, stellte er überrascht fest, dass er sich ganz allein auf dem Rasen befand, direkt neben dem ersten Abschlag, da, wo er vorhin noch die beiden Monde bestaunt hatte – und das Wasser, das auf ihn niederprasselte, kam von einem Rasensprenger, der automatisch angegangen war. Falardo brachte sich schnell in Sicherheit.

Noch immer stark angesäuselt, blickte er auf seine Uhr, deren Leuchtzifferblatt drei Uhr morgens anzeigte. »Du lieber Himmel!«, murmelte er. »Ich habe fünf Stunden geschlafen! Und ich habe geträumt, dass …« Ja, was hatte er eigentlich geträumt? Nur vage erinnerte sich Falardo an Zigarrengeruch und an einen komischen Kauz, mit dem er eine unsinnige Unterhaltung geführt hatte, doch die Bilder verblassten bereits. »Jedenfalls war es ein ganz alberner Traum«, entschied er und machte sich dann unsicheren Schrittes auf zum Hotel, wobei er bereits an den anstrengenden Tag dachte, der ihm bevorstand, an dieses verflixte Turnier, das er um jeden Preis zu Ende spielen musste, auf die Gefahr hin, den Rest an Glaubwürdigkeit, den er in Gwendolines Augen vielleicht noch besaß, auch noch zu verspielen.

Am Nachmittag darauf, nach einer an ein Wunder grenzenden Golfpartie, traute Falardo seinen eigenen Augen nicht, als ihm unter dem brausenden Beifall einer verzauberten Menge die Siegestrophäe überreicht wurde. Obwohl ihm eine hartnäckige Migräne zu schaffen machte, hatte er mit unzähligen *birdies*, *eagles* und *albatros* einen Konkurrenten nach dem anderen ausgestochen und schließlich mit zwei Schlägen einen völlig ratlosen Tony Tallwood übertrumpft, der vor lauter Frust über die Niederlage seinen Lieblingsputter in den künstlichen Teich neben dem letzten *green* schleuderte. Für Falardo war dies eine süße Revanche, denn endlich durfte er das berauschende Elixier des Sieges kosten, und die denkbar schönste Belohnung wurde ihm auch noch zuteil: das sanfte Lächeln von Gwendoline, die in der ersten Reihe saß und ihn bewundernd ansah.

Der Triumph an seinem dreißigsten Geburtstag sollte erst der Anfang eines wahren Golfmärchens sein. Auf Gwendolines verführerisches Drängen hin, die seither das Bett mit ihm teilte, meldete sich Falardo im September zum renommierten Florida Open an, jenem Turnier, bei dem Amerikas beste Golfspieler aufeinandertrafen, wo er die Menge in wahre Begeisterung versetzte, da er jeden Ball mit nur einem Schlag einlochte. Das Ereignis wurde im Fernsehen übertragen und sein Sieg landesweit von sämtlichen Medien verbreitet, sodass er über Nacht zum Star wurde und sein Telefon nicht mehr stillstand, während die Agenten sich in Scharen vor seiner Tür drängten. Drei Wochen später nahm Gwendoline seinen Heiratsantrag an.

Die günstigen Vorzeichen, unter denen Falardos professionelle Golfkarriere begonnen hatte, sollten sich auf eindrucksvolle Weise bestätigen. Die Erfolgsserie brach nicht mehr ab, das Publikum verehrte ihn, er wurde unermesslich reich und weltberühmt. 1974 kürte ihn die Fachzeitschrift ›Clubs and Balls‹ zum »Golfer des Jahrhunderts«. Doch all das zählte kaum neben den märchenhaften, unerschöpflichen Schätzen, die er in Gwendolines Herz und ihren Armen entdeckte. Seine Liebe zu ihr war grenzenlos, und sie erwiderte sie mit derselben bedingungslosen Hingabe. Und da beiden die Vorstellung einer noch so kurzen Trennung unerträglich war, begleitete sie ihn auf sämtlichen Reisen rund um den Erdball.

So vergingen achtzehn Jahre, in denen scheinbar nichts ihr Glück zu trüben vermochte. Den seltsamen Traum in jener Nacht zu seinem dreißigsten Geburtstag hatte Falardo inzwischen längst vergessen. Niemand ist jedoch für alle Zeiten gegen das Unglück gefeit. Irgendwann schlägt das Schicksal zu. Im April 1989 erlitt Gwendoline, die sich bis dahin bester Gesundheit erfreut hatte, während eines Turniers in Japan einen Herzinfarkt. Dank hochqualifizierter medizinischer Betreuung erholte sie sich zwar rasch wieder, doch fiel das Urteil der Spezialisten unmissverständlich aus: Trotz ihres relativ jungen Alters litt Gwendoline an einer schweren Herzinsuffizienz. Das an der Seite ihres erfolgreichen Ehemannes geführte, rastlose Nomadenleben war Gift für sie, sie brauchte unbedingt Ruhe.

Falardo, der schon befürchtet hatte, seine geliebte Frau zu verlieren, zögerte nicht. Nachdem er die köstlichsten Früchte des sportlichen Erfolgs weidlich geerntet hatte, dachte er ohnehin schon seit geraumer Zeit über seinen wohlverdienten Ruhestand nach. Gwendolines schwaches Herz ließ seine Entscheidung nur noch schneller reifen, und so verkündete er den konsternierten Medien, dass er seiner Karriere ein Ende setzen werde. Die Nachricht löste in der Welt des Golfs ein wahres Erdbeben aus. Von überall her meldeten sich erschütterte Fans, die ihn – manchmal geradezu drohend – beschworen, es sich noch einmal zu überlegen.

Sein Entschluss stand jedoch fest, und er begab sich auf die Suche nach einem friedlichen Refugium fern aller Hektik, wo er sich in Ruhe Gwendolines Pflege widmen könnte. Unter den diversen Objekten, die ihm die Grundstücksmakler anboten, fand sich bald eins, für das er sich sogleich interessierte: Das Tres Flamenco's Golf Resort in Pompano Beach stand mitsamt seinem Achtzehn-Loch-Golfplatz und sämtlichen Nebengebäuden zum Verkauf. Angesichts der verlockenden Perspektive, sich an diesem mit vielen glücklichen Erinnerungen verbundenen Ort niederzulassen, kaufte Falardo es auf der Stelle, ohne groß über den Preis zu verhandeln. Er ließ das ehemalige Hotel zu einer ultramodernen Luxusvilla umbauen, die er »Villa Gwendoline« taufte. Seine Frau war restlos begeistert, als er ihr nach Beendigung der Arbeiten ihr neues, mit allem Komfort ausgestattetes Domizil präsentierte.

Mit wenigen Hausangestellten führten sie dort fortan ein zurückgezogenes Leben. Nur selten luden sie Gäste ein; sie waren sich selbst genug, hegten bloß den Wunsch, miteinander alt zu werden. So lebten sie sorglos in den Tag hinein – bis ins Jahr 1991, in dem Falardo seinen fünfzigsten Geburtstag feiern sollte.

Als Gwendoline ihm verkündete, dass sie zu seinem Fünfzigsten einen prächtigen Empfang ausrichten werde, wollte Falardo zunächst nichts davon wissen. Die Vorbereitungen für ein solches Fest würden ihre Kräfte unnötig verbrauchen, argumentierte er, doch Gwendoline versprach, sich nicht zu überanstrengen, ihr Herz werde das sicher mitmachen, und sie wolle sich so gern mal wieder amüsieren, und da er ihr keinen Wunsch abschlagen konnte, gab er nach.

Die Sorge um die Gesundheit seiner Frau war jedoch nicht der einzige Grund für Falardos anfängliche Bedenken: Insgeheim graute es ihm nämlich vor seinem Fünfzigsten. Mangels einer besseren Erklärung versuchte er sich zunächst einzureden, dass es sich um eine ganz normale psychologische Reaktion handelte, um das beklemmende Gefühl, das jeden Menschen befiel, wenn es das unwiderrufliche Kap der Fünfzig zu umschiffen galt, wenn einem klar wurde, dass es danach mit der Jugend endgültig vorbei war. Je näher der runde Geburtstag jedoch rückte, desto häufiger beschlich ihn eine dumpfe Furcht, die immer größer wurde, bis sie ihn schließlich Nacht für Nacht aufschreckte.

Als er am Tag X aufwachte, herrschte strahlender Sonnenschein, beinahe ebenso strahlend wie Gwendoline. Sie hatte unendlich viel Zeit und Mühen darauf verwendet, alles für das große Fest vorzubereiten, sodass Falardo sie mehrfach an ihr Versprechen erinnern musste, sich nicht zu übernehmen. Aber nun war alles organisiert und bereit, es fehlte nur noch die hundertfünfzig Gäste. Gwendoline hatte jedes einzelne Detail bedacht. Vor der Villa standen blumengeschmückte weiße Zelte mit Bänken, Tischen und Holzkohlengrills wie in einem Biergarten, und ein Tanzorchester sollte für die nötige Stimmung sorgen. Für die Kinder gab es einen Spielplatz mitsamt einem Mini-Zoo, in dem ein Löwenbaby zur Schau gestellt wurde, und gleich daneben eine Reitbahn mit zwei hübschen Ponys. Etwas weiter weg, in der Nähe des Rosengartens, hatte Gwendoline einen Minigolfplatz anlegen lassen, der den großen unten am Atlantik exakt nachbildete.

Die Gäste trafen gegen zehn Uhr ein, darunter viele Verwandte und Freunde aus aller Welt und sogar ein paar Größen aus dem Showbusiness, der Politik und dem Profisport, mit denen Falardo zu der Zeit, als er noch ein Star war, verkehrt hatte. Cocktails wurden gemixt, und beeindruckende Mengen an Frikadellen auf dem Grill gebrutzelt, sodass das Fest, umrahmt von der mitreißenden Musik des Orchesters, schon bald in vollem Gange war.

Nach dem Mittagessen hatte Gwendoline ein Minigolfturnier angesetzt, in dem Falardo bereitwillig die elfjährige hochbegabte Tochter seines ehemaligen Caddies siegen ließ. Es folgte ein aufregendes Rennen in motorisierten Golf-Buggys, das der gute alte Tony Tallwood zu seiner großen Genugtuung gewann; er hatte Falardo die im Juli 1971 erlittene doppelte Schmach nicht nachgetragen und gehörte seit langem zu seinen leidenschaftlichsten Anhängern. Danach verlagerte sich das Hauptgeschehen an den Pool, in dem sich schon bald lauter Gäste in voller Montur tummelten, denen die vielen Cocktails zu Kopfe gestiegen waren.

Gwendoline war glücklich: Alles verlief wie erhofft. Es herrschte eine ausgelassene Stimmung, und alle amüsierten sich prächtig. Nur ein einziger Schatten lag auf ihrem Glück: Falardo wirkte irgendwie geistesabwesend. Nach außen hin schien er zwar so herzlich wie immer, aber Gwendoline spürte, dass ihn irgendetwas beunruhigte. Machte er sich um ihre Gesundheit Sorgen? Obwohl sie die ganzen Vorbereitungen doch ziemlich erschöpft hatten, bemühte sie sich, frisch und heiter zu wirken. Zumal ihr auch gar keine Zeit blieb, die Hände in den Schoß zu legen: Demnächst würde der Partyservice eintreffen, mit einem ganzen Bataillon von Köchen, Küchenjungen und Kellnern und allem, was dazu gehörte, um ein festliches Abendessen zu zaubern, das auch dem feinsten Gaumen munden würde.

Als die Dämmerung hereinbrach, begaben sich die Gäste auf ihre Zimmer, um sich für das große Geburtstagsdiner frisch zu machen, das im ehemaligen Clubhaus gegen einundzwanzig Uhr serviert werden sollte. Nachdem sie noch einen Blick in die Küche geworfen hatte, wo die köstlichsten Speisen köchelten, und die Lieferung der gewaltigen Torte zu Ehren des »berühmtesten Golfers des Jahrhunderts« quittiert hatte, eilte schließlich auch Gwendoline nach oben, um sich umzuziehen. Etwas außer Atem betrat sie ihre privaten Gemächer, wo ihr Mann mit gequälter Miene in den Badezimmerspiegel starrte.

»Was ist los, Liebster? Fühlst du dich nicht gut?«, fragte sie besorgt.

»Nein, alles in Ordnung, Liebling«, versuchte Falardo sie sogleich zu beruhigen. »Ich bin nur etwas müde. Vielleicht sollte ich ein wenig frische Luft schnappen.«

»Meinetwegen«, erwiderte Gwendoline und gab ihm einen zärtlichen Kuss auf die Nase. »Aber vergiss nicht: Wir essen in einer halben Stunde.«

Um niemandem zu begegnen, benutzte Falardo die Hintertreppe, erneut übermannt von jener Beklommenheit, die ihn schon den ganzen Tag zermürbte, auch wenn er sich nichts hatte anmerken lassen. Darüber nachsinnend, was wohl der Grund für diese Beklemmung war, lenkte er seine Schritte ganz instinktiv zum Golfplatz, wo er am ersten Abschlag stehen blieb, um den Mond zu betrachten, der hoch über ihm sein milchiges Licht in den Atlantik ergoss. Am Himmel leuchteten unzählige Sterne. Es war eine wirklich herrliche Nacht.

Als diese innere Unruhe angesichts all der Schönheit gerade zu weichen begann, stieg Falardo plötzlich ein seltsamer Geruch in die Nase. Zigarrenqualm.

»Alles Gute zum fünfzigsten Geburtstag, Mister Falardo«, sagte eine raue Stimme.

Erschrocken wandte Falardo sich um. Vor ihm stand ein bärtiger Alter, der wie ein Golfspieler aus früheren Zeiten gekleidet war und, auf einen Stock gestützt, eine Havanna rauchte. »Der alte Tom Morris«, hörte Falardo eine innere Stimme, die aus den verborgensten Tiefen an die Oberfläche seines Bewusstseins drang, und im Bruchteil von einer Sekunde war ihm plötzlich wieder alles gegenwärtig: Der Vorhang des Vergessens hob sich und gab den Blick frei auf die Vergangenheit, auf den Vorabend seines dreißigsten Geburtstages im Juli 1971 und das, was er in jener Nacht für einen bloßen Traum gehalten hatte. Alles stand Falardo wieder klar vor Augen, und die diffuse Angst, die ihm seit Monaten zusetzte, ließ sich auf einmal erklären, ergab einen Sinn, der ihn zutiefst erschreckte: Ganz deutlich erinnerte er sich an jenen eigentümlichen Pakt zwischen ihm und dem alten Morris und an jenen Handschlag, mit dem sie ihn besiegelt hatten und der jetzt erneut einen Stromstoß durch seinen Körper jagte. Wie er zugeben musste, hatte der andere sich an jene absurde Vereinbarung gehalten – sodass an diesem Abend seine Gegenleistung fällig wurde.

»Sind Sie gekommen, um meine Seele zu holen?«, stammelte Falardo, starr vor Schreck.

Wie damals brach der alte Tom Morris wieder in schnarrendes Gelächter aus.

»Ich habe es Ihnen doch schon gesagt, Mister Falardo: Ich bin nicht der Teufel. Ich bin gekommen, um auf Ihre Dienste zurückzugreifen, so, wie Sie es mir versprochen haben.«

»Wer ... wer sind Sie dann?«, fragte Falardo verzagt.

Der Alte nickte bedächtig. »Es ist in der Tat an der Zeit,

dass ich Ihnen meine wahre Identität offenbare«, antwortete er und tat einen tiefen Zug an seiner Zigarre.

Der Rauch, den er wieder ausstieß, umschlängelte ihn
eine Weile, als sei er lebendig, bis er ihn schließlich ganz
einhüllte. Und dann sah Falardo staunend, wie sich der alte
Tom inmitten dieser feinen Rauchschwade in ein unheimli-
ches, abgezehrtes Skelett verwandelte, das der Rauch in ein
Leichentuch aus wallender Finsternis hüllte und das in der
Hand nun keinen Stock mehr, sondern eine Sense hielt – und
da wusste Falardo, dass der leibhaftige Tod vor ihm stand.

»Muss … muss … ich … sterben?«, stammelte er.

»Aber nein, Mister Falardo«, säuselte der Tod. »Ganz
im Gegenteil. Sie sollen mich ablösen. Ich habe lange nach
einem geeigneten Kandidaten gesucht, der meinen Job übernehmen kann.«

»Und warum … warum gerade ich?«, stotterte Falardo.

»Weil Sie alle nötigen Fähigkeiten mitbringen; vor allem
haben Sie einen kräftigen, geradezu vollkommenen Schlag«,
sagte der Tod und reichte Falardo seine Sense. »Hier, nehmen Sie, mein Handwerkzeug. Damit konnte ich am besten
umgehen. Sie gehört jetzt Ihnen.«

»Nein! Auf keinen Fall!«, schrie Falardo verzweifelt.

Der Tod zwang ihm jedoch seinen Willen auf, sodass sich
Falardos Hand schließlich widerstrebend um den Sensen-
stiel schloss.

»Ich kann … ich kann mit einem solchen Ding nicht
umgehen«, winselte er. »Ich weiß ja nicht einmal, wie man
so etwas schwingt!«

»O doch, das wissen Sie«, entgegnete der Tod unerbitt-
lich. »Sie werden besser als jeder andere damit umgehen,
da Sie den perfekten Schlag haben. Lassen Sie sich vom
Schwung leiten, so wie beim Golfen. Und jetzt los, holen

Sie aus, und befreien Sie mich endlich von der Last der Jahrhunderte!«

Da spürte Falardo, wie die Sense in seinen Händen zu zittern begann, als führe sie ein Eigenleben, und obgleich er sich mit allen Kräften dagegen sträubte, spannten sich seine Muskeln an, holten seine Arme weit aus, und das Sensenblatt traf den Tod, ohne dass Falardo auch nur den geringsten Widerstand spürte.

»Endlich!«, seufzte der Tod noch, und dann löste sich seine geisterhafte Gestalt auch schon in Rauchschwaden auf, die sich augenblicklich verflüchtigten.

Der Spuk war vorbei. Nur der aromatische Zigarrenrauch hing noch in der Luft.

Verdutzt beobachtete Falardo dann, wie sich die Sense, deren Blatt im Mondschein funkelte, vor seinen Augen in einen Golfschläger verwandelte, einen *driver*, auch »Holz 1« genannt. So wie der Tod prophezeit hatte, hatte sich die Sense zu dem Werkzeug umgeformt, das Falardo am besten handhaben konnte: in den Königsschläger des Golfs.

Merkwürdig gelassen hob er die halb gerauchte Zigarre des alten Tom Morris vom Boden auf und tat genüsslich einen Zug.

»Liebling?«, rief da auf einmal eine Stimme.

Gwendolines Silhouette zeichnete sich vor dem hell erleuchteten Clubhaus ab, aus dem Gelächter, Musik und fröhliche Stimmen zu ihm herüberschallten. Dass er dort Geburtstag feierte, war Falardo jedoch gänzlich entfallen. Und es interessierte ihn auch nicht mehr, schien er doch auf einmal über völlig neue Sinne zu verfügen. Wie seine Frau durch die Dunkelheit auf ihn zukam, sah er in ihrer Brust nämlich eine Kugel leuchten. Eine Kugel von der Größe eines Golfballs.

»Was … machst … du … hier?« Gwendoline japste nach Luft, als sie endlich vor ihm stand, und legte unwillkürlich eine Hand auf ihr Herz. »Zum Golfspielen … ist es etwas spät, findest du nicht? Komm, die anderen fragen schon nach dir.«

Falardo antwortete nicht, denn der *driver* vibrierte genauso in seinen Händen wie kurz zuvor die Sense. Gebannt starrte er auf den Golfball, der in Gwendolines Brust genau über ihrem Herzen leuchtete. Dann holte er aus – und wie immer war sein Schlag vollkommen, und der leuchtende Ball flog davon, hinauf in den Himmel, hoch zu den Sternen.

Übersetzt von Saskia Bontjes van Beek

Stefan Mühldorfer

Dinge, die sie beide betrafen

Er war gerade dabei, die Limonen in schmale Scheiben zu schneiden, als sie hinter ihn trat und sagte: »Ich kann nicht!« Obwohl es nur diese drei Worte waren, legte er sein Messer in die Spüle, trocknete sich die Hände an der Schürze ab und fragte: »Wie, *du kannst nicht?*«

»Ich kann nicht feiern heute«, sagte sie.

Wenn es etwas gab, das zwischen ihnen stand, dann das: ihre Art, wichtige Fragen mit sich allein auszumachen. Dinge, die nur sie betrafen. Dinge, die sie beide betrafen. Anfangs hatte er sich geweigert, dieses Verhalten zu akzeptieren. »Wenn du mich bloß vor vollendete Tatsachen stellst«, hatte er protestiert, »hättest du mich überhaupt nicht zu heiraten brauchen. Eine Ehe lebt vom gegenseitigen Vertrauen. Und Vertrauen meint, dass man den anderen in sich hineinschauen lässt, ihn teilhaben lässt an dem, was einen bewegt. Dass man anstehende Herausforderungen *gemeinsam* meistert. Warum musst du dich eigentlich immer abgrenzen? Warum tust du so, als wärst du eine Einzelkämpferin, die sich mit der Machete ihren Weg durch den Dschungel bahnen muss?« So oder so ähnlich hatte er argumentiert, mal in eher besonnenem Tonfall, dann wieder sehr erhitzt, persönlich betroffen, ja, was sonst, schließlich betraf es ihn persönlich. Und, um ehrlich zu sein: Es kränkte ihn, es kränkte ihn zutiefst, und er konnte sich damit nur schwer abfinden.

Und Clara? Hatte geantwortet, dass sie seinen Blickwinkel zwar verstehen könne, es aber wichtige Gründe für sie gebe, sich so zu verhalten und nicht anders, und dass er einige dieser Gründe kenne: die ständigen Umzüge ihrer Eltern, bei denen sie kein einziges Mal gefragt worden war; die Depression ihrer Mutter, die damit die ganze Familie tyrannisierte; das wilde Leben ihrer kleinen Schwester Margret, die auf diese Weise versuchte, auch noch ein paar Krümel des Aufmerksamkeitskuchens abzubekommen. Verantwortung war das Wort, das sie dabei oft gebrauchte. »Ich habe keine guten Erfahrungen damit gemacht, wenn jemand anders die Verantwortung für mich übernommen hat«, oder: »Willst du, dass ich dich später für mein Unglück verantwortlich mache, nur, weil ich deinem Rat gefolgt und dir zuliebe einen Kompromiss eingegangen bin?« Und wenn er dann, angestachelt von ihrem Rückzug in diese *uneinnehmbare Bastion*, wie er es nannte, aus sich herausging und ihr vorwarf, dass ihm das viel zu einseitig sei, Verständnis hin oder her, dass sie damit schlichtweg die Vergangenheit über die Gegenwart stelle, dass sich das Leben doch wohl in der Polarität am besten entfalte – im Schwingen zwischen den Polen, besser gesagt –, Mann und Frau, Sommer und Winter, Eigenständigkeit in Bezogenheit, dass man sich dem zwar entziehen könne, so, wie sie es gerade tue, damit aber die größtmögliche Chance zur Entwicklung verpasse, zur Erweiterung des eigenen Horizonts, er konnte gar nicht mehr aufhören zu reden, er argumentierte mit einer Leidenschaft, die an Verbissenheit grenzte, dann ließ Clara ihn gewähren, sie stand da und schaute ihn unverwandt an, einfach so, bis ihm klar wurde, dass er sie nicht erreichte, dass alles umsonst war, er wollte sie ändern, er wollte sie anders haben, und solange er das tat, würden sie diese Diskussion immer wieder führen. »Ach, lassen wir das«, sagte er mehr als einmal, und manchmal fragte er sich, ob in der Akzeptanz dessen, *wie* anders sie war, eine große Befreiung lag oder ob es nur die Kapitulation vor dem Unabänderlichen war. Oder beides?

Tatsache war: Er liebte diese Frau – trotz ihrer Eigenarten. Gerade deswegen. Nach und nach hatte er sich sogar mit dem zeitweiligen Gefühl des Ausgeschlossenseins arrangiert, das ihre Unzugänglichkeit für ihn bedeutete, auch das ein Fortschritt, früher nannte er es ihre Sturheit, ihren Abgrenzungswahn.

Sie hatten ihre private kleine Übereinkunft: Wenn ihm ein Vorhaben oder eine Entscheidung wirklich wichtig war – die Fahrradfahrt über die Alpen, von der er immer geträumt hatte, das jährliche Sommerfest seiner Firma, zu dem auch die Partner eingeladen waren, der Ort, an dem er den Urlaub mit ihr verbringen wollte –, dann drückte er das auch aus, genau so, *es ist mir wirklich wichtig*, und dann wusste sie, dass sie ihn nicht einfach vor den Kopf stoßen konnte. Auf diese Weise brachen ihre anfangs starren Positionen allmählich doch noch auf. Er mutete sich zu, die Dringlichkeit seiner Bedürfnisse zu hinterfragen und sich von Fall zu Fall eindeutig zu ihnen zu bekennen; sie honorierte seine Bemühungen, indem sie sich sehr viel seltener entzog und – wenn sie es dennoch tat – in den meisten Fällen eine Erklärung ablieferte, immerhin. Damit konnte man leben. Damit konnte *er* leben.

Jetzt aber, während er sich an der Schürze abtrocknete und ihr die Frage stellte: »Wie, *du kannst nicht?*«, und sie »Ich kann nicht feiern heute« antwortete, fingen seine Hände an zu zittern und er musste die Luft für den nächsten Atemzug förmlich in seine Lungen hineinziehen, so groß war dieses plötzliche Gefühl der Enge hinter seinem Brustbein.

»Ich will meine Eltern nicht sehen«, fuhr Clara fort, »und ich will meine Schwester nicht sehen. Ich will mit niemandem anstoßen, und ich will kein fröhliches Gesicht machen müssen. Es fühlt sich nicht richtig an für mich. Es fühlt sich sogar schrecklich an.« Sie brachte das mit einer Heftigkeit vor, die ihn vollkommen überrumpelte.

Ein paar Sekunden verstrichen, Sekunden, in denen nichts weiter geschah, als dass das Gesagte sich in seinem Kopf ausbreitete wie flüssiges Wachs, das aus einer Kerze fließt.

»Clara«, sagte er, fast beschwörend, einen Anflug innerer Hilflosigkeit unterdrückend, »bitte, Clara, hör zu: Dieser Geburtstag ist lange geplant. *Wir* haben ihn lange geplant. Deine Eltern sind heute Morgen in den ersten Flieger gestiegen. Margret und Rolf sitzen im Zug. In zwei Stunden wird das Essen geliefert. Alle unsere Freunde stehen in den Startlöchern. Entspann dich! Es wird ein wunderbares Fest, glaub mir. Eines, an das wir uns noch lange erinnern werden. Übrigens zwingt dich keiner, den ganzen Abend zu lächeln. Es zwingt dich auch niemand, aufzubleiben, bis der letzte Mohikaner sein Pferd gesattelt hat. Aber« – und endlich schwang in seiner Stimme etwas von dem Zorn mit, den er *auch* empfand – »es ist verdammt noch mal *dein* Abend, und ich, dein Mann, habe keine Lust, diesen Abend ohne dich zu verbringen!«

Vielleicht war er damit schon zu weit gegangen: Erwartungen Dritter waren für Clara von jeher ein schlechtes Argument. Aber das hier war ein Sonderfall, nein, der *Ernst*fall. Wahnsinn, jetzt abzusagen. Ganz und gar ausgeschlossen.

Sie kannte sich gut genug, um zu wissen, was das bedeutete. Die innere Unruhe. Die wirren Träume. Bis zu ihrem Geburtstag waren es zwar noch drei Wochen, aber er warf seinen Schatten voraus. Schatten war das richtige Wort, denn plötzlich, in diesem Augenblick, begriff sie, wie fern ihr das lag: ein Abend mit fünfzig Leuten und Hände schütteln und lauter Musik. Als würde sie sich verraten. Die Erkenntnis traf sie wie ein Schock. Irgendwo hatte sie gelesen, dass die Indianer sich zum Sterben in die Einsamkeit zurückzogen, auf einen Hügel, in die Weite der Ebene, und es ging ihr immer noch nach, dass jemand eine Vorahnung haben konnte für diesen letzten Übergang, dass er sich dem nicht im Kreis seiner Familie oder Freunde stellte, sondern ganz bewusst allein. Allein. Ein Anflug von Panik stieg in ihr hoch. Sie drehte sich um zu Tom, aber Tom schlief seinen friedlichen Tomschlaf. Manchmal beneidete sie ihn darum. Hatte er weniger Sorgen als sie oder machte er sich nur weniger Sorgen? Wie verschieden die Menschen sind, dachte sie, man kann überhaupt nicht davon ausgehen, dass zwei Menschen dasselbe meinen, wenn sie vom selben sprechen, eigentlich müsste man sich alles unendlich lange erklären lassen, sich ein Bild malen lassen von dem, was der andere sieht. Einmal, als sie in ein abgrundtiefes Loch gefallen war, weil sie dachte, schwanger zu sein und es dann doch nicht war, hatte Tom tatsächlich ein Bild gezeichnet: einen ausladenden, großen Baum, ein paar Blumen auf einer stoppeligen, grünen Wiese, eine Bank unter dem Baum und ein kleines Mädchen, das sollte sie sein, mit Tränen, die aus den Augen tropften, riesigen Tränen. Und am Rand des Bildes einen Jungen, der die Hand ausstreckt. Sie hatte danebengesessen und noch mehr weinen müssen, als sie sah, wie er die Stifte wechselte, so voller Hingabe, und diesen Moment zu Papier brachte. Ein Moment, der ziemlich viel in ihr berührte, auch, was ihr gegenseitiges Verhältnis anbelangte. Er war immer bei ihr, nicht ganz nah, nicht zu nah, denn das vertrug sie schlecht, aber trotzdem bei ihr und dafür war sie ihm unendlich dankbar. Vermutlich konnte er sich davon gar keinen Begriff machen.

Allmählich ließ die Anspannung etwas nach. Am liebsten würde sie ihn wecken. Tom, wir müssen das Ganze abblasen, ich schaff das nicht, ich will das nicht, lass uns wegfahren, wir zwei, nach Venedig oder Paris oder meinetwegen auch nach Hamburg, da wolltest du doch schon lange hin, wir spazieren um die Außenalster und setzen uns in ein Café und machen eine Hafenrundfahrt und dann lieben wir uns in einem schönen Hotel, in der Badewanne oder im Stehen vor dem Fenster, unter uns die Autos und ihr Gehupe, die Lichter, das fände ich alles soviel wahrhaftiger als mich hier hinzustellen und für überflüssige Geschenke zu bedanken und tausendmal *»Wie schön, dass du da bist«* zu sagen, ich weiß, wie überheblich und undankbar das klingt, aber so fühl ich mich nun mal, ich hab keine Lust, so zu tun, als ob ich mich freue, als ob mir das was bedeuten würde, ich hab überhaupt die Nase voll von diesem ganzen Als-ob-Getue und dem Wortgeblubbere und den ständigen Erwartungen. Und nur damit du's weißt, es hat nichts mit meinem Vierzigsten zu tun, ich bin keine Frau, die vor dem Spiegel steht und ihre Augenpartie eincremt und beim Lachen an ihre Fältchen denkt, ich fühl mich mit jedem Jahr mehr als Frau, mehr bei mir, weniger abhängig von irgendjemand da draußen, ich muss niemand mehr gefallen, auch dir nicht, hörst du, nicht mal dir, obwohl ich es wahnsinnig schön finde, dass ich dir gefalle und dass du mir gefällst, immer noch, wer hätte das gedacht, wir zwei immer noch ein Paar, wo es oft so schwierig war zwischen uns, diese Streitereien zu Beginn, du mit deinen Ansprüchen an die ideale Beziehung, dass man sich öffnen muss, *muss* hast du gesagt, als könnte man das vor Gericht einklagen, ich fand das sehr verletzend, ich will mich nicht entblößen müssen vor einem anderen Menschen, ich habe immer und zu jeder Zeit das Recht, das nicht zu tun. Und ich will auch nicht, dass alles an mir pathologisiert oder psychologisiert wird, als gäbe es für alles eine Erklärung, nein, als *bräuchte* man für alles eine Erklärung, ich will ein paar Eigenheiten für mich behalten, sein, wie ich bin, einfach so, ohne dass ich deswegen gleich mit dir über Vertrauen und Bindung und Verbindlichkeit diskutieren muss, blablabla. Tom, tut mir leid, ich versuch ja, deine Bedürfnisse zu respektieren, weißt du, ich will nur nicht, dass meine *weniger* respektiert werden. Tausend Gedanken in ihrem Kopf. Sie sehnte sich nur noch nach Schlaf.

»Fingerfood«, führte der Mann vom Cateringservice aus, »ist eine Grundsatzentscheidung. Wir können das heute so anspruchsvoll gestalten, dass der Unterschied zu einem klassischen Vier- oder Fünfgangmenü kaum ins Gewicht fällt. Wir haben ...«

Tom hörte nicht mehr so genau hin, er registrierte mit zunehmendem Unbehagen, dass Clara sich ausklinkte, sie begann in der Angebotsliste zu blättern und mit dem Fuß zu wippen, während die Stimme weiterredete und weiterredete, irgendwann unterbrach er das joviale Gesäusel und sagte: »Meine Frau und ich werden eine Nacht darüber schlafen und uns wieder bei Ihnen melden, vielen Dank.« Und der Mann, dem gar nicht entgangen sein konnte, was sich vor seinen Augen abspielte, zückte ein Kärtchen und sagte: »Sie erreichen mich Tag und Nacht unter dieser Nummer.« Tom ließ den Satz unkommentiert, er war zwar deutlich weniger angespannt als Clara, aber eine ironische Bemerkung konnte ihm trotzdem jederzeit über die Lippen rutschen und das wollte er nicht, dafür war die Stimmung schon zu sehr im Keller – vor allem Claras Stimmung. Den Weg nach draußen legten sie schnellen Schrittes zurück, ohne ein Wort zu sprechen.

»Wenn du willst«, sagte er im Wagen, »lassen wir uns was völlig Neues einfallen.«

»Was meinst du mit was völlig Neuem?«, fragte Clara, wohl mehr aus Höflichkeit als aus wirklichem Interesse.

»Na ja«, sagte Tom, »wir könnten einen Chinesen ordern, der in der Garage seinen Wok aufbaut. Oder wir grillen einen halben Ochsen im Garten, du glaubst nicht, was sich alles machen lässt.« Er wollte sie aufheitern, wieder auf andere Gedanken bringen. Obwohl ihm persönlich die Fingerfood-Lösung am ehesten zusagte: So konnte man das Essen den Abend über im Hintergrund halten und ihm die übertriebene Bedeutung nehmen.

»Ist das nicht zu aufwendig?«, sagte Clara.

»War nur ein Vorschlag«, sagte Tom. Und dann, um nicht allzu wankelmütig zu erscheinen und an etwas anzuknüpfen, bei dem er auf ihre Zustimmung hoffen konnte: »Vielleicht bin ich auch nur ins Grübeln geraten, weil mir der Typ gegen den Strich ging.«

»Solange er nicht bei uns aufkreuzt und die Häppchen serviert«, sagte Clara.

»Das werd ich zu verhindern wissen«, knurrte Tom.

Zu allem Überfluss fing es jetzt auch noch an zu regnen: Die Wischerblätter verteilten den Blütenstaub des Flieders, unter dem sie geparkt hatten, als schleimigen Film über die Windschutzscheibe.

»Ach, Schatz«, seufzte Clara, und legte ihren Kopf auf seine Schulter.

»Alles okay?«, fragte Tom.

»Ich weiß auch nicht«, sagte Clara.

Dabei hatte sie es eigentlich schon damals gewusst. Oder eben auch nicht. Zumindest wusste sie *jetzt*, dass es *damals* angefangen hatte mit dem Zweifel. Warum hatte sie dann nicht auf ihre innere Stimme gehört? Warum hatte sie nicht im Auto mit Tom darüber gesprochen? Oder auch zu Hause, irgendwann in den Tagen danach? Warum war ihr erst in der Nacht, als sie so lange wach lag, klargeworden, was sie wirklich wollte? Als wäre ihr der Zugang zu ihrem eigentlichen Gefühl versperrt geblieben. Das irritierte sie noch mehr. Wollte sie Tom nicht enttäuschen? Ihre Eltern? Dachte sie, dass sie – wenn sie schon über all die Jahre so konsequent auf ihren Rückzugsraum gepocht hatte – mit der Einwilligung zu einem rauschenden Fest etwas zurückgeben müsste? Dass Tom für alles andere kein Verständnis aufbringen würde? Was war passiert, dass dieser Abend sich plötzlich mit so viel Bedeutung aufgeladen hatte? Sie konnte es drehen und wenden, wie sie wollte, sie steckte in einer Sackgasse. Ihr ganzer Körper rebellierte bei dem Gedanken an das, was auf sie zukam. Aber abzusagen, jetzt, wo die Vorbereitungen schon so weit gediehen waren? Ihre Gedanken drehten sich im Kreis, sie kam keinen Schritt weiter. Und je mehr Tage sie verstreichen ließ, desto schlimmer würde es werden.

Im Grunde hatten alle damit gerechnet, das verrieten ihre Reaktionen am Telefon.

»Wie wär's, wenn wir die, die du gerne dabei hättest, einfach anrufen?«, hatte er vorgeschlagen. »Dann wissen wir sofort, wer kommen kann und wer nicht. Du weißt doch, wie lange das bei einem Brief dauert; und eine E-Mail ist einfach zu unpersönlich.«

Und Clara hatte sich breitschlagen lassen, vor allem, nachdem er ihr angeboten hatte, die Sache zu übernehmen. Also saß Tom einen ganzen Abend im Wohnzimmer, vor sich die Liste mit den Namen und Nummern, und arbeitete sie von oben bis unten ab wie ein Buchhalter.

»Am 26. Juni«, sagte er ein ums andere Mal, »um 19 Uhr. Wo denkt ihr hin, kommt einfach so. Aber wenn ihr eine Idee habt, wie ihr Clara eine Freude machen könnt …«

So ging das, er hatte seinen Spaß daran, nur irgendwann, mit zunehmender Dauer, beschlich ihn die Sorge, dass seine Stimme womöglich nicht mehr enthusiastisch genug klingen könnte, müde von den immer gleichen Wortwechseln.

In den Tagen und Wochen danach sprachen sie – mit Ausnahme der Essensfrage – kaum mehr von dem bevorstehenden Ereignis. Tom war das zwar aufgefallen, und er fand es schade, andererseits wollte er Clara verwöhnen, und in Organisationsfragen konnte ihm ohnehin keiner was vormachen. Also buchte er Zimmer für die, die von auswärts kamen, half hier und da mit einer Geschenkidee aus, die ihm halbwegs sinnvoll erschien und holte von vier weiteren Cateringfirmen Angebote ein. Vor allem aber feilte er an einer Rede, seiner Rede, denn ein runder Geburtstag wie dieser verlangte nach etwas Besonderem, einer Zäsur, einer Würdigung. Ihm schwebte vor, jedes gemeinsame Jahr von Clara und ihm anhand einer Geschichte zu illustrieren, die typisch für Clara war und die ihn befruchtet hatte. Er lächelte, als ihm das Wort durch den Kopf ging, und korrigierte sich selbst: *Auf die Probe gestellt* statt befruchtet – er musste aufpassen, dass er nicht zu rührselig wurde, das würde Clara ihm noch in zehn Jahren vorhalten. Und dass er keine Punkte berührte, die sie als zu privat empfand, das vor allem. Trotz dieser Einschränkungen kam er gut voran. Am Ende war er stolz auf sich selbst. Und glücklich, dass ihm noch drei Tage blieben, den Text in Ruhe einzustudieren.

Hätte er dort an der Spüle, damals, als Clara ihn so unvermutet mit ihrer Weigerung konfrontierte, in irgendeiner Weise anders reagieren sollen? Müssen? Diese Frage ging ihm auch danach lange nicht aus dem Kopf.

»Ich will meine Eltern nicht sehen, und ich will meine Schwester nicht sehen. Ich will mit niemandem anstoßen, und ich will kein fröhliches Gesicht machen müssen. Es fühlt sich nicht richtig an für mich. Es fühlt sich sogar schrecklich an.«

»Clara, bitte, Clara, hör zu: Dieser Geburtstag ist lange geplant. *Wir* haben ihn lange geplant. Deine Eltern sind heute Morgen in den ersten Flieger gestiegen. Margret und Rolf sitzen im Zug. In zwei Stunden wird das Essen geliefert. Alle unsere Freunde stehen in den Startlöchern. Entspann dich! Es wird ein wunderbares Fest, glaub mir. Eines, an das wir uns noch lange erinnern werden. Übrigens zwingt dich keiner, den ganzen Abend zu lächeln. Es zwingt dich auch niemand, aufzubleiben, bis der letzte Mohikaner sein Pferd gesattelt hat. Aber es ist verdammt noch mal *dein* Abend, und ich, dein Mann, habe keine Lust, diesen Abend ohne dich zu verbringen!«

»Tom, ich weiß, dass du das nicht verstehen kannst, und ich bin dir deswegen auch gar nicht böse ...«

»Böse? Soll das ein Witz sein? Wenn hier einer das Recht hat, böse ...«

»Ich war noch nicht fertig, Tom. Darf ich das Wenige, was ich dir sagen kann, denn wenigstens noch zu Ende bringen?«

»Gott, Clara.«

»Ich fühl mich beschissen, Tom. Ich sag das nicht, um dein Mitgefühl zu wecken oder mich aus der Verantwortung zu stehlen. Ich kann dir nicht genau sagen, wann es angefangen hat, aber es ist bestimmt drei Wochen her. Eher vier. Plötzlich war da keine Freude mehr, kein bisschen, im Gegenteil: Plötzlich war da nur noch ein ganz starker innerer Widerstand, so stark, dass ich morgens schon mit Kopfweh aufgewacht bin.«

»Aber warum erzählst du mir das denn nicht? Was zum Teufel bringt dich dazu, mir kein Sterbenswörtchen davon zu erzählen?«

»Wenn du ehrlich bist, weißt du die Antwort.«

»Jetzt komm mir bloß nicht so. Wirklich, das ist eine Riesensauerei.«

»Tom, du kennst unsere Geschichte. Ja, ich weiß, ich hätte darüber reden müssen. Aber ich konnte nicht. Es ging nicht. Und mit jedem Tag, den ich gewartet habe, ging es noch viel weniger.«

»Den Schuh zieh ich mir nicht an, Clara, nein, *den* nicht.«

»Himmel noch mal, Tom, genau das meine ich: Du nimmst immer alles so persönlich. Du denkst, ich tue das, weil mit dir irgendwas nicht stimmt oder weil du was falsch gemacht hast oder weil unsere Beziehung nicht vertrauensvoll genug ist oder was weiß ich. Es liegt aber nicht an dir oder unserer Beziehung. Es liegt an mir, verstehst du? Und es nützt mir nichts, wenn du beleidigt reagierst und gekränkt bist.«

»Ich dachte, wir wären über dieses Stadium längst hinaus.«

»Was für ein Stadium, Tom?«

»Ich habe akzeptiert, dass du dich schwertust, Entscheidungen zu treffen. Ich habe akzeptiert, dass du für deine Entscheidungen Freiraum brauchst. Ich habe auch akzeptiert, dass du darüber nicht so sprechen willst oder kannst, wie ich das für notwendig erachte. Aber ich kann es nicht akzeptieren, dass ich nach all dem, was ich mir abverlangt habe, a b v e r l a n g t, jawohl, immer noch der böse schwarze Mann sein soll, dem du dich nicht anvertrauen kannst.«

»Genau das versuche ich doch gerade.«

»Aber warum erst jetzt? Warum erst jetzt?«

»Schrei mich nicht an, Tom.«

»Ich finde das unglaublich, Clara, wirklich. Ich finde *dich* unglaublich!«

»Jetzt beruhig dich doch wieder.«

»Das musst ausgerechnet du sagen!«

»Tom, bitte.«

»Clara, du bist so verdammt egoistisch, ich fass es nicht. Du stellst dich und deine Gefühle über alles und jeden. Es ist dir so was von egal, wie es anderen damit geht. Wie es mir damit geht. Hauptsache, du hast in dich hineingehört und bist deiner inneren Stimme gefolgt. Ich scheiß auf deine innere Stimme, hörst du? Ich scheiß drauf!«

»Ich würde wirklich gerne anders mit dir darüber reden, Tom.«

»Ich hab die Schnauze voll vom Reden. Vor drei Wochen hätte ich mit dir darüber geredet und meinetwegen auch noch vor zwei. Aber nicht jetzt, nein, jetzt ist es dafür zu spät. Es gibt nur zwei Möglichkeiten: Entweder du verabschiedest dich von deinem Trip und wir kriegen das heute Abend irgendwie über die Bühne ...«

»Oder?«

»Oder du verschwindest, und zwar augenblicklich, und lässt dich hier so schnell nicht wieder blicken.«

»Ist das dein Ernst?«

»Spar dir die Frage, Clara.«

Hatte sie etwas anderes erwartet? Hatte sie überhaupt etwas erwartet? In Windeseile stopfte sie ein paar Wäschestücke und ihren Kulturbeutel in den kleinen Trolley, vergewisserte sich, dass sie ihre Papiere und die EC-Karte eingesteckt hatte, und verließ das Haus. Tom war nirgends zu sehen, keine Ahnung, wohin er sich zurückgezogen hatte. Obwohl sie Angst hatte, große Angst sogar, gab es einen anderen Teil in ihr, der bereit war, sich auf alles, was kommen mochte, einzulassen. Sie hatte gebrochen, nicht nur mit jeder Konvention, auch mit ihrem bisherigen Leben. Und mit Tom, mit ihm vor allem. Kaum vorstellbar, dass sie es schaffen würden, diesen Stein wieder aus dem Weg zu rollen, das sah sie plötzlich mit großer Klarheit.

Sie ging die Straße hinunter bis zur Kreuzung und blieb stehen. Was jetzt? Sie wurde heute, Punkt Mitternacht, vierzig Jahre alt. Sie musste am Montag um acht wieder im Büro sein. Das waren die beiden einzigen Fixpunkte, an denen sie sich orientieren konnte. Sie würde sich ein Hotel suchen, für diese Nacht ein Hotel, das war sie sich schuldig. Morgen konnte sie dann Teresa fragen, ob sie für ein paar Tage bei ihr bleiben könnte. Obwohl es eher mehr als ein paar Tage werden würden, das stand jetzt schon fest. Egal, viel wichtiger war die Frage, ob sie Teresa vorwarnen sollte – schließlich stand sie auch auf der Gästeliste. Allerdings nur, wenn sie ihr hoch und heilig versprach, nichts zu verraten, niemandem, und sich am Abend ahnungslos zu stellen. Dann würde sie auch erfahren, wie Tom damit umging, was er als Erklärung für ihr Verschwinden vorbrachte.

Und wenn Tom bereits am Telefon war und allen absagte?

Dann würde sich Teresa bestimmt bei ihr melden, ohne Zweifel. Trotzdem hatte sie nicht das Bedürfnis, ihre Freundin noch heute zu treffen. Sie musste sich erst selbst sortieren. Und sie wollte allein sein, ja, allein, damit sie für diesen Übergang – ihren Übergang – gerüstet war.

Er wollte sie nicht mehr sehen, nicht heute und am besten auch nicht morgen, wer weiß, ob er sie überhaupt noch einmal sehen wollte. Er hörte sie oben umherwandern und ging nach hinten, auf die Terrasse, um zu rauchen. Kein Abschied, bloß das nicht, er konnte sich nicht vorstellen, ihr ins Gesicht zu schauen, geschweige denn ein Wort zu sagen. Und er kannte sie gut genug, um zu wissen, dass es ihr genauso ging.

Gierig zog er an der Zigarette, egal, das würde heute nicht die letzte sein. Was bildete sie sich bloß ein? Er war noch viel zu ruhig geblieben, er hätte ihr am liebsten die Schürze um die Ohren geschlagen und sie angebrüllt. Niedergebrüllt. Ungeduldig wartete er auf das Schnappen der Tür.

Na also, endlich. Er ging mit einer Decke und einem Kissen nach unten in den Heizungskeller und dort, neben dem Kessel, erlaubte er sich endlich, seine Wut zuzulassen, er prügelte auf die Decke ein, bis der Stoff des Kissens riss, und hörte auch dann noch nicht auf, als die Federn schon durch die Luft tanzten. Das Kissen in seiner Hand wurde leichter, der Stoff war schließlich nur noch ein Fetzen. Er schlug trotzdem weiter, bis seine Oberarme schmerzten.

Wenn er an diese Zeit zurückdachte, wunderte er sich über sich selbst. Ja, es gab eine Menge Signale, die er übersehen hatte. Vielleicht nicht sehen hatte wollen. Ab einem bestimmten Punkt war er in seinen eigenen Film geraten. Dazu passte die Rede. Eigentlich bündelte diese Rede ihrer beider ganzes damaliges Dilemma wie unter einem Brennglas, oder sollte er sagen: *sein* ganzes damaliges Dilemma. In ihr stand all das, was *er ihr* nie gesagt hatte. Gut verpackt, so, dass die Lacher auf seiner Seite gewesen wären und Clara sich nicht beschweren hätte können. Aber im Grunde eben doch ein Bekenntnis zu sich und *seinen* Gefühlen und erst danach, in zweiter Linie, ein Bekenntnis zu Clara und ihrer Beziehung. Ja, sie war mitunter verschlossen gewesen, dickköpfig, stur, all das. Aber hatte nicht auch er sich verschanzt hinter seiner Offenheit? Seiner vermeintlichen Reife und ach so großen Konfliktfähigkeit? Hatte er nicht manches Mal wie ein Heiliger gepredigt? Und streng genommen erst am Schluss, mit dieser Rede, das Beziehungsversprechen, das er so lange von Clara gefordert hatte, das erste Mal selbst eingelöst? Da lag sie, nie gehalten, in einem Schubfach seines Schreibtischs. Es kostete Kraft, die Blätter aufzubewahren. Aber noch mehr Kraft, sie wegzuwerfen. Loszulassen. Clara, die Vergangenheit, die Fehler, die er gemacht hatte. Er hoffte auf Vergebung, das schon, aber gleichzeitig wusste er, dass er sie sich nur selbst geben konnte und dass er davon noch ein gutes Stück entfernt war.

Wenn sie an diese Zeit zurückdachte, war sie Tom immer noch dankbar und gleichzeitig stolz auf sich selbst. Dankbar, weil seine Reaktion so klar gewesen war, dass sie nicht anders konnte, als unmissverständlich zu ihrer Entscheidung zu stehen. Wäre er liebevoller geblieben, verständnisvoller – wer weiß, sie hätte sich womöglich zum Bleiben überreden lassen. Nein, es war gut, wie es war, obwohl es wehtat, so auseinanderzugehen. Und sie bewunderte ihn dafür, dass er die Gäste hatte kommen lassen, und dann, mit brüchiger Stimme, verkündet hatte, dass sie beide sich heute Mittag getrennt hätten, ob endgültig, könne er nicht sagen, und dass er alle bitte, mit ihm zu feiern, ja, das klänge bestimmt geschmacklos oder komisch, aber er wolle jetzt einfach nicht allein sein, das Essen sei sowieso bestellt gewesen, man möge ihm diesen Wunsch erfüllen, allerdings ohne ihn ständig auf Clara anzusprechen. Alle, ausnahmslos alle, wären geblieben, die meisten aus Höflichkeit. Zuerst sei es sehr still gewesen, wie auf einer Beerdigung, die Gespräche hätten sich nur *darum* gedreht, zumindest wenn Tom nicht in der Nähe war. Später hätte sich das gelegt, so hatte Teresa es erzählt, im weiteren Verlauf des Abends habe sie Tom sogar das eine oder andere Mal lachen hören – was Clara unpassend fand, dann aber verstehen konnte, großer Gott, schließlich war tatsächlich niemand gestorben.

Und sie war stolz, weil sie trotz der Unfassbarkeit der Situation, die sie heraufbeschworen hatte, die Konsequenzen getragen hatte. Die Nacht im Hotel würde sie nie vergessen: Der Blick des Portiers, als sie mit geröteten Augen und verwischter Wimperntusche nach einem Zimmer fragte, im obersten Stock, sie wollte über die Dächer schauen, womöglich die Berge sehen. Die siebzehn Anrufe auf dem Handy, fünf davon von ihrer Mutter, die sie bis zum nächsten Tag eisern ignorierte. Das Essen, das sie sich aufs Zimmer bringen hatte lassen, inklusive einem Glas Champagner, ja, sie hatte zwar nicht gelacht, aber Champagner getrunken, und danach war sie wach geblieben bis zum Morgengrauen.

Die Frage, die über allem schwebte, auch in jener Nacht,

war natürlich, was sie bewogen hatte, so zu reagieren. Sie suchte lange nach einer Antwort. Und weil die Antwort nicht ganz leicht war und sie nicht mit jedem ins Detail gehen wollte, beschloss sie, im Büro, bei ihren Arbeitskollegen, bei all jenen, denen sie sich nicht wirklich verpflichtet fühlte – wozu auch ihre Eltern gehörten –, auf diese Frage hin einen Moment innezuhalten, ihrem Gegenüber in die Augen zu schauen und dann zu sagen: »Weißt du, manchmal glaube ich, es lag ganz einfach daran, dass wir diesen runden Geburtstag nicht feiern hätten sollen.«

Und das Schöne daran war, dass sich – abgesehen von ihren Eltern – niemand traute, weiter zu fragen.

Jess Jochimsen

Am Wasser gebaut

> »Wir waren beide zweiundvierzig und hatten schon
> mitbekommen, dass es nicht die Hoffnung ist,
> die zuletzt stirbt.
> Die meisten leben noch ein paar Jahre,
> wenn die Hoffnung längst tot ist.«
> *Franz Dobler*

Die Bänke fallen Jonas als Erstes auf. Und wie sauber es ist. Sonst sieht das Ufer beinahe aus wie früher. Früher haben die Leute ihren Müll hiergelassen, denkt er, heute sind es Holzbänke. Alle paar Meter steht eine. Alle zehn Meter, um genau zu sein, zehn große Schritte, Jonas ist die Strecke abgegangen. Das Ausmessen wird er nicht mehr los. Die Bänke gleichen sich aufs Haar, Fichte massiv mit reichlich Lasur, damit man sich keinen Splitter einreißt beim Sitzen.

Das Einzige, das sie unterscheidet, sind die Namen auf den kleinen vergoldeten Plaketten an den Lehnen, die Namen der Stifter. Jonas hat solche Schildchen auch schon in Tirana, Elbasan und Kamza gesehen. An den Häusern. Auf den Baustellen. Jedoch noch nie an Bänken. In Albanien sind Bänke Gemeingut und kein Privatbesitz wie hier, zu Hause, am See. »Diese Bank gehört mir«, verkünden die Schildchen, »vergessen Sie das nie!«

Jonas kennt keinen der Namen, zumindest kann er sich an keinen davon erinnern. Vielleicht stammen sie ja von Sommerfrischlern, Touristen. Aus Dankbarkeit für einen zauberhaften Urlaub stiften sie eine Bank. Damit sie eine Spur hinterlassen, etwas haben, worauf sie sich freuen können, sollten sie noch mal wiederkommen. »Komm, Schatz, wir setzen uns auf *unsere* Bank. Schön ist das hier!«

Jonas kann die Bitterkeit, die ihn bei diesem Gedanken erfasst, nicht unterdrücken. Jedes Mal, wenn er nach Deutschland kommt, fühlt er sich ein wenig fremder, ausgeschlossener, entdeckt Veränderungen. Als er nach fast drei Jahren in der Fremde das erste Mal zurückgekommen war, waren es die Bobby-Car-Geräusche gewesen, die ihn irritiert und verstimmt hatten, die Geräusche, wenn Kinder auf diesen in die Mode gekommenen Plastikautos die verkehrsberuhigten Straßen der Neubaugebiete befuhren. (Warum guckte er sich auch immer Neubauten an?) Das Schleifen der Kinderschuhe auf dem Asphalt, untermalt vom Geratter der Hartplastikreifen. Und hinter ihnen die Eltern, die ständig zur Vorsicht mahnten. Mittlerweile gibt es eine schalldämpfende Bereifung für die Autos, hat er gehört, und Überzieher für die Kinderschuhe. Sauber und leise muss alles sein. Bobby-Cars hatte er nicht gekannt, die Mode war an ihm vorübergegangen. Auch die Mode des Kinderkriegens.

Er lässt einen Stein über die Wasseroberfläche flitschen. Das beruhigt ihn sofort. Manche Dinge ändern sich nie. Unzählige Male hat er das schon gemacht, an zig Gewässern auf so ziemlich allen Kontinenten. Aber nirgendwo so oft wie hier.

Christof hatte einmal vierzehn Hüpfer geschafft. Den Rekordwurf sieht Jonas noch wie heute vor sich, das strahlende Gesicht des Freundes, sein Jubelgebrüll: »Vierzehn Hüpfer! Habt ihr das gesehen? Das waren vierzehn Hüpfer!« Ella hatte lachend applaudiert, und zu dritt hatten sie dann Arm in Arm einen ungestümen Freudentanz aufgeführt, bis ihnen schwindelig geworden war und sie sich ins Gras hatten fallen lassen.

Jonas hat nie wieder jemanden kennengelernt, der sich so freuen konnte wie Ella.

Ella, Christofs und seine Jugendfreundin.

Ella mit der Sonne im Nacken.

Als Baby war sie einmal von einem Hund ins Genick gebissen worden. »Der wollte mich adoptieren«, erzählte sie immer, »der Hund hat mich liebevoll gepackt und wie ein Welpe in seine Hütte geschleift. Ganz vorsichtig.« Ellas Mutter schüttelte jedes Mal den Kopf, wenn sie zufällig mitbekam, dass ihre Tochter wieder diese Geschichte ausgrub; eine Bestie sei das gewesen, die man gleich danach eingeschläfert habe, und »Spitz auf Knopf« habe es damals gestanden. Obwohl sie sich nicht daran erinnern konnte, hatte Ella aber stets auf ihrer Version beharrt. Was blieb, war eine kreisrunde Narbe direkt unter dem Haaransatz, die aussah wie eine Sonne. Christof und er hatten sie manchmal dorthin küssen dürfen, an besonderen Tagen. »Einen Sonnenkuss«, hatte Ella das genannt und gelacht.

Fünfundzwanzig Jahre ist das her, denkt Jonas und wirft einen weiteren Stein. Drei Hüpfer, jämmerlich.

»Was meinst du, wird sie kommen?« Diese Frage hatte Christof ihm jedes Mal gestellt, wenn sie sich zu zweit sahen, ohne Ella. Auch noch, als der Kontakt zu ihr schon lange abgebrochen war. »Was denkst du? Kommt sie?«

Im Laufe der Jahre war diese Frage zu ihrem Code geworden, zu ihrem kleinsten gemeinsamen Nenner. Ganz egal, worüber sie sprachen, über ihre Jobs, ihre Pläne, über Jonas' Bauprojekte, über Christofs Krankheit. Christof vergaß nie, ihm diese Frage zu stellen, wenn sie sich in Hamburg trafen, wohin Christof gezogen war, oder irgendwo im Ausland, die wenigen Male, die Christof ihn besuchen kam, während ihren gemeinsamen Urlaub auf Kreta und Korfu, und auch später noch in seinen spärlichen E-Mails, als es ihm schon schlecht ging. »Was meinst du, wird sie kommen?« Jonas hatte nie geantwortet. Weil er es nicht wusste. Weil es ihm egal war. Aber auch, weil das zum Spiel gehörte. Christof fragte, Jonas zuckte mit den Schultern. So war das immer gelaufen. Auch als längst klar war, dass Christof den Stichtag nicht mehr erleben würde, fragte er weiter. Und Jonas sagte nichts.

Es kommt ihm unwirklich vor. Heute Morgen war er noch in Tirana gewesen. Die albanische Hauptstadt war nur ein Katzensprung von München entfernt. »TIA 6:00/MUC 7:50« steht noch immer auf dem Display seines Handys, dabei tragen beide Airports Namen, »Nene Tereza« und »Franz Josef Strauss«. Keine zwei Stunden von »Mutter Teresa« bis »Franz Josef Strauss«. Das war an Ironie kaum zu überbieten – und, dass die Fahrt vom Flughafen hierher an den See länger gedauert hatte als der Flug, auch nicht.

Im Mietwagen hatte er Radio gehört. Eine ›Morning Show‹ hatte es sich zur Aufgabe gemacht, den Hörern mit der Erfüllung von Musikwünschen »einen superguten Start in den Tag« zu verschaffen. Als eine piepsige Frauenstimme sich ›Nightshift‹ von den Commodores gewünscht hatte, weil sie sich riesig freue, dass ihr »Bärli«, den sie »ganz doll lieb« hätte, gleich von der Nachtschicht nach Hause käme, hatte Jonas das Radio ausgestellt. Warum sagt sie ihm das nicht gleich persönlich?, hatte er sich gedacht. Solche Menschen stiften auch Holzbänke, denkt er jetzt, als er am Ufer steht.

»In fünfundzwanzig Jahren am Wasser.« Ellas Satz. Im Sommer 1986, als Ella fünfzehn war und Christof und Jonas beide siebzehn, hatte sie diesen Vorschlag gemacht, an einem besonderen Tag, und wie immer keinen Widerspruch geduldet. »In fünfundzwanzig Jahren treffen wir uns wieder hier, ganz egal, was passiert.«

Sie hatten damals sehr lachen müssen, weil ihnen das so unfassbar weit weg erschienen war, sie hatten herumgealbert, von dritten Zähnen geunkt und von halbwüchsigen Kindern, die sie, die selbst noch welche waren, dann haben würden. Weil Jonas im Mai Geburtstag hatte, Ella im Juli und Christof im September, hatten sie sich auf Ellas Geburtstag geeinigt. »Der liegt genau in der Mitte«, hatte sie lachend gesagt. Dann erst war ihr aufgefallen, dass es ihr vierzigster Geburtstag sein würde. »Das passt doch. Also abgemacht: In fünfundzwanzig Jahren hier am Wasser. Und bis dahin wird nicht mehr darüber geredet.« Mit zwei Sonnenküssen war das Versprechen besiegelt worden, und Ella sprach danach tatsächlich nie wieder davon. Schon damals war sich Jonas sicher gewesen, dass sie es schnell wieder vergessen würde, wie so vieles. Zwei Jahre später machten Christof und er Abitur. Und nach zwei weiteren Jahren brach der Kontakt zu Ella ab.

Ich tu das hier nur für mich, hämmert Jonas sich ein, während er sich auf eine der Bänke setzt. Und vielleicht für Christof. Aber er verwirft den Gedanken sofort wieder, weil er ihm albern vorkommt und in ihm wieder die Scham aufsteigt. Wäre es ihm um Christof gegangen, hätte er früher kommen müssen. Vier Jahre ist der Freund nun schon tot, keine zehn Kilometer von hier entfernt liegt er auf dem Dorffriedhof unter der Erde. Jonas war noch nie am Grab gewesen. Aber heute würde er hingehen. Oder morgen früh. Er hat ja Zeit.

Inzwischen ist es zwölf Uhr mittags. Noch immer ist er allein am See. Es ist ein warmer Sommertag. Nach der Schule würden die Kinder zum Schwimmen herkommen, am Abend dann die Jugendlichen und, wer weiß, vielleicht auch jemand aus dem Dorf, den er kennt.

Ella wird nicht dabei sein.

Eine genaue Zeit hatten sie damals ohnehin nicht ausgemacht. Wieso auch. »In fünfundzwanzig Jahren am Wasser«, das war mehr als eine Ewigkeit entfernt gewesen und bedurfte keiner Uhrzeit. Seit Jonas den Entschluss gefasst hat, die Reise tatsächlich zu unternehmen, hat er sich an dem Gedanken erfreut, einfach den ganzen Tag hier zu sitzen, über sein Leben nachzudenken und umsonst zu warten. Aber der Ort seiner Jugend hat nichts Magisches mehr. Und dass Ella nicht kommen wird, weiß Jonas längst.

»Ich tu das hier nur für mich«, murmelt er vor sich hin und beschließt dann, erst einmal den Gasthof aufzusuchen, in dem er sich übers Internet ein Zimmer gebucht hat. Ein 42-jähriger Mann, der überall auf der Welt Häuser baut und zu Hause im Hotel absteigt.

»Diese Bank ist krisensicher«, steht auf dem Plakat, das neben der Rezeption an der Wand hängt. Auf dem Foto darunter erkennt Jonas das Ufer und eine Holzbank wie die, auf der er noch vor einer Viertelstunde gesessen hat. So war das also, eine lieblose Marketingkampagne der Gemeinde. »Zur Verschönerung unseres Weihers«, liest Jonas und muss schallend lachen. »Helfen Sie mit. Mit Ihrem Geld stiften Sie einen Ort der Ruhe. Ein Anruf genügt.«

Ein Anruf genügt nie, denkt Jonas. Das Kaufhausprojekt in Albanien kommt ihm in den Sinn und die unzähligen

Telefonate, die er deswegen täglich führen muss, die Gespräche, die nichts bringen, weil sich dauernd etwas ändert, weil ständig Baumaterial fehlt und die Arbeiter entweder unpünktlich oder gar nicht kommen. Auf dem Bau helfen Anrufe wenig. Jede Vereinbarung muss schriftlich fixiert sein, und noch wichtiger: Man muss immer vor Ort sein. Übermorgen früh bin ich zurück, denkt Jonas, wenn alles glatt läuft, vielleicht morgen Abend schon.

Mit Christofs Eltern hatte er telefoniert, fällt ihm ein, im Sommer vor vier Jahren, als der Kampf gegen den Krebs verloren war und er nicht zur Beerdigung reisen konnte, weil er auf der Baustelle unabkömmlich gewesen war. Aber er hatte ihnen danach noch einen langen Brief geschrieben und sie besucht, als er Weihnachten darauf kurz zu Hause war. Jonas hat sich nichts vorzuwerfen.

Er wird das genau so machen: Eine Runde durchs Dorf drehen, schnell am Friedhof vorbeigehen, und anschließend zurück an den See fahren und warten. Einfach warten, dass es Abend wird.

»Was meinst du, wird sie kommen?« Nein, mein Freund, das wird sie nicht. Ella hat anderes zu tun.

Dabei hätte sie es nicht weit. Sie wohnt nur drei Dörfer weiter, Jonas weiß das aus dem Netz. In Zeiten des *social net* bleibt einem nichts verborgen. Jonas weiß, dass Ella verheiratet ist und drei Kinder hat, dass sie Teilzeit in einer Versicherungsagentur arbeitet und glücklich ist. Jonas hat ein Foto von ihr gesehen (sie sieht gut aus), er kennt ihre Vorlieben, ihre Hobbys – Ellas Profil steht jedem offen, sie hat keine Geheimnisse. Auf ihrer Seite finden sich nicht nur Bilder von ihr, sondern auch von ihrer Familie, sogar von ihrem neu gebauten Haus (Fertigbau – unspektakulär, aber solide), alles in allem etwa 350000 Euro, hatte er überschlagen, als er zum ersten Mal auf ihre Seite ging, vom verdeckten Account der Firma aus.

Jonas könnte sogar vorbeifahren, ihre Adresse hat er gegoogelt. Aber das wird er nicht tun. Weil es darum nicht geht. (Und weil auf *streetview* in ihrer Hauseinfahrt zwei Bobby-Cars zu sehen waren.)

»Was denkst du? Kommt sie?«

»Nein, Christof, sie kommt nicht, aber ich werde da sein, so bescheuert das auch sein mag. Ella hat doch heute Geburtstag, sie wird vierzig, erinnerst du dich nicht? Sie hat keine Zeit.«

Jonas bemerkt, dass er laut mit sich spricht, während er durch das Dorf schlendert. Es kümmert ihn nicht, ob ihn jemand hört. Hier kennt ihn sowieso keiner mehr.

»Du hättest sehr gelacht, Christof, wenn du ihre letzten *posts* gelesen hättest: Ella ›nullert‹ heute!«

So reden Jugendliche heutzutage, denkt Jonas, und auch die Leute, die meinen, das Zurschaustellen ihres Privatlebens im Netz mache sie jünger, als sie sind. Seelenlose Web-Sprache mit zahlreichen Smileys auf gute Laune getrimmt. Ella hat auf ihrer Seite auch ihren Geburtstag thematisiert. Sogar die Einladung zu ihrem Gartenfest steht online. »Man nullert schließlich nur alle zehn Jahre«, ist dort für jedermann zu lesen, »und das will gefeiert werden! Daher: Big Sause, Mädels! Kerle (die parken wir am Grill, *lol*) und Kids erwünscht – Langweiler, *stay at home!*« Jonas hatte sich fast geekelt, als er das gelesen hatte, an seinem fleckigen Schreibtisch in Tirana, sich aber auch bestätigt gefühlt, bei jedem Smiley, jedem *lol* und jedem J, das Ella auf ihre Seite gesetzt hatte, etwas mehr: Sie wird nicht kommen.

»War das nicht eigentlich immer schon klar, Christof?«, fragt er jetzt halblaut in die stickige Sommerluft hinein. »Ich meine, dass sie einmal so werden würde? Trautes Heim, Glück allein, unsere Ella ...« Jonas lässt den Satz unvollendet. »Zumindest diese Erkenntnis ist dir erspart geblieben, mein Freund.«

Jonas schüttelt die aufkeimende Scham von sich ab. Er sollte dankbar sein. Ella, das Fragen nach ihr, das hypothetische Wiedersehen am See waren so etwas wie Christofs letzter Rettungsanker gewesen, so kam es Jonas zumindest oft vor. Die Erinnerung an die drei gemeinsamen Sommer und das Versprechen, »ganz egal, was passiert«.

Weder Jonas noch Christof hatten nach dem Abitur je wieder Kontakt zu Ella gehabt, und trotzdem hatten die Freunde es ihr zu verdanken, dass sie sich bis zum Schluss nie ganz aus den Augen verloren hatten. Weil da jemand war, an dem sie sich festhalten konnten, ihr Fixstern mit der Sonne im Nacken, Orientierungshilfe für die Erinnerung. Ein Ausgangspunkt für Gespräche, auch über die Krankheit.

»Und heute ›nullert‹ sie, *deine* Ella«, murmelt Jonas und bricht sich einen langen Ast von einem Strauch.

Die Neubauten, an denen er vorbeigeht, schwitzen eine Biederkeit aus, die Jonas schaudern lässt. Wie kann man nur so leben? Er biegt in eine Straße ein, in der noch alte Häuser stehen, und atmet tief durch. Aber auch hier ist ihm nichts mehr vertraut. Und trotzdem wird er ruhiger, weil er wieder spürt, dass er damals die richtige Entscheidung gefällt hat. Es ist richtig, dass er für immer weggegangen ist. Und es ist richtig, dass er morgen wieder geht.

Die Sonne brennt jetzt heiß herab. Die Luft flimmert. Der Nachmittag beginnt sich zu dehnen, und alles wird zähflüssig und langsam. Das hat er vermisst. Dieses ziellose Schlendern. Dieses Nichtwissen, wohin mit sich an einem nicht enden wollenden, heißen Sommertag. Er weiß nicht, wie lange er seinen Stecken schon an den Zaunpfählen entlangrattern lässt. Wann hat er das zum letzten Mal gemacht? Er lauscht dem rhythmischen Klang von Holz auf Holz. Klack, klack, klack, klack ... Die Wiederentdeckung eines Kindheitsgeräusches. Allein das war die Reise wert, denkt er. Es ist richtig, dass er hier ist.

Am See herrscht Hochbetrieb. Planschende, herumtobende Kinder, Mütter, die genervt Schwimmflügel aufblasen oder mit liebevollen Blicken Brotzeitdosen öffnen, Väter, die mit ihren Söhnen Fußball spielen oder einfach nur dasitzen und versuchen, den Stress des Arbeitstages zu vergessen. Ein normaler Sommernachmittag, denkt Jonas. Wäre er nicht fortgegangen, säße er sicher auch oft hier.

Alle Bänke sind belegt, doch ihrer eigentlichen Funktion beraubt. Sie dienen nur als Ablagefläche für Taschen und Spielzeug oder als Trockenständer für die nassen Badesachen. Oder sie werden von den Kindern unter lautem Geschrei in Pferde, Traktoren und Panzer verwandelt oder, mit Handtüchern verhängt, als Höhlen genutzt. Die kindliche Fantasie kennt keine Grenzen, Jonas erinnert sich gut daran.

Er sucht sich einen Platz nahe am Wasser und bedauert, die Badehose in seinem Rollkoffer im Gasthof vergessen zu haben. Zur Not kann er in der Unterhose schwimmen gehen, er trägt eine schwarze Boxershorts.

Mit Ella hatte er damals ein paarmal den kompletten See durchschwommen, fällt ihm ein. Überhaupt war Schwimmen das Einzige gewesen, das er mit Ella allein unternommen hatte, ohne Christof. Sonst waren sie immer zu dritt gewesen, wenn man von den zwei, drei Abenden absah, an denen Christof und Ella vergeblich versucht hatten, ein

Liebespaar zu werden. Jonas lächelt: An Land hatten sie nur im Trio funktioniert, als Einheit.

Christof konnte schwimmen, Jonas weiß das, weil sie mit der Schulklasse manchmal in die Schwimmhalle mussten, aber er tat es nur widerwillig. In den See war Christof nie gegangen. »Schwimmen ist kein Spaß«, hatte er einmal gesagt. »Im Gegensatz zu allen anderen Sportarten ist Schwimmen etwas, das man machen muss, um nicht abzusaufen und zu sterben.«

Jonas erinnert sich, dass er diesen Satz einmal so ähnlich in einem Roman gelesen hat, letztes Jahr, am Strand von Saranda. Den Titel des Romans weiß er nicht mehr, aber er weiß, dass es vom albanischen Saranda nur ein paar Kilometer mit dem Schiff bis Korfu sind, wo Christof und er ihren letzten gemeinsamen Urlaub verbracht hatten. Vor einem knappen Jahrzehnt.

Seine Augen feucht, so wie immer am Wasser. Ach, Christof …

Er weiß nicht, wie lange er einfach nur dasitzt, wie lange er weint. Er weiß nur, dass alles leichter wird. Jonas kann nicht sagen, was genau von ihm abfällt, welche Last, er spürt nur die Leichtigkeit, die ihn erfasst, ein unbestimmtes Loslassen, ein richtungsloses Fließen. »*You need the ocean to flow*«, hat ihm sein Vorarbeiter in Albanien einmal erklärt. Ein deutscher Weiher tut's auch, denkt Jonas. Dann gibt er sich dem Gefühl hin und schaltet ab.

Er merkt nicht, wie der Nachmittag in den Abend übergeht und die Eltern die Sachen zusammenpacken und ihre Kinder rufen, er bekommt nicht mit, wie aus den Pferden und Höhlen wieder Holzbänke werden und sich das Seeufer allmählich leert, er hört weder die Stille, die nach dem Abmarsch der Familien eintritt, noch den Lärm, den die eintreffenden Jugendlichen mit ihren Mofas und Gettoblastern machen. Jonas fließt.

Nur für einen Augenblick bricht sich eine Erinnerung bahn, die Erinnerung an jene letzten gemeinsamen Sommerferien, in denen Christof, Ella und er bei der Post gejobbt und anstatt zu arbeiten Unsinn getrieben hatten. »Postkarten-Poker« war ihr Spiel gewesen, jeder hatte sich fünf Briefe oder Ansichtskarten aus dem Postsack gegriffen und der am weitesten entfernte Poststempel war Trumpf gewesen. Das hatte den Grundstein für sein Fernweh gelegt, schießt Jonas kurz durch den Kopf, und dann wird seine Seele wieder weit, Bilder kommen und gehen, Klänge branden auf und verebben, einzelne Worte vermischen sich mit Eindrücken, mit Gerüchen, mit Erinnertem, Lachen, Musik, Gegröle, Wasserspritzen, dem Geklimper einer Gitarre, Glasflaschengeklirre. Ein einziger Schleier. Alles plätschert. Alles rauscht. Alles verschwimmt.

Erst als ihm ein Junge auf die Schulter tippt und ihm schüchtern ein Bier anbietet, kommt Jonas wieder zu sich. Verlegen wischt er sich ein paar Tränen aus dem Gesicht. Und lächelt, weil er gesiezt wird.

»Alles in Ordnung mit Ihnen?«, fragt der Junge.

»Ja«, sagt Jonas, »alles. Alles okay.«

Es ist fast Mitternacht, als Jonas aufsteht und einen letzten Stein über den See flitschen lässt. Wie viele Hüpfer es sind, kann er in der Dunkelheit nicht ausmachen. Er fröstelt.

Auf dem Parkplatz stehen nur noch zwei Autos, sein Mietwagen und ein Volvo.

Sie sitzt auf dessen Kühlerhaube.

»Hey«, ist alles, was er herausbringt.

»Hey«, antwortet sie, springt herunter, schaut ihm in die Augen und nimmt ihn dann in den Arm. »Hey, Jonas.«

Als sie ihn wieder loslässt, lacht sie.

»Bist du schon lange hier?«, fragt er.

»Eine gute Stunde«, sagt sie. »Ich habe dich beobachtet, am Ufer.«

»War bestimmt ein toller Anblick ...«, setzt Jonas an, aber Ella legt ihm die Hand auf den Arm.

»Ich wollte dich nicht stören.«

»Ich hätte nicht gedacht, dass ...«, nimmt Jonas einen zweiten Anlauf, hält dann aber inne. Es gibt nichts zu reden. Er hat sich oft genug auszumalen versucht, wie es wäre, wenn Ella tatsächlich käme, ein fertiges Bild ist ihm nie gelungen.

In fünfundzwanzig Jahren am Wasser ... Und dann: Schweigen.

Jonas hat nichts zu sagen und will nichts hören. Er will sich an den Nachmittag erinnern, an den Moment des Loslassens. Es gelingt ihm nicht. Ellas Geburtstag fällt ihm ein. »Langeweiler, *stay at home!*« Sag jetzt bitte nichts. Er versucht, die Smileys vor seinem inneren Auge zu vertreiben, die Bobby-Cars, er will kein Gerede, kein »Weißt du noch?«.

Gleich wird sie loslegen, denkt er, gleich wird sie ihn neckisch auffordern, mit auf die »Sause« zu kommen, gleich wird sie nach Christof fragen ...

Aber sie tut nichts dergleichen. Ella schweigt. Es ist kein peinlich berührtes Schweigen, sondern eines, das weiß, dass alles gesagt ist.

Irgendwann räuspert Ella sich dann doch. »Warst du mal am Grab?«

Jonas schüttelt den Kopf.

»Geh nicht hin. Es ist kein guter Ort. Und … Christof hätte es nicht gewollt.«

Jonas durchfährt es. »Habt ihr euch denn noch mal gesehen?«

»Ein paarmal«, sagt Ella leise, »als es zu Ende ging. Nicht oft.« Und noch leiser: »Wir haben immer über dich geredet.«

Jonas merkt, dass er wieder weinen muss, und lässt es zu. Dann ist es gut. Beide sagen lange nichts, und auch das ist gut. Endlich gibt sich Ella einen Ruck.

»Ich muss dann mal wieder … ich habe Gäste.«

»Ich weiß«, sagt Jonas. »Herzlichen Glückwunsch übrigens.«

»Danke.«

»Ich habe leider kein Geschenk für dich«, sagt Jonas.

»Doch, das hast du«, lächelt Ella, »du bist gekommen.«

Sie fasst die Haare zusammen und wendet ihm ihren Nacken zu.

Jonas weiß, dass sie sich genau das vorgenommen hat, für den Fall der Fälle, eine geplante Geste. Aber das spielt keine Rolle, ein Geschenk ist immer geplant. Jonas nimmt es an und küsst Ella auf die Sonne. Zweimal.

Am nächsten Morgen tätigt Jonas von seinem Handy aus einen Anruf und eine Online-Überweisung. Dann wählt er die Nummer ein zweites Mal, weil ein Anruf nie genügt.

»Alles erledigt«, sagt er der Frauenstimme am anderen Ende der Leitung.

Ob er sich inzwischen überlegt habe, was auf dem Schildchen stehen solle, fragt die Frau.

»Ja«, antwortet Jonas. »Christof. Ella. Jonas. 1986 bis 2011.«

»Hm«, sagt die Frau, »Jahreszahlen machen wir eigentlich nicht. Eine Bank ist doch kein Grabstein.«

Nein, das ist sie nicht.

»Dann nur die Namen«, sagt Jonas, »einfach nur die drei Namen. Christof. Ella. Jonas.«

Er legt auf und fährt zum Flughafen.

Ewald Arenz

Hoch soll er fliegen

Der Anruf von meinem jüngsten Bruder Jörg erreichte mich, als ich eben eine Rechenaufgabe meines Sohnes zu verstehen versuchte. Otto besuchte die zweite Klasse, und er hatte schöne Päckchen zu bilden. Ich hatte keine Ahnung, was schöne Päckchen waren, wenn es nicht gerade um Weihnachten ging. Meine beiden Großen, Theo und Philly, hatten soziale Brennpunktschulen besucht, und ihre Lehrerinnen waren froh gewesen, wenn die Schüler die Seiten der Rechenbücher nicht dazu verwendeten, Papierflieger zu bauen und ihre ersten Zigaretten zu drehen.

»Jörg«, fragte ich ins Telefon, »was sind schöne Päckchen?«

»Das, lieber Bruder«, antwortete Jörg, der Schauspieler ist und sich deshalb über sinnentleerte Dialoge nicht wundert, »sind die Päckchen, die du demnächst für Papa packen solltest. Er wird nächsten Monat siebzig.«

»Siebzig?!« Ich machte mir selten bewusst, dass mein Vater im selben Tempo alterte wie ich, deshalb musste meine Stimme wohl ziemlich überrascht geklungen haben.

»Siebzig«, murmelte Otto neben mir und malte die Zahl in sein Rechenheft, »hab ich mir schon gedacht.«

»Ja, siebzig«, wiederholte Jörg, »und das solltest gerade du dir eigentlich merken können. Schließlich wirst du am selben Tag vierzig.«

»Jaja«, knurrte ich. Von seinem jüngsten, gerade mal

sechsundzwanzigjährigen Bruder wird man nur ungern daran erinnert, dass man binnen Kurzem auf die Fünfzig zugeht. Als mein Ältester in besagter Brennpunktschule eingeschult wurde, war ich noch jung und idealistisch und wahrscheinlich so gutaussehend wie Jörg heute gewesen. Wenn ich Otto dieser Tage in die Schule begleitete, folgten mir die Augen der jungen Mütter nicht mehr interessiert, sondern eher mit dem flüchtigen Blick, den man einem verschlissenen Teddybären schenkt. Auf einmal überkam mich das Gefühl, alt zu sein, und unvermittelt stöhnte ich auf.

»Was ist? Hast du auf deine alten Tage einen Schwächeanfall bekommen?«, fragte Jörg. »Dann setz dich jetzt lieber hin: Deine Schwestern und ich haben nämlich beschlossen, eure beiden runden Geburtstage zusammen zu feiern.«

»O nein! Auf keinen Fall!«, rief ich alarmiert in den Hörer. »Ich habe Freunde, die ich nicht verlieren will. Wenn Papa mit denen ein Gespräch anfängt, dann ...«

»Bild dir da bloß mal nichts ein«, unterbrach mich Jörg unbarmherzig, »Leute, die du siezt und die dein Auto reparieren, sind doch keine Freunde. Nein, du willst bloß immer im Mittelpunkt stehen, deshalb passt dir das nicht.«

Ich sagte nichts. Jörg hatte nur gescherzt, aber er hatte mit seinen Worten eine alte Wunde aufgerissen. Zeit meines Lebens hatte ich meinen Geburtstag nie für mich allein gehabt. Auch wenn sich alle in meiner Familie sehr viel Mühe gegeben hatten, hatten natürlich immer zwei Torten auf dem Tisch gestanden. Und wenn es an dem Tag an der Tür geklingelt hatte, war ich nie hingerannt, weil der Besuch mit einer Wahrscheinlichkeit von mindestens fünfzig Prozent meinem Vater gratulieren wollte. Kurzum: Es war, wie wenn man an Weihnachten Geburtstag hatte. Und deswegen feierte ich ihn seit zwanzig Jahren ganz ohne Familie.

»Die Sache ist beschlossen, daran gibt's nichts mehr zu rütteln«, sagte Jörg jetzt. »Deshalb hör zu, ich hatte da nämlich so eine Idee: Papa hat doch früher mal gesagt, dass er gern Pfarrer auf der Reeperbahn gewesen wäre, und da habe ich mir gedacht, wir ...«

»Jörg«, fiel ich ihm ins Wort, »das ist schon Ewigkeiten her, da warst du vielleicht gerade mal zehn, wieso erinnerst du dich immer nur an solche Sachen? Er hatte das nur gesagt, weil wir eines Nachts in die Kirche geschlichen sind, um mit ein paar Freundinnen Musik zu machen, und der Kirchenvorstand sich danach über unser unzüchtiges Verhalten beschwerte.« Ich musste bei der Erinnerung grinsen. »Du willst also die Puppen tanzen lassen ...«

Während Jörg mir seinen Plan auseinandersetzte, fragte ich mich, ob das, was er da vorhatte, wirklich eine gute Idee war. Unser Vater mochte Überraschungen nur bedingt. Er zog es vor, auf jede Situation gut vorbereitet zu sein. Um für einen nuklearen Erstschlag gewappnet zu sein, hatte er zum Beispiel in den Siebzigern unsere Familie fürs Überleben im atomaren Winter ausgebildet.

»Jörg«, sagte ich darum tadelnd, als er fertig war, »du erinnerst dich schon, dass der Altersdurchschnitt von Papas Geburtstagsgästen ungefähr bei neunundachtzig liegt, weil unsere Onkel und Tanten viel älter sind als er, oder? Bist du sicher, dass du dich mit der großen Sause nicht selber beschenken willst?«

»Neunundachtzig«, notierte Otto fröhlich.

»Weißt du«, entgegnete Jörg beleidigt, »manchmal kommst du mir noch um einiges älter vor als Papa. Du müsstest dir dein Hirn mal richtig durchpusten lassen, da rieselt schon der Kalk! Du wirst sehen, es wird Papa gefallen.«

»Die Frage ist doch eher«, gab ich zu bedenken, »ob es Mama gefällt.«

Jörg knurrte darauf etwas Unverständliches; es gefiel ihm offensichtlich nicht, dass ich seine Idee kritisierte, wahrscheinlich, weil er normalerweise nicht der große Organisator war und eigentlich Lob erwartete. Zu seiner Ehrenrettung sei gesagt, dass ich vielleicht auch nur an seiner Idee herumnörgelte, weil ich nicht die geringste Lust hatte, meinen vierzigsten mit meinem Vater zu verbringen.

»Ich muss aufhören«, sagte mein Bruder nun hastig, »unsere Probe beginnt gleich. Alles Weitere erfährst du dann von unseren lieben Schwestern.«

Damit legte er auf, ohne eine Antwort abzuwarten, und ich wandte mich wieder unserem Jüngsten und seinen schönen Päckchen zu.

»Nein, Otto«, sagte ich nach einem Blick auf sein Heft resigniert, »siebzig und vierzig sind nicht neunundachtzig. Und ein schönes Päckchen ist das auch nicht.«

Otto sah mich an.

»Siebzig und vierzig sind ja auch komische Zahlen«, sagte er etwas hilflos.

»Da hast du allerdings recht, mein Sohn«, sagte ich seufzend und gab ihm einen Kuss.

»Opa hat heute Geburtstag, oder?«, fragte Theo gähnend, als er im Schlafanzug gegen zehn Uhr an den Frühstückstisch kam. Es war Samstag, und er roch noch ziemlich nach Bier.

»Wann bist du ins Bett?«, fragte ich streng.

Theo winkte müde ab und ließ sich auf seinen Stuhl fallen.

»Irgendwann vorhin. Aber es hatte keinen Sinn. Du hast zu viel Lärm gemacht.«

Mit leicht geröteten Augen betrachtete er kurz den Tisch, kratzte sich dann an der Brust und deutete auf die Kerzen.

»Dass du auch immer schon im September Weihnachten feiern musst«, sagte er kopfschüttelnd und nahm sich ein Hörnchen aus dem Korb, den ich liebevoll in die Mitte gestellt hatte. »Wo ist eigentlich Mama?«

»Im Bett. Sie hat sich wohl eine Grippe eingefangen«, brummte ich und wollte mich gerade mürrisch hinter der Zeitung vergraben, als Otto erschien. Ich richtete mich auf und sah ihn erwartungsvoll an. Mein Jüngster hatte ein großes Blatt in der Hand, das verdächtig nach dem Vorsatzblatt meines wunderbaren Faksimiledrucks der Schedelschen Weltchronik aussah.

»Ich habe dem Opa eine Atombombe gemalt«, verkündete er freudestrahlend, »weil er doch immer davon redet. Das schenk ich ihm zu seinem siebenhundertsten Geburtstag.«

Auf dem Blatt sah es tatsächlich nach einer nuklearen Explosion aus, wenn auch eher nach einer aus rotem Acryl.

»Wo hast du die Farben her?«, fragte ich, bemüht, an meinem eisernen Vorsatz festzuhalten, gelassen zu bleiben, egal, was an diesem Tag passierte.

»Die hab ich in Mamas Büro gefunden«, erklärte mein Jüngster und rannte ins Wohnzimmer, um sich ein Lucky-Luke-Heft zu holen, wonach er sich ebenfalls ein Hörnchen nahm und sich damit auf Theos Schoß setzte.

Ich dachte kurz nach, ob ich verpflichtet war, etwas wegen des Farbfallouts in Julianes Büro zu unternehmen, blieb dann aber sitzen, weil meine Frau schließlich auch für die Erziehungsfehlschläge verantwortlich war. Außerdem ärgerte es mich, dass sie ausgerechnet zu meinem Geburtstag krank geworden war – auch wenn sie natürlich nichts dafür konnte. Und überhaupt: Angesichts der Gleichgültigkeit meiner Söhne spürte ich, dass eine gewisse Bitterkeit in mir aufstieg, die sich noch verstärkte, als Philly den Raum betrat und gleich losmaulte, sie würde viel lieber mit ihrem Freund ins Kino gehen statt zu Opas Geburtstagsfest zu fahren.

Während sie sich heißhungrig über das letzte der Hörnchen hermachte, die ich zur Feier des Tages bei meinem Lieblingsbäcker geholt hatte, suchte ich in der Zeitung Trost, aber da hieß es nur, dass nach einer aktuellen Umfrage die meisten Jugendlichen vorhatten, den Generationenvertrag aufzukündigen. Ich ließ die Zeitung sinken und betrachtete der Reihe nach meine Kinder, die samstagsmüde um einen von mir selbst geschmückten, ansonsten aber komplett geschenkfreien Tisch saßen und sich gegenseitig bezichtigten, die Sims-CD verschlampt zu haben.

»Hat mir keiner was zu sagen?«, machte ich einen allerletzten Versuch, aber alle drei sahen nur kurz auf, bevor Theo sich gähnend erhob und die Kerzen ausblies.

»Das war für heute genug Advent.«

Einen Moment lang war ich versucht, es Rousseau gleichzutun und trotz aller hehren Erziehungsideale meine drei Kinder wegzugeben, aber dann erinnerte ich mich daran, dass ich im einundzwanzigsten Jahrhundert lebte und so was heute unter Strafe stand, weshalb ich nur seufzend die Zeitung zusammenfaltete und aufstand, um den Tisch abzuräumen. Der Tag hatte wirklich super angefangen.

Der Septemberhimmel war blau und spannte sich weit über die Felder und Wiesen links und rechts der Autobahn. An früheren Geburtstagen war mir ein solch herrliches Spätsommerwetter immer wie ein wunderbares Geschenk vorgekommen, aber an diesem Tag lag mir das vollkommen verkorkste Frühstück noch immer im Magen, und ich saß verstockt am Steuer, während sich meine Kinder vergnügt ihre Geschenke für meinen Vater zeigten. Eigentlich waren wir viel zu früh losgefahren, aber Jörg hatte behauptet, er brauche uns, um noch ein paar Dinge vorzubereiten. Die Feier sollte in einem Fünfsternehotel in der Münchner Innenstadt stattfinden, für das wir fünf Geschwister auch eine Fünfsternesumme zu zahlen hatten. Genauer gesagt, ich und meine drei Schwestern, denn Jörg hatte am Telefon freimütig erklärt, dass er gerade nicht flüssig sei, er aber immerhin die Idee zu der Feier gehabt habe und wir bei unseren dicken Gehältern den dritten, vierten und fünften Stern ja wohl locker übernehmen könnten. An manchen Tagen kann ich nicht verstehen, wieso die Griechen, denen wir die abendländische Kultur verdanken, für Familie und Freund dasselbe Wort verwenden.

Ich parkte das Auto in der Nähe des Bayerischen Hofs im Schatten einer Platane. Die Türme der Frauenkirche leuchteten in der Septembersonne. Jörg hatte uns kommen sehen und winkte vom Eingang herüber.

»Onkel Jörg!«, rief Otto, schwenkte sein Bild und rannte los, kaum war er aus dem Wagen gesprungen, »sieh mal, meine Atombombe für Opa!«

Jörg lobte Otto, nahm ihn auf den Arm und begrüßte mich mit den Worten: »Wieso kommst du erst jetzt?«

Nur zu gern hätte ich in diesem Augenblick in den heiteren Nachmittag gebrüllt: »Weil ich heute Geburtstag habe, was aber keinen zu interessieren scheint!«, aber mein Stolz verbot es mir, und so knurrte ich stattdessen: »Du weißt, dass fünfundneunzig Prozent aller Morde im Familienumfeld geschehen, oder?«

»Statistisch betrachtet, sind kleine Brüder selten die Opfer«, antwortete Jörg grinsend und küsste dann Philly galant die Hand, »kommt jetzt, wir haben noch viel zu tun.«

Meine Tochter kicherte und nahm Otto an der Hand, Theo schnappte sich die Tasche mit ihren schönen Päckchen für Opa, und so folgten sie Jörg in die Hotellobby. Ich blieb noch einen Augenblick stehen, um tief ein- und auszuatmen, wie es mir unsere Ehetherapeutin mal empfohlen hatte, aber es wirkte nicht, wahrscheinlich, weil man sich von seinen Geschwistern im Notfall nicht scheiden lassen kann. Resigniert ging ich den anderen hinterher.

»Beeil dich, Papa!«, rief Philly mit einem Fuß in der Fahrstuhltür. »Jörg sagt, Opa ist schon in seinem Zimmer.«

Ich hasse Fahrstühle. Und erst recht Treppen. Einfach alles, was nach oben führt. Seit meiner Kindheit leide ich nämlich an Höhenangst. Sie rührt von einem Urlaubstag an der Ostsee her, als ich sieben oder acht gewesen war – so alt wie Otto jetzt. Während Mama mit meinen beiden kleinen Schwestern eine Sandburg baute, wollten Papa und ich damals auf ein Marinedenkmal steigen. Das Denkmal war ein hohler, sechzig Meter hoher Turm, an dessen Innenwand eine Treppe spiralförmig nach oben verlief, nur durch ein Geländer vom Schacht gesichert, in den von oben majestätisch eine vielleicht zwanzig Meter lange, goldbestickte Fahne herabhing. Diese Fahne musste mich wohl ungeheuer begeistert haben, jedenfalls sprang ich, so schnell ich konnte, die Stufen hoch, während Papa draußen noch das Eintrittsgeld bezahlte, um sie mir als Erster ansehen zu können. Doch so weit ich mich auch übers Geländer lehnte, ich konnte den Stoff nicht zu mir ziehen, und so kam ich auf die Idee, mich bäuchlings auf den Treppenabsatz zu legen, um mit den Füßen danach zu angeln. Stück für Stück schob ich mich unter dem Geländer durch, zappelte dabei ungeduldig mit den Beinen, und da passierte es: Mein Gewicht zog mich auf einmal nach unten, und plötzlich hing ich über dem Abgrund, beide Hände um eine Geländerstrebe geklammert.

Ich hatte Papa noch nie so schnell eine Treppe hochspurten sehen. Ehe ich mich's versah, hatte er sich über das Geländer geschwungen, und während er sich mit einer Hand daran festhielt und zur Sicherheit ein Bein eingehakt hatte, packte er mich auch schon mit der anderen Hand und zog mich wieder nach oben.

Danach saßen wir fast eine Viertelstunde zitternd auf der Treppe, bis ich mich einigermaßen beruhigt hatte, und als ich mich, fest an die Turmwand gedrückt, Stufe um Stufe nach unten schob, meinte Papa: »Der Mama erzählen wir lieber nichts davon.«

Wir sprachen nie wieder darüber, jedoch litt ich seither verständlicherweise an Höhenangst. Vor meinen Kindern habe ich mich allerdings immer zusammengerissen. Sie sollten nie etwas davon erfahren. Ich hatte meinen Vater nämlich immer dafür bewundert, dass er so furchtlos war. Nach dem Vorfall im Marinedenkmal glaubte ich sogar jahrelang, dass sein Pfarrerberuf nur Tarnung und er in Wirklichkeit Geheimagent war; zu dieser Überzeugung hatten auch seine Mitgliedschaft im Schützenverein gepasst. Jedenfalls war ich mir immer absolut sicher gewesen, dass er jede Situation zu meistern verstand – im Gegensatz zu mir, dessen Laune im Fahrstuhl des Hotels jetzt so rapide in den Keller ging wie der Lift sich nach oben bewegte. Und das nicht nur, weil ich dabei wieder Angst- und Schwindelgefühle verspürte, sondern weil ich auch mit Eifersucht zu kämpfen hatte: Ich mochte meinen Vater wirklich, aber wegen dieses Trubels um seinen Siebzigsten hatte die gesamte Familie meinen

Geburtstag vergessen, der schließlich auch ein runder war –
von irgendwelchen Geschenken ganz zu schweigen.

Jörg hatte für die Großfamilie eine komplette Etage gebucht, damit das Fest nicht schon um Mitternacht zu Ende
sein musste und auch die weit entfernt wohnenden Verwandten kommen konnten. Wir gingen in unser Zimmer
am Ende des Ganges, um dort noch einmal die Reden und
all die Showeinlagen durchzusprechen, die in einer Familie
voller Künstler bei jedem Fest unerlässlich waren, und Jörg
probte mit Theo, Philly und Otto ein Minidrama, eine
Parodie auf das Überlebenstraining, das mein Vater in den
Siebzigern mit uns in Dänemarks Dünen veranstaltet hatte.
Otto war mit Feuereifer dabei, vor allem, weil er sich in eine
silberne Rettungsdecke wickeln und eines der Überlebensmesser benutzen durfte, von denen in unserer Kindheit mindestens eines in jedem Zimmer herumgelegen hatte, falls es
nachts zu einem Erdbeben oder ähnlichen Katastrophen
kam. Ja, mein Vater war in mancher Hinsicht schon eigenartig. Mit einem kleinen Seufzer ging ich ins Bad.

Kaum hatte ich die Tür hinter mir geschlossen, hörte ich
durch die Wand plötzlich seine Stimme. Meine Eltern mussten wohl im Nachbarzimmer untergebracht sein.

»Ich hasse es!«, polterte er. »So ein Remmidemmi zu ver-
anstalten, nur weil ich einen runden Geburtstag habe! Was
für ein Blödsinn! Nicht mal in der jüdischen Mystik hat die
Siebzig eine Bedeutung!«

»Ach, Friedrich«, erwiderte meine Mutter gelassen, »be-
ruhige dich, es geht hier doch gar nicht so sehr um dich.
Denk mal an deine Geschwister. Und die Kinder. Die sehen
sich so selten.«

»Um sich zu treffen, müssen sie aber nicht unbedingt
meinen Geburtstag hernehmen!«, grollte mein Vater.

»Wahrscheinlich hat die gottlose Brut auch wieder irgendein Theaterstück vorbereitet, in dem sie sich über mich lustig macht.«

Während ich meine Mutter daraufhin schallend lachen hörte, vernahm ich aus Jörgs Zimmer vierstimmiges Probengelächter. Mein Vater begann mir ein klein wenig leidzutun, wenn auch nicht mehr als ich mir selbst. Ich hätte jetzt ohne Weiteres »Herzlichen Glückwunsch, Papa!« rufen können, aber es war sicher nicht der richtige Zeitpunkt. Ich beugte mich über das Waschbecken, um aus der hohlen Hand etwas Wasser zu trinken.

»Runde Geburtstage sind eine Erfindung des Teufels!«, murrte mein Vater nun auf der anderen Seite der Wand.

»Du tust gerade so, als würdest du gefoltert«, rügte ihn meine Mutter, »man wird aber nur einmal siebzig, Friedrich. Also reiß dich zusammen. Tu's für deine Familie.«

Die Wand musste wirklich ziemlich dünn sein, denn ich hörte meinen Vater nun leise vor sich hin murmeln: »Von der Feierei wird man auch nicht jünger. All die Reden! Das fette Essen! Der Lärm! Ja, man wird nur einmal siebzig, und so einen wunderbaren Tag sollte man allein verbringen … ganz allein … Was gäbe ich drum, wenn ich …«

Ich spitzte die Ohren. Vergeblich. Seine Stimme entfernte sich. Und bei mir klopfte es an die Tür. Ich schloss auf. Otto musste aufs Klo.

In Jörgs Zimmer sahen mir mein Bruder, Theo und Philly vergnügt entgegen. Für einen kleinen Augenblick war ich versucht, ihnen zu erzählen, was ich eben gehört hatte, aber dann dachte ich, dass es wohl reichte, wenn wir Geburtstagskinder mies gelaunt waren. Immerhin war es tröstend, dass es Papa nicht besser ging als mir.

Derweil raffte Jörg Kostüme, Überlebensmesser und Gir-

landen zusammen und als Otto fertig war, rief er fröhlich:
»Los geht's, lasst uns endlich feiern!«

Im Lift drückte Jörg auf den obersten Knopf.

»Müssen wir nicht nach unten?«, fragte ich beunruhigt.

Jörg nickte. »Ja, schon, aber ich will den Kindern vorher noch schnell die Dachterrasse zeigen. Man hat von dort oben einen fantastischen Blick über die ganze Stadt.«

Als sich die Türen öffneten, drängten sich Jörg und die Kinder an mir vorbei. Aus bekannten Gründen hatte ich es nicht eilig, an die frische Luft zu kommen. Um Zeit zu schinden, kniete ich mich hin, um mir noch einmal die Schuhe zu schnüren – weshalb ich erst merkte, dass rund fünfzig Leute auf der Dachterrasse standen, als sie, mit sprühenden Wunderkerzen in den Händen, auf Jörgs Kommando hin ein vierstimmiges Geburtstagslied anstimmten. Meine Schwestern, meine Kinder, Papa und Mama, Onkel, Tanten, Cousinen und Cousins: Alle sangen sie mir, mir allein ein Ständchen unter dem strahlend blauen Himmel, und ich sah auf einmal alles ein bisschen verschwommen. Danach stürmten alle auf mich zu, um zu gratulieren, meine Tanten küssten mich ungefragt, es war fast wie in Kinderzeiten, und trotz der luftigen Höhe des Dachgartens begann ich mich das erste Mal an diesem Tag wohlzufühlen.

»Und jetzt«, sagte Jörg danach stolz, »zeig ich dir unser Geschenk. War übrigens eine Idee deiner Kinder. Aber wir haben's bezahlt«, fügte er mit einem Blick zu meinen Schwestern schnell hinzu und zog mich dann mit sich.

Zwar hatte ich ihn gleich beim Verlassen des Lifts gesehen, ihn aber wie selbstverständlich für eine Werbeidee des Hotels gehalten. Wahrscheinlich weil ich so ein Geschenk nicht einmal im Entferntesten mit mir in Verbindung bringen wollte. Worauf Jörg wies, war ein Fesselballon, der hoch und majestätisch über der Dachterrasse schwebte.

Ich sah schockiert zu Papa hinüber, der ebenso überrascht war wie ich. Unsere Blicke trafen sich für einen Augenblick, und er hob kurz die Schultern. Theo, Otto und Philly dagegen standen strahlend neben dem am Geländer vertäuten Korb und sahen mich erwartungsvoll an.

Ich schluckte und wusste einfach nicht, was ich sagen sollte. Einerseits war ich vollkommen überwältigt von der unglaublichen Raffinesse meiner Kinder, die den ganzen Tag so getan hatten, als hätten sie meinen Geburtstag komplett vergessen, andererseits wurde mir bitter bewusst, wie ungeheuer blöd es war, den Kindern nicht die eigenen Schwächen einzugestehen. Das hatte ich jetzt davon. Ich verfluchte mich im Stillen. Ich fürchte mich weder vor bissigen Hunden noch vor großen Pferden, nicht vor Dunkelheit und ebenso wenig vor Einsamkeit, aber meine Höhenangst ist so groß, dass sie eigentlich nur noch von der Angst vor dem Tod übertroffen wird. Eine Ballonfahrt war folglich das allerletzte, was ich zu meinem Vierzigsten geschenkt haben wollte. Nie zuvor hatten sich in mir Vaterglück und Panik so gemischt wie in diesem Augenblick.

Der Ballonführer, der unterdessen aus dem Korb geklettert war, schüttelte mir freundlich die Hand. Er war etwas kleiner als ich und braun gebrannt von der viel zu hohen kosmischen Strahlung über den Wolken.

»Alles Gute zum Runden!«, sagte er lächelnd. »Sie haben wirklich großartige Kinder. Wir starten gleich nach dem Kaffee. So um sechs, ja? Damit wir den Sonnenuntergang von oben sehen können.«

Er lachte. Ich lachte nicht. Mir gelang nicht einmal ein ängstliches Lächeln. Ich wollte nicht starten. Nicht vor und nicht nach dem Kaffee. Und auf keinen Fall wollte ich den Sonnenuntergang »von oben« sehen. Aber ich konnte das Geschenk unmöglich ablehnen. Fünfzig Leute vor mir – Otto, Philly und Theo vornedran – strahlten mich an, sodass mir nichts anderes übrig blieb, als leichenblass Freude zu heucheln. Schon wegen der Kinder. Es ist erst um sechs, versuchte ich mich zu beruhigen, erst um sechs, bis dahin hast du dir irgendeine brauchbare Ausrede überlegt.

»Ihr kleinen Verbrecher!«, schalt ich meine Kinder deshalb so freundlich, wie ich nur konnte, und entfernte mich dabei vom Ballon, so weit es ging. »Ihr habt den ganzen Tag so getan, als hättet ihr meinen Geburtstag vergessen! Ich war echt sauer auf euch und hab euch das auch deutlich spüren lassen. Dafür gebührt mir heute wirklich kein Höhenflug, und …«

»An den anderen Tagen auch nicht«, warf Jörg trocken ein, worauf alle lachten, sodass ich mir im Geiste gleich eine bösartige Notiz für eine Retourkutsche zu Jörgs Dreißigstem machte und dann fortfuhr: »… und eigentlich ist es auch die Pflicht des ältesten Sohnes, seinen Vater am siebzigsten Geburtstag nicht allein zu lassen, und deshalb …«

»Kommt nicht in die Tüte!« rief da Theo. »Zeit deines Lebens bist du an deinem Geburtstag wegen Opa immer zu kurz gekommen. Nein, Papa, heute sollst du fliegen!«

»Hoch soll er fliegen! Hoch soll er fliegen! Dreimal hoch!«, schrien Philly und Otto vergnügt, und alle stimmten in ihren Gesang mit ein, während ich nur voll Panik dachte: Hoch, o Gott, bloß nicht hoch!

»Und jetzt wird Papa gefeiert!«, rief Jörg, nachdem alle applaudiert hatten, und die Gäste drängten zum Lift. Nur Papa trödelte. Ich wusste warum und blieb zurück, trotz meiner Höhenangst. Er schlenderte zur Balustrade und sah in den Himmel. Seinem Gesicht merkte man deutlich an, dass er keine Lust hatte, nach unten zu fahren. Er tat mir leid.

»Komm, Papa!«, rief ich deshalb von der Tür zur Dachterrasse aus, kaum waren alle verschwunden. »Wird schon nicht so schlimm werden.«

»Du hast gut reden«, erwiderte er sarkastisch, »du wirst erst vierzig. Da verschmerzt man Überraschungsgeschenke noch um einiges besser als in meinem Alter.«

Er stand gerade da, seine weißen Haare wehten in der leichten Brise, und seine wasserblauen Augen – die ich von ihm geerbt hatte – blickten in die Ferne. Überrascht und ein wenig beschämt spürte ich für einen Augenblick etwas von der Angst meines stolzen, mutigen Vaters vor dem Tod. Vielleicht wollte er ja deshalb nicht feiern.

»Soll ich dich unten noch eine Weile entschuldigen?«, fragte ich leise.

Da drehte er sich zu mir um, sah mich an und lächelte.

»Ja. Zehn stille Minuten nur für mich zu haben … das wäre schön.«

Ich winkte ihm kurz zu und ging dann zum Treppenhaus, froh, nicht mit dem Aufzug fahren zu müssen.

Im großen, festlich geschmückten Saal entspannte ich mich dann etwas. Sekt wurde ausgeschenkt. Häppchen wurden gereicht. Man lachte und unterhielt sich. Auch der Ballonführer war mit nach unten gekommen, stand mit einem fast leeren Glas Sekt bei Theo und unterhielt sich anscheinend glänzend. Da kam mir eine Idee. Ich nahm vom nächsten Tablett ein volles Glas und drückte es ihm in die Hand.

»Prost!«, sagte ich munter.

Der Plan, den ich innerhalb von Sekunden entwickelt hatte, sah vor, den Ballonführer in den zwei Stunden, die mir noch blieben, so betrunken zu machen, dass er nicht mehr in der Lage war, aufzusteigen, denn auf einen überraschenden Blizzard konnte ich laut Wetterprognosen an diesem sommerlichen Septembertag nicht hoffen.

»Prost!«, entgegnete der Ballonführer fröhlich und wandte sich dann wieder an meinen ältesten Sohn. »Nicht dass wir's vergessen: Wir brauchen noch eine Flasche Sekt für Ihren Vater. Für die Höhentaufe. Wenn wir die tausend Meter erreicht haben.«

Schlagartig wurde mir schlecht, und ich trank mein Glas in einem Zug aus. Währenddessen wurden von meinen Onkeln und Tanten kleine Familienanekdoten an die nächste Generation weitergereicht. Philly und Otto lauschten gespannt den Geschichten aus meiner Kindheit, die wahrscheinlich demnächst gegen mich verwendet wurden. Aber dann dachte ich an das Theaterstück, das Jörg für Papa vorbereitet hatte, und musste trotz meiner Nervosität lächeln: So war es wahrscheinlich immer zwischen Eltern und Kindern. Wenn nur dieser fatale Countdown nicht gewesen wäre – ich hätte jetzt richtig Spaß haben können. Ich machte mich auf die Suche nach Jörg. Vielleicht würde er mir helfen, den Ballonführer betrunken zu machen, wenn ich ihm meine Höhenangst gestand. Als ich ihn fand, hatte er jedoch ganz anderes im Sinn.

»Hast du Papa gesehen? Wir wollen anfangen. Alle fragen schon nach ihm.«

Da erzählte ich Jörg, was ich im Bad gehört hatte und dass unser Vater noch eine Weile auf der Dachterrasse geblieben war. Mein kleiner Bruder zuckte nur grinsend die Achseln.

»Hätte er mal andere Kinder gekriegt«, sagte er mitleidslos. »Da muss er jetzt durch. Komm, wir holen ihn.«

»Lass mal, ich mach das schon«, sagte ich und fügte noch boshaft hinzu: »Nesthäkchen sind nämlich immer so furchtbar unsensibel, weil sie früher alles bekommen haben, was sie wollten.«

»Du bist ja bloß neidisch«, erwiderte Jörg grinsend, »na dann los, großer Bruder, hol ihn runter.«

Ich ging zur Treppe, aber dann dachte ich seufzend, dass ich vielleicht besser gleich damit anfing, meine Höhenangst zu bezwingen, und stieg in den Lift. Als er anfuhr, verspürte ich wieder das altbekannte unangenehme Gefühl in der Magengegend, das ich immer habe, wenn es schnell nach oben geht. Wahrscheinlich ist das in einem Ballon noch viel schlimmer, dachte ich voller Verzweiflung und konnte nicht umhin, mir vorzustellen, wie tief tausend Meter von einem offenen Korb wohl aussahen. Es war wirklich der schlimmste Geburtstag meines Lebens.

Die Sonne stand jetzt schon etwas tiefer und gleißte auf den weißen Tischen, als sich die Türen zur Dachterrasse öffneten, sodass ich für einen Moment die Augen schließen musste. Dann sah ich mich blinzelnd um. Doch mein Vater war nirgends zu sehen. Gerade wollte ich mich wieder zum Lift umwenden, als ich aus den Augenwinkeln jedoch eine kleine Bewegung wahrnahm.

Und da war er: Mein siebzigjähriger Vater war in den Korb des Fesselballons geklettert. Lässig hatte er die Ellbogen auf den Rand aus geflochtener Weide gestützt und blickte zu den Türmen der Frauenkirche hinüber.

»Papa!«, rief ich. »Was machst du da? Komm, alle warten auf dich. Es geht los.«

Mein Vater war vor Schreck zusammengezuckt.

»Ach, du bist's«, sagte er dann beruhigt und blickte wieder hinauf in den Himmel.

Ich trat näher, aber nicht so nah, dass ich nach unten sehen konnte.

»Heute bin ich siebzig geworden«, erklärte mein Vater versonnen, »und es gibt noch immer so viele Dinge, die ich noch nie gemacht habe. Ich war noch nie in Brasilien. Und auch noch nie am Grab von Che Guevara. Und …«, sagte er dann sehnsüchtig, »ich bin noch nie in einem Ballon geflogen.«

Er machte eine Pause. Ich wusste nicht, was ich sagen sollte. Aber mein Vater hatte sich schon zu mir umgedreht und lächelte nun aus der Höhe des Korbes auf mich herab.

»Wenigstens einmal im Leben sollte man das Richtige tun«, sagte er und dann zog er blitzschnell sein Überlebensmesser aus der Tasche, wie er es in Dänemark tausendmal mit uns geübt hatte, und kappte mit einem einzigen Hieb das Halterungsseil.

Der Ballon begann sofort zu steigen.

»Papa!«, rief ich erschrocken, »Papa! Du kannst doch nicht …! Der Ballonführer!«

»Alles Gute zum vierzigsten Geburtstag, mein Sohn!«, rief mein Vater zu mir herunter, und dann streckte er freudestrahlend die Arme aus und stieg in den makellos blauen Septemberhimmel hoch und immer höher.

Es war ein wirklich wundervoller Anblick. Von unten, jedenfalls – und da begriff ich, dass mein Vater nicht nur sich ein Geschenk zum Geburtstag gemacht hatte, und ich schrie, glücklich und befreit und aus vollem Herzen:

»Danke, Papa! Auch dir alles Gute zu deinem runden!«

Friedrich Ani

So kann's gehen

Als Herr B. und ich feststellten, dass wir unweigerlich auf einen runden Geburtstag zusteuerten, jeder auf seinen eigenen, aber beide mit derselben Zahl, beschlossen wir, etwas dagegen zu tun – oder dafür. Kernfrage: wen einladen? Je älter man wird, desto mehr Freunde und Bekannte hat man. Haha. Schon in der Schule fand ich Aussagen von Klassenkameraden irritierend, sie hätten Post von ihren FREUNDEN aus Amerika bekommen – oder sogar Besuch. Sakra! Amerika! Ich dagegen kriegte niemals Post von meinen Freunden, außerdem hatte ich in dem oberbayerischen Dorf, in dem die Evolution mich in ihrer unendlichen Rätselhaftigkeit hinversetzt hatte, nur eine Handvoll Kindergartenkumpels. Mir genügte die Menge.

Tempi passati. Zurück in die Gegenwart.

Herr B. fertigte eine Liste mit Namen an, ich ebenso. Manche Namen tauchten doppelt auf, andere wurden rasch gestrichen. Warum? Wir befürchteten Verkrampfungen im Umgang, schon bei der Begrüßung. Womöglich sagen zwei, die man einander vorstellt: »Wir kennen uns.« Und zwar mit einem Subtext, der für ein zehnbändiges Lexikon reichen würde. Nicht mit uns!

Dann eine Erkenntnis: Eingeladen werden nur Personen, mit denen wir per Du sind, Herr B. und ich gleichermaßen. Folgt eine gewisse Reduzierung, aber auch eine Intensivierung, jedenfalls in unserer Vorstellung.

Schließlich behielten wir das Konzept bei: rein kommt nur, wer Du sagt. Damit wäre das geklärt.

Allerdings: WO kommen die alle rein? In die Wohnung? Niemals. Herr B. gibt gelegentlich Einladungen, aber nie für mehr als sechs bis acht Leute, mehr würden sich zertrampeln. Ich gebe nie Einladungen: keine Stühle, Tisch übersät von Papier und dergleichen. Wohin also zum runden Geburtstag? Für mich als Gasthausbewohner bleibt nur das Gasthaus, dem Herrn B. gefiel die Vorstellung eines Hotels, wo wir gleich unsere auswärtigen Gäste unterbringen könnten. Gesagt, versucht. Im Grand Hotel, in dem ich gelegentlich meinen eigenen Wänden entfliehe, unterbreiteten sie uns ein finanziell sehr faires Angebot und stellten uns einen Saal zur Verfügung, den wir nach unseren Vorstellungen ausschmücken lassen dürften. Herr B. war grundsätzlich begeistert, ich ratlos. Vielleicht zu unpersönlich, das ganze Ambiente. Sind doch lauter sehr persönliche Duzfreunde und -bekannte anwesend. Vielleicht auch zu protzig: Grand Hotel!

Sakra! Der Geburtstag rückte rund und unbarmherzig näher. Da fiel mir eine Kneipe in der Nähe des Hauptbahnhofs ein, in dem ich über die Jahre schon oft gelesen und entspannte Abende verbracht hatte. Ein eher ruppiger Ort – vor allem für Menschen, deren Zahl ihres jüngsten runden Geburtstags weit höher liegt als 30 oder 40. Herr B. und ich verabredeten uns mit dem Wirt, und er teilte uns mit, dass er öfter derartige Veranstaltungen mit eigenem Catering durchführen würde, alles kein Problem. Traue nie jemandem, der sagt: Alles kein Problem. Da ich den Wirt jedoch seit Langem kannte, traute ich ihm, und wie sich herausstellen sollte, hatte er nicht im Geringsten übertrieben.

Und jetzt: Geschenke, ja oder nein? Ich: Nein. Herr B.: Auf jeden Fall! Alternative: Keine Geschenke, dafür Geld sammeln für Spenden. Mann, sind wir gute Menschen. Und für welche Organisation? Wir konnten uns nicht einigen und fanden auch, wir würden uns damit wichtig machen. Kann man nicht einfach mal feiern und gelegentlich etwas spenden, jeder für sich, ohne Publikum? Gedacht, gemacht.

Das bedeutete, die Frage nach den Geschenken blieb weiter ungeklärt. Ich wollte partout keine, bin in diesen Dingen etwas unflexibel bis verkrampft. Natürlich leuchtete mir irgendwann ein, dass die meisten Gäste ein Geschenk mitbringen würden, auch wenn mit Leuchtschrift auf der Einladung stand, dies wäre nicht nötig. Außerdem waren wir ja alle per Du, da passten Küsschen und Präsentchen schon dazu.

Allmählich begannen meine Zweifel.

Ein runder Geburtstag, schön. Ein runder Geburtstag mit einer Primzahl als erster Ziffer, und es ist nicht die drei! Weniger schön. Gar nicht schön. Ich mag nicht feiern. Ich brauche das nicht, dass mir Gleichaltrige und noch Ältere Ratschläge erteilen und mir versichern, alles sei super, ab jetzt gehe es aufwärts. Oder so. Will ich nicht hören. Herr B. war zu dem Zeitpunkt schon voll auf dem Trip. Er wollte den Geburtstag, unbedingt, coram publico, mit Catering und Geschenken und Ratschlägen und Songs von Johnny Cash und ähnlich alterslosen Gesellen. Nicht ich.

Ich wollte allein in einem Stüberl stehen an jenem Tag und …

In diesem Moment wurde mir bewusst, dass die Feier, die Herr B. und ich planten, gar nicht an meinem runden Geburtstag stattfand. Sondern vier Monate später. Herr B. und ich wurden nämlich nicht am selben Tag geboren, bloß im selben Jahr, er im April, ich im Januar. Und DIE SACHE sollte im Mai stattfinden, natürlich nach seinem und damit unser beider Geburtstag. Sakra. Wo also ist mein Problem? Es wird ein Fest sein, alles bestens, jegliches innere Gedöns wird bis dahin vollständig verklungen und halbwegs vergessen sein. Oder nicht? Logisch. Aber …

… Aber was tun am Tag des runden Geburtstags? Den gab es ja trotzdem. Im Stüberl stehen und schweigen – bis eine Minute nach Mitternacht und dann sehr breit das runde Jubiläum hinter sich lassen? Wäre möglich.

Ich entschied mich für einen Umtrunk in kleiner Runde und einer Kneipe in meinem Viertel – alles recht unscheinbar und angemessen. Am Nachmittag schaute ich mir auf DVD – ein kleines geheimes Geschenk an mich selbst – wieder einmal Woody Allens Tragikomödie »Verbrechen und andere Kleinigkeiten« an. Darin sagt der von sich selbst schwer eingenommene Produzent (Alan Alda) zu seinem Schwager (Woody Allen), dem er auf Bitten seiner Schwester einen Job verschafft hat: »Komödie ist Tragödie plus Zeit.« Den Satz wiederholt er mehrmals vor seinen Studenten (vor allem: Studentinnen) und ist voll stolz auf seine Erkenntnis.

Am Tag meines Fünfzigsten dachte ich: Vielleicht hat der Kerl in dem Film ja recht. Und vier Monate später dachte ich: Was für ein lächerliches Drama im Vorfeld des runden Geburtstags mit all den bleiernen Gedanken angesichts des halben Jahrhunderts auf meinem Buckel.

Das Fest war lustig und schön, und Herr B. und ich freuten uns wie die Kinder über jedes Geschenk.

Anja Jonuleit

Nachtvogel

Im Nachhinein frage ich mich manchmal, ob die Albträume jener Zeit nicht eine Warnung waren. Vor dem, was dann kam.

In jenen dumpfen Nächten vor meinem sechzigsten Geburtstag schreckte ich immer um dieselbe Zeit hoch, mit klopfendem Herzen und schweißnassem Rücken, vor mir Onkel Walters biestiges Gesicht. Er saß zwischen Erika und mir, in seinem ungelüfteten schwarzen Synthetik-Rolli, mit diesem Teint, der an Grünkohl erinnerte. Und immer fragte ich mich, wie das hatte passieren können, wo ich doch alles unter Kontrolle zu haben glaubte und bei der Tischordnung genau darauf geachtet hatte, Gift-Walter am anderen Ende der Tafel zu platzieren.

Es war zum Glück nur ein böser Traum. Der jedoch jede Nacht wiederkehrte, immer um dieselbe Zeit, seit nun schon gut zwei Wochen. Genauer gesagt, seit dem Tag, an dem ich mich dazu durchgerungen hatte, meinen Sechzigsten doch groß zu feiern.

Der Gedanke war mir von Anfang an verhasst gewesen, aber dann hatten die Kinder angefangen, mich zu bearbeiten, Thomas und Marianne. Da waren sie sich plötzlich einig gewesen. Einen runden Geburtstag feiert man nicht alle Tage, Mama. Und jetzt geht es euch doch noch gut. Zunächst blieb ich allerdings standhaft. Denn nichts lag mir ferner als eine Feier im großen Stil. An meinem sechzigsten

Geburtstag wollte ich eigentlich einen langen Spaziergang machen, alleine, danach im Waldcafé einkehren, mich mit einem Stück Torte draußen an der Hausmauer in die Sonne setzen und meine Ruhe haben. Aber dann fingen auch noch Wilma und Charlotte an. Rollten mit den Augen und gaben mir zu verstehen, dass man ja beinahe meinen könne, ich scheue die Ausgaben. Und dass Hermine und Gustav das ganz bestimmt glauben würden.

Und dieser Eindruck durfte natürlich auf gar keinen Fall entstehen.

In jener Nacht im Mai knipste ich also wieder mal die Nachttischlampe an, nachdem ich zuvor minutenlang wie gelähmt in die Dunkelheit gestarrt hatte. Seitdem ich mich zum Schlafen in die Dachwohnung zurückgezogen hatte, brauchte ich wenigstens keine Rücksicht mehr auf Bruno zu nehmen. Ich schnappte mir mein Strickzeug und die Wasserflasche vom Nachttisch und steuerte das Sofa vor dem Wohnzimmerfenster an, wo ich die nächsten Stunden versuchen würde, zur Abwechslung mal einen guten Traum zu mir einzuladen. Eine Weile lang saß ich einfach so da, todmüde und gleichzeitig hellwach, und blickte in den nachtdunklen Himmel hinaus. Zweiundsiebzig Gäste, wie hatte es nur so weit kommen können! Dann fiel mir die Liste ein, all das, was bis zum 21. Mai, dem Tag X, noch zu geschehen hatte, und mein Herz begann aufs Neue zu rasen. Mit ein bisschen Glück würde ich vorher an einem Herzinfarkt sterben, dachte ich, und wollte voll ähnlicher düsterer Gedanken gerade die Vorhänge vorziehen, als ich das Licht im Haus gegenüber bemerkte.

Luise kann auch nicht schlafen, sagte ich mir und fühlte mich gleich irgendwie besser. Denn im Vergleich zu mir, die ich nur Panik hatte, es bei meiner großen Feier womöglich nicht allen recht machen zu können, hatte meine Nachbarin wirklich einen Grund für ihre Schlaflosigkeit. Wenn einem der Ehemann davongelaufen war, noch dazu mit einer zwanzig Jahre jüngeren Gogotänzerin. Und die halbe Siedlung darüber quatschte. Das waren echte Probleme!

Mit einem energischen Ruck zog ich schon an der Gardine, als mich eine Bewegung an der Hausmauer aufmerken ließ. War da jemand? Ich stand auf, trat näher an die Scheibe und starrte hinunter zu Luises Garage, bis mir die Augen tränten. Doch nichts rührte sich, ich hatte mich wohl getäuscht. Resolut knipste ich das Licht an, steckte das Heizkissen ein und begann zu stricken.

In den frühen Morgenstunden war ich dann doch noch eingenickt und wachte folglich erst auf, als die Sonne bereits über die Dächer der Nachbarhäuser schien. Gestärkt mit zwei Tassen schwarzem Kaffee machte ich mich ans Aufräumen der Vitrine im Wohnzimmer, wie es ganz oben auf meiner Aufgabenliste stand. Ganz hinten, verdeckt durch das gute Sonntagsgeschirr, entdeckte ich dabei ein altes, vergilbtes Faltbüchlein mit römischen Ansichten. Wehmütig lächelnd setzte ich mich auf den Boden und blätterte die Schwarzweiß-Aufnahmen durch. Ich war nie dort gewesen. Bruno hatte die weite Fahrt immer gescheut. »Was willst'n da? Da gibt's doch nur 'n paar alte Trümmer«, hatte er geknurrt, als ich es ihm bei einem sonntäglichen Bummel über den Flohmarkt zeigte, worauf ich eingeschüchtert etwas von »jahrtausendealter Kultur« murmelte, was er nicht einmal mehr hörte, denn er war schon weitergegangen. Ich hatte es trotzdem gekauft, zum Trost oder weil ich hoffte, ihn irgendwann doch noch umzustimmen? Während meine Finger nun sanft über den Trevi-Brunnen strichen, das Forum

Romanum, eine verwinkelte Gasse in Trastevere, kam mir in den Sinn, dass wir auch nur ein einziges Mal geflogen waren, von Köln-Bonn nach Mallorca. Ansonsten haben wir unsere Urlaube immer an der Nordsee verbracht, einmal auch im Elsass.

Ich brachte die »Ansichten« in die Dachwohnung, ging wieder hinunter und machte mich ans Kochen. Bratwurst mit Kartoffelsalat für Bruno. Kartoffelsalat ohne Bratwurst für mich. Während die Wurst brutzelte und ich den Salat noch einmal umrührte, fragte ich mich plötzlich, warum ich nie in der Lage gewesen war, Bruno meine Wünsche und Bedürfnisse mitzuteilen. Warum hatte ich Bruno nie sagen können, dass ich nicht jedes Jahr in die nette Pension in Friedrichsschleuse fahren wollte? Dass ich überhaupt keine Lust mehr hatte auf das schlickige Wattenmeer? Ich hingegen briet ihm jahrein, jahraus seine heißgeliebten Würste und Schnitzel, und das ohne mit der Wimper zu zucken, obwohl es mich selbst längst ekelte vor diesen faserigen Leichenteilen.

In dieser Nacht platzierte ich mich gleich auf dem Sofa. Ich hoffte wohl, den Albträumen auf diese Weise ein Schnippchen zu schlagen und so die dunkle Stunde – samt Onkel Walter – zu verschlafen.

Es wurde nichts daraus. Ich erwachte um genau dieselbe Zeit wie in allen vorigen Nächten, nur eben auf dem Sofa.

Halb drei war zur Stunde meiner Albträume geworden.

Verdrießlich richtete ich mich auf, schaltete das Heizkissen ein und sah hinaus. Kurz registrierte ich, dass bei meiner Nachbarin Licht brannte, dann kam mir der Dampfstrahler in den Sinn, der vorige Woche kaputtgegangen war, den ich aber zum Reinigen der Auffahrt dringend gebraucht hätte, und gleich beim Frühstück würde ich noch einmal die Sitzordnung durchgehen, nicht dass Gift-Walter doch … Um das Gedankenkarussell zu stoppen, wollte ich das Licht anknipsen – als ich mitten in der Bewegung innehielt, weil ich glaubte, ein Déjà-vu zu haben. Ich kniff die Augen zusammen, doch es war keine Sinnestäuschung, da schlich tatsächlich jemand an Luises Garage vorbei und verschwand dann aus meinem Blickfeld. Ich sah auf die Uhr. Ein paar Minuten nach drei. Dieselbe Zeit wie gestern. Kurz darauf ging in Luises Küche das Licht aus.

Als ich am nächsten Morgen runterkam, war Bruno schon zu OBI gefahren, eine Spirale mit Kurbel besorgen, weil der Abfluss im Waschraum mal wieder verstopft war. Ich beschloss, Luise einen Besuch abzustatten.

Sie wirkte eigentlich ganz munter. Das Leid über den mit der Gogotänzerin entlaufenen Mann schien sich in Grenzen zu halten.

»Kaffee?«, fragte sie und ging vor mir her in die Küche, ohne meine Antwort abzuwarten.

Sie machte sich an ihrer Kaffeemaschine zu schaffen, die schon wenig später zu gurgeln begann. Ich fragte, ob ich den Dampfstrahler ausleihen könnte. Sie sagte: »Klar, steht in der Garage, ich hol ihn dir gleich«, und verschwand.

Ich lehnte mich derweil gegen die Spüle und dachte darüber nach, warum Luise eigentlich soviel fröhlicher wirkte als ich. Bei mir hatte doch alles seine Ordnung: Mein Mann, mit dem ich seit über dreißig Jahren verheiratet war, würde vom Baumarkt in die Werkstatt fahren, um die Sommerreifen auf unser Auto ziehen zu lassen, aus unseren Kindern war etwas geworden, und in wenigen Tagen würde ich meinen Sechzigsten im Kreise meiner Lieben feiern, und die ganze Siedlung würde mir dazu gratulieren. Warum entspannte ich mich nicht?

Ich hörte Luise in der Garage rumoren und schenkte mir Kaffee ein. Luise und ich waren zwar nicht direkt befreundet, aber wir kannten uns nun schon seit über zehn Jahren und wussten, wo bei der anderen das Geschirr im Schrank stand. Mit dem dampfenden Gebräu setzte ich mich dann an den Tisch, nahm einen Schluck, immerhin konnte ich mich noch am Kaffee freuen, als mein Blick auf einen Stapel Zeitschriften fiel. Wellness, gesunde Ernährung, Sudoku für Rentner. Ich nahm die oberste. In dem Moment betrat Luise die Küche.

»Ich seh, du hast dich schon bedient, gut.«

Ich nickte und blätterte weiter. Luise setzte sich zu mir, mit einem riesigen Becher Kaffee, und sah mir schweigend zu.

»Du, hör mal«, sagte sie nach einer Weile.

»Ja?«

»Ich muss dir was sagen … Ich hoffe, du nimmst mir das nicht übel: Aber ich kann nicht zu deinem Fest kommen. Ich geh in Kur.«

Sie nahm einen Schluck Kaffee und sah in ihre Tasse. Ich blickte auf.

»Nö, nö«, sagte ich in möglichst unbekümmertem Ton und dachte, dass ich ihr das sehr wohl übel nahm.

»Außerdem kommt die halbe Siedlung. Und das ganze Gequatsche wegen Robert …«

Das wiederum verstand ich. Wir schwiegen und tranken. Ich blätterte. Sah mir die Fotos von Leuten auf Massagebänken an, eine Saunalandschaft mit Whirlpool, ein bunter Cocktail neben einem Schwimmbassin. Und plötzlich fiel mir meine nächtliche Beobachtung wieder ein. Sollte ich Luise sagen, was ich gesehen hatte? Denn vielleicht war die Person gar nicht bei ihr zu Besuch gewesen, sondern führte etwas Ungutes im Schilde? Andererseits hieße das zuzugeben, dass ich in der Nacht ihr Haus beobachtet hatte. Und das machte doch wahrlich einen sonderbaren Eindruck.

Ein anderer Gedanke kam. Und wenn der Mann, den ich in der Nacht gesehen hatte, Luises heimlicher Geliebter war? Und ihre gute Laune aus ebendiesem Verhältnis resultierte? Aber warum machte sie es dann nicht offen? Sie stünde doch soviel besser da! Wäre nicht mehr die abservierte Ehefrau, die ein Jammerdasein fristet.

Zehn Minuten später schleppte ich den Dampfstrahler hinüber in unsere Auffahrt, ohne etwas gesagt zu haben.

Den ganzen Vormittag arbeitete ich verbissen. Luise würde in Kur gehen! Spaziergänge machen, in der Sonne sitzen, neue Kraft schöpfen! Während ich weiter meinem eigenen Untergang entgegenschuftete! Die Pflastersteine der Auffahrt waren noch nie zuvor so bearbeitet worden, an meinem Geburtstag würden sie aussehen wie neu.

Der Postbote wollte wohl nicht nass werden, denn er blieb an der Grundstücksgrenze stehen und streckte mir mit einem verkniffenen Lächeln die Briefe entgegen.

Auf der Fußmatte zog ich gerade die Gummistiefel aus, um die Post reinzutragen, als ich ›Marmor, Stein und Eisen bricht‹ zu hören glaubte. Schnell stieß ich die Haustür auf und tatsächlich: Bruno hatte sein Handy auf dem Dielenschränkchen liegen lassen. Ich lief hin und nahm ab.

»...rooo *Tanna Halloo?*«, flötete eine Dame.

»Hallo?«

»Herr Vogel?«

Hörte ich mich an wie Bruno? »Nein, hier spricht Adele Vogel, seine Frau … Mein Mann ist grad nicht da.«

»Oh, entschuldigen Sie. Wann kann ich ihn denn erreichen?«

»In einer halben Stunde. Kann ich was ausrichten?«

»Hm … ja, ich weiß nicht. Sie könnten ihm sagen, dass ich einige Vorschläge für ihn ausgearbeitet habe … Oder nee, lassen Sie's gut sein, ich ruf noch mal an, danke trotzdem.«

»Mach ich. Aber … wer spricht da eigentlich?«

»Reisebüro Tanner.«

Nachdem ich die Taste gedrückt hatte, blieb ich erst mal einen Moment lang so stehen, das Handy in der Hand.

Bruno war in einem Reisebüro gewesen.

Gedankenverloren legte ich die Briefe auf das Tischchen. Was hatte das zu bedeuten? Sollte Bruno etwa …? Wie fremdgesteuert ging ich in die Küche, holte den Dampfkochtopf aus der Schublade, wusch Kartoffeln, klopfte das Schnitzel. Plötzlich spürte ich eine seltsame Unruhe, gepaart mit etwas, das sich fast wie freudige Erwartung anfühlte. Wollte Bruno mich etwa mit einer Reise überraschen?

Den Rest des Tages schwebte ich wie auf Wolken. Ich fühlte mich jung, leicht und so glücklich wie schon lange nicht mehr. Immer wieder dachte ich darüber nach, welches Reiseziel Bruno für uns gewählt haben könnte. Vielleicht Rom?

In dieser Nacht machte ich es mir wieder auf dem Sofa bequem. Mit einem Glas Wein sah ich mir einen skandinavischen Krimi an, der einen das Fürchten lehren konnte, landete danach bei einer Talksendung, in der es um Männer und Erziehungsurlaub ging, und nickte darüber ein.

Obwohl ich mir eigentlich sicher gewesen war, endlich mal wieder durchschlafen zu können, erwachte ich von den

Schüssen eines anderen Krimis. Ich schaltete den Fernseher aus und sah auf die Uhr. Fünf vor eins. Ich knipste die Stehlampe aus und schloss die Augen. Wachte eine Stunde später jedoch schon wieder auf. Was war nur los mit mir? Luise fiel mir ein. Ich richtete mich auf. Wo ich doch sowieso wach war, konnte ich genauso gut ihr Haus im Auge behalten. Ich schaltete mein Heizkissen ein, stopfte es mir in den Rücken und hielt die Augen starr auf Luises Garage gerichtet, nur unterbrochen von einem gelegentlichen Blick zur Uhr, deren Ziffern sich im Kriechtakt zu bewegen schienen. Als lange nichts geschah, wurde ich schläfrig. Dämmerte ein. Sah plötzlich Onkel Walter vor mir, der sich erneut auf dem falschen Platz tummelte, kurz bevor er wieder mit Erika aneinandergeriet. Schreckte auf. Und da war sie wieder: die Gestalt, die aus Luises Garten kam.

Ich sprang auf, so abrupt, dass mir einen Moment lang schwarz vor Augen wurde, fing mich zum Glück aber gleich wieder und eilte zum anderen Fenster, von wo aus ich beobachtete, wie der Mann die Straße überquerte.

Auf einmal hatte ich das Gefühl, eine Entscheidung treffen zu müssen. Sollte ich Bruno Bescheid sagen? Oder gleich die Polizei anrufen? Nein, das wäre keine gute Idee. Denn wenn es sich um Luises heimlichen Freund handelte …

Und plötzlich wusste ich, was ich tun würde. So leise ich konnte lief ich nach unten, riss meinen Mantel von der Flurgarderobe, zog ihn über das Nachthemd und öffnete die Haustür – als ich ein Geräusch an unserer Gartenpforte hörte.

Schnell drückte ich die Haustür wieder zu, lehnte mich schwer atmend mit dem Rücken dagegen. Tatsächlich, da waren Schritte. Und diese Schritte kamen näher.

Da draußen war der Mann und schlich ums Haus.

Die Schritte wurden leiser, offenbar war er an der Haustür vorbeigegangen. Kurz lauschte ich noch angestrengt, dann schnappte ich mir das Telefon und eilte damit zur Treppe. Gerade als ich den Fuß auf die erste Stufe setzte, hörte ich ein Geräusch aus dem Keller.

Die Kellertür.

Mein Herzschlag war nun zu einem Hämmern geworden. Meine Handflächen waren feucht, und ich spürte, wie meine Knie nachzugeben drohten. Fast wäre mir das Telefon aus der schweißigen Hand gerutscht.

Irgendwie schaffte ich es dennoch, mich aus meiner Erstarrung zu lösen und die Treppe zu unserem Schlafzimmer hochzuhasten.

»Wach auf, Bruno! Da ist einer im Haus!«, flüsterte ich in die Dunkelheit, machte mit einer Hand Licht, während die fahrigen Finger der anderen schon die 110 in den Apparat tippten – oder war es neuerdings die 112? Als ich aufblickte, stellte ich fest, dass unser Ehebett leer war.

Instinktiv drückte ich die rote Taste.

Wo war Bruno?

Ich stand da wie gelähmt, unfähig zu schreien, während die Schritte aus dem Keller näher und näher kamen. In der Diele machten sie halt. Verklangen in der Küche. Ich hörte die Kühlschranktür.

Und verstand.

Ich brauchte ein paar Sekunden, um mich zu sammeln. Dann knipste ich wie ein Roboter das Licht aus, öffnete die Schlafzimmertür und hastete hinauf in die Dachwohnung.

Dort blieb ich den Rest der Nacht auf dem Sofa sitzen. Versuchte zu begreifen, die Mosaiksteine zusammenzusetzen. Doch so sehr ich mich auch bemühte: Das Bild, das dabei herauskam, war immer dasselbe: Bruno, der mich mit Luise betrog.

Kein Wunder, dass sie so guter Dinge war.

Im Geiste spielte ich die Szene, die ich ihm machen wollte, wieder und wieder durch wie eine Filmsequenz. Ich legte mir Sätze zurecht. Prüfte die Dramatik dieser und jener Äußerung. Gegen Morgen war ich mir immer noch nicht sicher, ob ich die Einsilbige sein sollte, die knapp und ohne viel Federlesens die Scheidung ankündigen würde. Oder ob ich Bruno einfach eins mit der Bratpfanne überziehen sollte. Und wenn es für alles doch eine ganz harmlose Erklärung gab?

Irgendwann, als ich die Vögel zwitschern hörte, sank ich endlich in einen komaähnlichen Schlaf, aus dem ich erst gegen zwölf erwachte.

Auf dem Küchentisch lag ein Zettel, auf dem stand:

»Bin angeln.«

Wie ich die folgenden Stunden verbrachte, ob ich irgendwas aß, Kaffee in mich hineinschüttete, putzte, was ich zu Bruno sagte, als er mit einer Forelle nach Hause kam, all das ist meiner Erinnerung gänzlich entfallen; ich weiß nur noch, dass ich mich am späten Nachmittag mit simulierten Kopfschmerzen in die Dachwohnung zurückzog.

Bei Einbruch der Dunkelheit huschte ich in Luises Garten und versteckte mich im Gebüsch. Und tatsächlich dauerte es keine halbe Stunde, bis ich leise Schritte auf dem Kies hörte. Plötzlich flammte ein Licht auf, die Terrassentür öffnete sich, ich sah eine lächelnde Luise – und ganz deutlich den Mann, der sie umarmte: Bruno. Ich weiß nicht mehr, was genau ich in diesem Moment empfand. Wohl eine Mischung aus ohnmächtiger Wut und Mordgedanken. Auf keinen Fall aber gaben meine Knie nach noch fühlte ich Tränen oder irgendeine andere Art von Bedauern über unsere zerrüttete Ehe in mir aufsteigen. So leise wie möglich trat ich den Rückzug an und dankte Luises Exmann dafür, dass sie es nicht für nötig befunden hatte, einen Bewegungsmelder einzubauen wie sonst alle in der Nachbarschaft.

Zu Hause kochte ich Kaffee, setzte mich an den Küchentisch und trank erst mal drei Tassen. Das durfte doch alles nicht wahr sein. Mein sechzigster Geburtstag stand vor der Tür. Und mein Mann schlich sich nachts zur Nachbarin. Und dann fielen mir all die Veränderungen ein. Seine Laune, die sich in den letzten Wochen so merklich gebessert hatte. Die neuen Gewohnheiten, zum Beispiel der spätnachmittägliche Spaziergang. Und die Langschläferei. Und plötzlich kam mir Onkel Walter in den Sinn – der vom Protagonisten meiner Albträume zur Randfigur geworden war. Laut lachte ich auf.

Die nächste halbe Stunde tat ich nichts anderes als grübeln. Was sollte ich tun? Das Fest absagen? Aber dann müsste ich dafür auch die Begründung liefern. Erzählungen von geschiedenen Frauen fielen mir ein. Meldungen über Arbeitslosigkeit und Altersarmut. Marianne, die mir von der Mutter einer Freundin erzählt hatte, die Hartz IV beantragen musste. Nach der Scheidung. Was sollte ich nur tun? Den Kopf in den Sand stecken und hoffen, dass es vorüberging?

Ich schenkte mir noch eine vierte Tasse ein und machte mich danach auf den Weg in Brunos Arbeitszimmer. Wo hatte er die Kontoauszüge, wo die Bankunterlagen? Ich hatte keine Ahnung, wie viel auf unserem Konto war. Seit Beginn unserer Ehe legte Bruno mir jeden Monat das Haushaltsgeld auf den Küchentisch.

Eine Stunde später stützte ich an Brunos Schreibtisch fassungslos den Kopf in die Hände. Wenn ich es recht verstand, so hatte Bruno in den letzten Monaten sämtliche Sparbriefe, die er abgeschlossen hatte, aufgelöst, das Geld auf unser Girokonto transferiert – und von dort abgehoben. Mit zitternden Fingern tippte ich noch einmal auf dem Taschenrechner herum. Und kam wieder auf dieselbe Summe: rund hunderttausend Euro.

Nachdem ich alle meine Spuren verwischt und gut durchgelüftet hatte, damit der Kaffeegeruch sich verflüchtigte, schleppte ich mich nach oben, schaltete das Heizkissen ein und starrte in die Dunkelheit. Gegen drei sah ich den Schatten an Luises Garage vorüberhuschen. Kurz darauf hörte ich die Küchentür.

Nach dem Frühstück schlug ich im Telefonbuch die Nummer des Reisebüros Tanner nach und wurde prompt fündig. Ich schrieb Bruno, der immer noch schlief, einen Zettel, dass ich zum Arzt müsse, schminkte mich sorgfältig und fuhr mit dem Bus in die Innenstadt.

Das Reisebüro war klein. Den Plakaten nach zu schließen schien es auf Kreuzfahrten spezialisiert zu sein.

»Mein Mann war neulich hier und hat sich einige ... Vorschläge ... ausarbeiten lassen.«

»Der Name?«

»Vogel.«

Die junge Frau tippte beflissen auf ihrer Tastatur herum.

»Ah ja ... hier hab ich's. Bruno Vogel. Und Sie sind ... Frau Wiczinski, nicht wahr?«

Ich schluckte. Dann rang ich mir ein Lächeln ab. Ja, Luise Wiczinski.

Mein Besuch im Reisebüro dauerte eine gute halbe Stunde. Danach war ich genauestens über die Bermudas-Kreuzfahrt mit RoyalCaribbean informiert. In einer knappen Woche, am 22. Mai, sollte es von New York aus losgehen. Auf dem Bildschirm zeigte mir die Frau die Website des für eine Nacht gebuchten Viersternehotels in Manhattan und riet mir, am 21. schon mittags zum Flughafen zu fahren, da für Flüge in die Vereinigten Staaten umfangreiche Kontrollen durchgeführt würden. Ich nahm ihr das Versprechen ab, meinem Mann nichts von meinem Besuch bei ihr zu verraten, da er mich damit überraschen wolle.

Den Rest des Tages verbrachte ich mit Busfahren. Die Stadt, in der ich seit einunddreißig Jahren lebte, glitt stumm und stumpf an mir vorüber. Am 21. Mai würde ich meinen sechzigsten Geburtstag feiern, während mein Mann, der Verräter, mit der Nachbarin im Flugzeug sitzen und hoch über den Wolken von seiner Vorfreude auf Manhattans Skyline reden würde. In diesen Stunden lief mein Leben wie ein Film vor mir ab. All die glücklichen Jahre, hatte ich sie wirklich erlebt? Ich und keine andere? Wenn meine hinter der Sonnenbrille verborgenen Augen sich dann wieder mit Tränen füllten, schob mein Selbsterhaltungstrieb, wie ein Rettungsanker, eine Szene dazwischen, wie das verdammte Kreuzfahrtschiff im Bermudadreieck in einen Sturm geriet und spurlos verschwand. Ich malte mir die Szenerie ihres Untergangs in allen Schattierungen aus, die verzweifelten Schreie, die tosenden Wellen. Die viel zu kleinen Rettungsboote. Am Ende meiner letzten Busfahrt hatte mich dieses Katastrophenszenario in eine wenn nicht direkt gehobene, so doch zuversichtliche Stimmung versetzt. Nun wusste ich, was ich tun würde.

Als ich am Spätnachmittag heimkehrte, war Bruno nicht da. Klar, der allabendliche Spaziergang. Wahrscheinlich traf er sich irgendwo mit Luise. Immerhin hatte ich so freie Bahn. Systematisch begann ich alles umzukrempeln, vom Dachboden bis zum Keller. Als Bruno nach Hause kam, dachte er natürlich, dass ich mal wieder mit Putzen beschäftigt war. Um alles für meinen Sechzigsten auf Hochglanz zu bringen, damit die Verwandtschaft bloß nichts zu meckern fand.

Zwei Tage später hatte ich das Geld noch immer nicht gefunden. Kurz kam mir der Gedanke, ob Bruno es wohl bei Luise deponiert haben könnte. Doch dann dachte ich an das ihm ureigene Misstrauen in Gelddingen. Und dass er, Verliebtheit hin oder her, seine fünf Sinne immer beisammen gehalten hatte.

Die Kinder riefen an und fragten, ob sie einen Tag früher kommen sollten, um bei den Vorbereitungen zu helfen. Im ersten Moment wusste ich gar nicht, was sie meinten. Dann fiel es mir wieder ein, und ich antwortete wohl etwas abwesend, dass das nicht nötig sei, ich hätte alles im Griff.

Am nächsten Tag ließ ich Bruno nicht aus den Augen, half ihm sogar beim Holzhacken für den Kamin. Doch keine seiner Tätigkeiten oder Gewohnheiten deuteten darauf hin, dass unser Vermögen irgendwo im Haus versteckt war. Am frühen Abend brach er wieder zu seinem Spaziergang auf. Diesmal folgte ich ihm.

Er ging flott, ohne nach rechts oder links zu sehen. Nach zehn Minuten bog er in einen Feldweg ab, Richtung Wald. Der Bruno, den ich kannte, war nie zu seiner Erbauung durch die Natur spaziert. Aber was wusste ich schon von Bruno? Jedenfalls war es nun schwierig, ihm unbemerkt zu folgen. Vorsichtshalber vergrößerte ich den Abstand. Nicht dass Luise ihn irgendwo erwartete und mich hinter ihm herlaufen sah. Kurz vor dem Waldrand verlor ich ihn deshalb aus den Augen. An der Weggabelung blieb ich stehen. War er nach links oder rechts abgebogen? Unschlüssig blickte ich hinüber zu der alten, schon seit Jahren verfallenden Papierfabrik, meine Augen glitten über das ehemalige Pförtnerhäuschen mit den zersplitterten Scheiben, über die verrosteten Stäbe des Tors, um die sich Efeu rankte … und plötzlich war ich mir sicher, denn besagtes Tor war einen Spaltbreit aufgeschoben, gerade so viel, dass eine Person hindurchschlüpfen konnte.

Vorsichtig quetschte ich mich durch den Spalt in den mit hohen Bäumen gesäumten Hof und huschte an der Mauer entlang zur nächsten offen stehenden Halle.

Ein Windstoß scheuchte trockenes Laub über den Boden. Die Halle war vollkommen leer. Mit ihren Betonrippen sah sie aus wie das Innere eines Wals, und ihre Fenster, die kaputten Scheiben, die Splitter, die teilweise immer noch in den Metallrahmen steckten, wirkten dunkel und abweisend. Gerade wollte ich sie wieder verlassen, da sah ich, wie Bruno, nur fünf Meter weiter, aus dem Gebäude kam, in dem früher die Büros gewesen waren.

Instinktiv drückte ich mich an die Wand. Erst als seine Schritte fast verklungen waren, wagte ich es, erneut in den mit Unkraut überwucherten Hof zu linsen. Ich sah gerade noch, wie er das rostige Tor wieder zuzog. Und pfeifend davonschlenderte.

Es dauerte eine ganze Weile, bis das Hämmern meines Herzens leiser wurde und ich mich aus meiner Erstarrung lösen konnte. Draußen hatte der Wind aufgefrischt, die Wolken schienen über den abendlichen Himmel zu rasen, Licht und Schatten in schnellem Wechsel. Das Maigrün der Bäume wirkte mit einem Mal giftig.

Zögernd betrat ich das einstige Verwaltungsgebäude.

Drinnen roch es nach feuchtem Putz und Urin. Mein Unbehagen wurde immer größer. Mit hochgezogenen Schultern ging ich durch die leeren, staubigen Räume, die auf mich wirkten wie eine vor langer Zeit verlassene Bühne. Hier und da waren Fliesen aus dem Boden gebrochen, und als ich in den ersten Stock kam, rauschten die Blätter der Buchen, und Zweige schabten an den kaputten Fensterrahmen.

Was hatte Bruno hier gemacht? Für ein Stelldichein mit Luise war dies kaum der geeignete Ort. Unschlüssig schlenderte ich herum, klopfte im Vorbeigehen die Wände ab – da entdeckte ich sie. Die Tür unter der Treppe, verborgen hinter ein paar Brettern, die wie vergessen an der Wand lehnten.

Zuerst sah ich gar nichts, so dunkel war es in dem Kabuff. Nach und nach gewöhnten sich meine Augen jedoch an das Dämmerlicht. Jede Menge Zeugs war hier abgestellt. Alte Tonnen und Kanister, von denen ich lieber nicht wissen wollte, was sie enthielten. Latten und irgendwelche Metallrahmen. Und ganz hinten ein alter Registraturschrank mit Metallrollo.

Das Rollo fuhr so abrupt nach unten, dass ich erschrocken einen Satz nach hinten machte. Einen Moment lang lauschte ich, aber außer den Windgeräuschen war nichts zu hören. Dann bückte ich mich.

Der Schrank war indes vollkommen leer. Enttäuscht zog ich das Rollo wieder hoch, wobei mein Blick an einer abgebrochenen Latte hängen blieb, die hinter dem Möbelstück hervorschaute. Wie ferngesteuert griff ich danach, ich weiß nicht warum. Und hörte ein Knistern.

Fünf Minuten später hatte ich die Plastiktüte hinter dem Schrank hervorgezerrt und die Klapptür wieder verschlossen. Im schwindenden Licht des Tages schüttete ich den

Inhalt der Tüte auf dem staubigen Treppenabsatz aus. Und da war es: das Geld, das Bruno abgehoben hatte. Unsere Rücklagen für ein sorgenfreies Alter.

Zurück nach Hause ging ich als eine andere. Die Plastiktüte unter meiner Windjacke knisterte mit jedem Schritt. Ich weiß noch, dass ich kurz darüber nachdachte, das Geld auf die Bank zu bringen, in dem frommen Wunsch, so das Rad der Zeit zurückdrehen und alles ungeschehen machen zu können: Kein Bruno, der sich in den Nächten zu seiner Geliebten schlich. Der unser Erspartes beiseitegeschafft und eine Fernreise gebucht hatte, für sich und Luise Wiczinski.

Ich wusste, dass er mir nicht über den Weg laufen würde, die Vorabendserie, von der er keine Folge verpasste, hatte längst angefangen. Ohne meine Jacke auszuziehen, ging ich hoch in die Dachwohnung und versteckte die Geldbündel im Strickkorb. Danach lief ich in die Küche, klapperte ein wenig lauter als sonst mit dem Geschirr, schmierte Bruno eine Stulle mit Leber- und eine mit Jagdwurst, schnitt Gurken und Tomaten auf, brachte ihm den Teller vor den Fernseher und setzte mich dazu.

Während Bruno malmend den Tagesschausprecher fixierte, beobachtete ich ihn von meinem angestammten Platz aus auf dem Sofa. Er sah aus wie immer. Breit und kräftig, und zum ersten Mal seit Langem dachte ich, dass er sich gut gehalten hatte. Zwar hatte sich um seine Hüften ein gediegener Speckgürtel gebildet, aber sein Haar war noch immer voll, und irgendwie konnte ich Luise in diesem Moment sogar verstehen. Kurz überkam mich ein leises Bedauern. Von irgendwoher, aus einer fernen Vergangenheit kroch es mich an, und plötzlich sah ich ihn wieder vor mir, als jungen Mann, und im Schnelldurchlauf zogen an mir, wie drei Tage zuvor, noch einmal all die Jahre vorüber, die wir miteinander verbracht hatten. Sie waren nicht alle schlecht gewesen.

Als der Wettermoderator verkündete, dass über dem Atlantik gerade eine Gewitterfront aufziehe, die in ein paar Tagen im ganzen Vorhersagegebiet für anhaltenden Regen sorgen werde, stand ich auf und ging nach oben. Es war alles vorüber, das wusste ich nun.

Am nächsten Tag räumte ich die Dachwohnung. Ich putzte, pumpte die Gästematratzen auf, bezog die Betten und bereitete alles vor für Marianne und Thomas und ihre Familien. Dann rief ich noch einmal den Cateringservice an, der das Büfett liefern wollte, vergewisserte mich, dass das mit dem gemieteten Saal klappte, und fuhr mit dem Wagen in die Stadt, um die letzten Dinge zu erledigen.

Am Spätnachmittag fing ich an, die Rouladen zu spicken. Durchs offene Küchenfenster winkte ich Bruno hinterher, der »noch schnell eine kleine Runde drehen wollte«.

Kurz darauf trafen Marianne und die Kinder ein und wenig später auch Thomas und seine Frau. Während ich die Rouladen anbriet und Marianne den Tisch deckte, hörte ich Bruno die Gartenpforte öffnen.

Ich öffnete ihm die Haustür. Wie zu erwarten, sah er schlecht aus, irgendwie derangiert. Flüchtig und oberflächlich umarmte er die Kinder, er schien nicht recht bei der Sache zu sein. Und auch bei Tisch wirkte Bruno abwesend. Gleich nach dem Essen entschuldigte er sich, griff nach seinem Handy und ging in den Garten. Durchs Esszimmerfenster sah ich, wie er gestikulierte. Beinahe hätte er mir leidgetan.

Es war schon spät, als endlich Ruhe im Haus einkehrte.

Vom Bad aus hörte ich noch vereinzelte Stimmen aus der Dachwohnung, Thomas, der »Jetzt reicht's aber!« brüllte. Als ich ins Schlafzimmer kam, lag Bruno auf der Seite, mit dem Rücken zu mir. Er hatte seine Nachttischlampe bereits ausgeknipst, aber ich wusste, dass er noch wach war. Möglichst geräuschlos schlüpfte ich unters Federbett, ich hatte keine Lust mehr zu reden. Und plötzlich wurde mir bewusst, dass es das letzte Mal war, das ich neben Bruno liegen würde, in diesem Zimmer, in dem wir einunddreißig Ehejahre verbracht hatten.

Es war kurz vor fünf, als ich am darauffolgenden Morgen aus dem Küchenfenster in die frisch gereinigte Auffahrt blickte. Das Taxi wartete schon. Ich zog den Mantel an, nahm meine Handtasche vom Küchenstuhl und legte den Brief auf den Frühstückstisch, mitten auf Brunos Teller. Alles war gedeckt. Sogar einen Strauß meiner Lieblingsblumen hatte ich an den Platz gestellt, wo normalerweise meine bunte, schon zweimal geklebte Kaffeetasse stand, Brunos Geschenk zu meinem Fünfzigsten. Das Einzige, was meine Familie noch machen musste, war Kaffee kochen.

An der Gartenpforte drehte ich mich ein letztes Mal um und musste unwillkürlich lächeln. Tja, Bruno, mein sechzigster Geburtstag wird für dich dann ja wohl etwas anders verlaufen als geplant.

Eine Viertelstunde später holte ich am Bahnhof meinen Koffer aus dem Schließfach, den ich am Vortag dort deponiert hatte. Ich hatte nicht mehr viel Zeit. Der Zug nach Rom stand schon am Gleis. Aus dem Bahnhofsbistro wehte Kaffeeduft herüber. Das Letzte, woran ich dachte, bevor ich einstieg, war Onkel Walter. Und dass er nun vielleicht neben einem bleichen Bruno sitzen würde.

Dietmar Bittrich

Das Licht der Liebe

Großonkel Joseph war nicht allein mein Erbonkel, sondern auch der Erbonkel zahlreicher anderer Familienmitglieder. Wir alle machten ihm regelmäßig unsere Aufwartung.

Nach zwei missglückten Affären und einer kurz vor der Heirat gelösten Verlobung hatte Joseph mit vierzig beschlossen, sein Leben als Junggeselle zu verbringen. Auf dem schwarzpolierten Bechstein-Flügel, an dem er mit brüchigem Organ Fragmente von Schubert-Liedern anstimmte, standen das goldgerahmte Foto eines Schäferhundes, den er als den besten Freund seines Lebens bezeichnete, und das Porträt eines Reitpferdes, das ihn nach zwei treuen Jahrzehnten abgeworfen hatte, weshalb ich ihn nur hinkend kenne. Meine Mutter, seine Nichte, hatte ein Foto unserer Familie dazugestellt.

Joseph war ein großer Mann mit raumgreifenden Gesten und polternder Stimme, die er auch in Straßenbahnen und Restaurants nicht dämpfte. Wenn er sich über Politik ereiferte, ruderte er wie ein Windrad mit den Armen und streute dabei die Asche seiner unerschöpflichen Zigarre über die Zuhörer. Jeder hatte binnen Kurzem heraus, dass seine Vorträge durch Einwürfe oder Widerspruch nicht abzukürzen waren. So hörten die meisten schweigend zu und lächelten das ergebene Lächeln der Nachgeborenen. Meine Mutter hatte die Losung ausgegeben, er sei eine Persönlichkeit.

»Drückt nur die Daumen, Kinder«, sagte sie eines Tages, »dass er nie und nimmer ins Heim muss.«

Nach einer längst überholten Tradition hanseatischer Kaufleute hatte Joseph sein Leben lang an der Gewohnheit festgehalten, Arztkosten aus eigener Tasche zu begleichen. Versicherungen hielt er für Betrugskartelle. Nun, mit Ende siebzig, würde keine Krankenkasse ihn mehr als Mitglied aufnehmen. Und müsste er in ein Pflegeheim ziehen, würden bei den unverschämten Tagessätzen seine Millionen in wenigen Jahren dahinschmelzen. Am Ende würden wir einen Brief vom Sozialamt erhalten und an seinem Unterhalt arm werden. Das mussten wir unbedingt verhindern.

An einem Sonntag im Oktober erwachte Joseph aus einem dumpfen Mittagsschlaf und glaubte, die Aura der Gegenstände und Zimmerpflanzen sehen zu können. Er berichtete von der vibrierenden Unschärfe aller Konturen, als meine Mutter sich am Abend telefonisch nach seinem Wohlergehen erkundigte. Seine Sprache war so verworren, dass sie kaum dahinterkam, was er meinte. Einer ängstlichen Eingebung folgend flehte sie ihn an, die Füße hochzulegen, und fuhr zu ihm, um seine Bettruhe zu überwachen. Am nächsten Tag hatte er die gewöhnliche Sicht der Dinge wiedererlangt.

Zweieinhalb Monate später, beim Weihnachtsessen, beschuldigte er meine Mutter, die Gans mit verdorbenen Maronen gestopft zu haben, da sie ihm Lippen und Zunge betäubten. Wir, die ihm gegenübersaßen, wurden Zeuge, wie die rechte Hälfte seines Gesichts ins Rutschen kam. Es sah aus wie ein in Zeitlupe zusammenstürzendes Hochhaus; die Fassade schien als Ganzes abwärtszugleiten und wahrte im Absacken noch für einen würdigen Augenblick ihre Gestalt, bevor sie sich in Staub und Trümmern aufzulösen schien.

Wir nötigten ihn, sich auf die Couch zu legen. Doch auch dieser Anfall ging spurlos an ihm vorüber. Da wussten wir, dass es Zeit war, zu handeln.

Als im Februar ein Regenschauer Bürgersteige und Straßen mit einer Eisschicht bedeckte, fiel uns ein, dass unser Großonkel sich viel zu selten die Beine vertrat.

»Es ist nicht gut, dass er immer drinnen hockt«, sagte meine Mutter. Reihum riefen wir ihn an, um ihn zu einem Spaziergang zu ermutigen. Schließlich raffte er sich tatsächlich auf.

Mit pochenden Herzen saßen wir in den folgenden Stunden neben dem Telefon. Keiner von uns war an diesem Tag ohne blaue Flecken oder verstauchte Handgelenke davongekommen. Auf den spiegelglatten Straßen waren scharenweise Menschen gestürzt und unter die Räder geraten. Nicht einmal die mit Ketten ausgerüsteten Krankenwagen konnten sich unfallfrei über die eisglasierten Flächen bewegen.

Nun warteten wir auf den erlösenden Anruf. Der kam gegen achtzehn Uhr. Onkel Joseph dankte uns für den guten Rat. Er sei nach einem wackeren Gang erquickt und froh heimgekehrt und fühle sich durch die frische Winterluft wohltuend gestärkt.

Zu Ostern spendierten wir Onkel Joseph ein Shampoo, damit er sein Geld nicht immer zu der jungen Friseurin trug, die sich ganz offensichtlich bei ihm einschmeichelte.

»Alte Menschen müssen aktiv bleiben«, sagte meine Mutter. »Es ist besser für ihn, wenn er seine Haare selber wäscht.«

Und damit es danach schnell wieder trocken würde, schenkten wir ihm obendrein noch einen Föhn. Mein elektrisch versierter Vetter installierte eine neue Steckdose im Badezimmer und erklärte Onkel Joseph, dass man einen

Föhn am besten in der Badewanne benutzt, damit man es von allen Seiten schön warm hat. Unser Großonkel fand das überzeugend und hielt sich fortan daran. Es bekam ihm gut.

An einem schwülen Nachmittag Ende August durchfuhr Onkel Joseph der Blitz eines unsichtbaren Gewitters. Er saß im Lehnstuhl und hatte das Gefühl, auf einmal ans Polster genagelt zu werden. Der zweite Blitz ließ ihn nach hinten umkippen. So fand ihn meine Mutter am Ende eines Tages voll vergeblicher Anrufe.

In Bad Homburg, einer deprimierenden Ballung von Krankenhäusern, Rehabilitationsstätten, Thermalbädern, Fastenkliniken und Seniorencafés erlebte unser Onkel fortan die unerbittliche Routine eines Pflegeheims. Sein Zimmer teilte er mit einem stumm dahindämmernden Herrn namens Marotzke.

»Dort wird sein Leben nun in die Länge gezogen«, klagte meine Mutter. »Und das auf seine eigenen Kosten! Noch hat er Geld ...«

Im Wahn, er könne nach ein paar Wochen der Rehabilitation das Heim wieder verlassen, weigerte der Onkel sich zu allem Überfluss, seine teure Wohnung zu kündigen. Wenn wir ihn besuchten, lag er in wächserner Starre da und stierte an die Zimmerdecke. Doch sobald er uns wahrnahm, belebten sich seine Züge, und er begann uns einen seiner berüchtigten Vorträge zu halten.

Nach einigen Monaten ereiferte er sich sogar beinahe wie früher, noch verworrener zwar als zuvor, doch brachte er es immerhin fertig, mit den Armen zu fuchteln und so Telefon und Saftglas vom Nachttisch zu fegen. Es war ein Jammer, mit anzusehen, dass er nun unserem Einfluss entzogen war und sich dabei noch erholte. Wir machten uns Vorwürfe, dass wir nicht eher eingegriffen hatten.

»Man hat einfach nicht die Zeit«, seufzte meine Mutter, »sich so um die alten Menschen zu kümmern, wie es nötig wäre.«

Im Herbst bekam der Onkel einen Rollstuhl, der teurer war als ein Kleinwagen und den er ebenfalls selbst bezahlte. An sonnigen Tagen mussten wir ihn nun über die ebenen Wege des Kurparks schieben. Es schien in dem ganzen Ort weder Hügel noch Treppen zu geben, und sogar die flachsten Teiche waren von unüberwindlichen Mauern umgeben.

Onkel Joseph genoss die frische Luft und die Sonne und gewann auf gespenstische Weise seine Vitalität zurück. Durch unverständliche Ausrufe und herrisches Gestikulieren wies er die Richtung, in die er gefahren werden wollte. Meine Mutter hatte beobachtet, dass er sogar im Schlaf mit den Armen ruderte.

Anfang November sollte er seinen achtzigsten Geburtstag feiern. Meine Kusine war es, die auf die wunderbare Idee kam, ihm eine Kerze zu schenken, auf dass er ein Licht habe in dieser dunklen Zeit. Der Onkel hasste runde Geburtstage. Er hasste auch die Lieder, die wir ihm sangen, während seinem stummen Zimmergenossen Marotzke Tränen der Rührung in die Augen traten. Ich bin mir sicher, Onkel Joseph hasste auch die Kerze mit der aufgeklebten Achtzig, die wir ihm auf den Nachttisch stellten. Bevor wir uns am frühen Abend von ihm verabschiedeten, zündeten wir sie an. Um ehrlich zu sein, war ich es, der sie anzündete. Meine Kusine aber war es, die mit Blick auf die langen Ärmel seines Nachthemdes sagte: »Du solltest jetzt ein wenig schlafen, Onkel Joseph.«

Wir wanderten zurück durch den langen Gang mit den verschlossenen Türen, hinter denen sich nichts regte, vorbei am Zimmer der Nachtschwester, die uns hinter der Scheibe nicht einmal wahrnahm. »Man soll ja ins Licht gehen, wenn man stirbt«, sagte mein Vetter, der sich seit Monaten mit Grenzerfahrungen und Nahtod-Forschung beschäftigte.

Als wir uns auf dem Parkplatz noch einmal zum Haus umdrehten, war mir, als sähe ich bereits den Schein des Feuers im Fenster. Wir fuhren schnell heim, um unsere eigene kleine Feier zu seinem Gedenken im Kreis der Erbengemeinschaft zu halten.

Am späten Abend rief meine Mutter im Pflegeheim an. Doch weder auf der Station noch im Zimmer unseres Onkels nahm jemand ab. Meine Mutter nickte vielsagend. Wir verbrachten die Nacht in schlafloser Unruhe.

Am Vormittag ereilte uns dann die schreckliche Nachricht. Bei einem Fluchtversuch mit dem Rollstuhl habe unser Onkel eine Kerze umgestoßen, die neben seinem Bett brannte. Das sofort ausgebrochene Feuer sei zwar von der Sprinkleranlage gelöscht worden. Doch für einen der Heimbewohner sei jede Rettung zu spät gekommen.

Den ganzen Tag saßen wir bedrückt und wortlos beisammen. »Eigentlich«, sagte meine Mutter, »müsste die Familie Marotzke uns etwas abgeben von ihrem Erbe.«

Das ist inzwischen acht Jahre her. Noch heute stellen wir uns manchmal vor, wie die Marotzkes in Saus und Braus leben, dank unserer Fürsorge, während Onkel Joseph längst zum Sozialfall geworden ist und uns mit seiner Zählebigkeit langsam und unaufhaltsam in den Ruin treibt.

Jutta Profijt

Aber nicht am Donnerstag!

Sie atmete auf. Die Wimperntusche war ihr recht gut gelungen. Nun noch der Lippenstift. Das fiel ihr leichter, weil
sie dabei ihre Brille tragen konnte. Ein zartes Rosa, das die
faltigen Lippen auf dezente Art betonte. Sehr elegant, wie
Constanze, die junge Dame in dem Parfümeriegeschäft mit
dem Namensschildchen am dunklen Blazer, ihr bestätigt
hatte. Sie war es auch, die ihr zur Wimperntusche geraten
(»Das lässt die Augen größer erscheinen. Gerade wenn man
eine Brille trägt, ist das wichtig.«) und ein leichtes, frisches
Parfüm für sie ausgesucht hatte. Passend zu ihrem Alter. Sowohl dem echten, als auch dem, das sie Wolfgang genannt
hatte. Die zehn Jahre Differenz spielten zumindest bei der
Parfümauswahl keine Rolle.

Da ließ sie ein dumpfer Schlag direkt unter dem Bade-
zimmerfenster zusammenzucken. Herrje, jetzt war der Lippenstift verschmiert. Links reichte er bis fast an die Nase.
Karoline seufzte, griff nach einem Abschminktuch (»Das ist
zwar ein wenig teurer, aber viel einfacher als Reinigungs-
milch und Wattepads zu benutzen.«) und brachte die rosa-
farbene Katastrophe wieder in Ordnung. Beim zweiten Versuch klappte es, die Lippen waren an den Konturen nun nur
ganz leicht übermalt. »Gerade bei feinen Lippen ist das ein
sehr wirkungsvoller Trick. Aber nie mehr als einen Millimeter, sonst wirkt es billig«, hatte die Verkäuferin erklärt,
woraufhin Karoline der Ehrgeiz gepackt hatte und sie so

lange übte, bis sie den Millimeter einhalten konnte. Für ihr Alter war die Hand zum Glück noch vergleichsweise ruhig.

Wieder tat es draußen einen donnernden Schlag. Dieses Mal jedoch gefolgt von anschwellendem rhythmischem Getrommel. Karoline runzelte die Stirn. Das hörte sich an wie eine Musikkapelle. So wie damals, als der Nachbar das Königsschießen gewonnen hatte und zur Krönung abgeholt worden war. Allerdings war jetzt nicht August, daher konnte die Musik nichts mit dem alljährlichen Schützenfest zu tun haben. Und Wochenende war auch nicht. Nein, heute war Donnerstag, der sechsundzwanzigste Mai. Karoline blickte in den Spiegel, aus dem sie ihre vor Schreck geweiteten Augen anstarrten. Das würde doch wohl nicht …?

Ärgerlich schüttelte sie den Kopf, verstaute dann sorgfältig ihre Schminkutensilien im Badezimmerschränkchen, räumte die Großpackung Inkontinenzbinden davor und ging schließlich mit kleinen, energischen Schritten zurück ins Wohnzimmer.

Vorsichtig spähte sie aus dem Fenster – und tatsächlich: Unten auf dem Rasen hatte sich ein Spielmannszug aufgebaut. Die letzte Reihe der Musiker trampelte auf den Stiefmütterchen herum, die die Rosenrabatten vor dem zwei Meter hohen, schmiedeeisernen Zaun einfassten. Und der Tambourmajor – hießen diese Leute heute immer noch so? – blickte zu ihr hoch und winkte.

Schnell trat Karoline einen Schritt zurück und zog die Gardine vor. Auch so konnte sie noch die Schrift auf dem handgemalten Schild entziffern, das zwei gleich aussehende kleine Mädchen in die Höhe reckten. Gabi und Bianca, ihre eineiigen Großnichten. »Herzlichen Glückwunsch zum achtzigsten Geburtstag!«, stand auf dem Schild. Und das daneben gedruckte Foto zeigte eindeutig sie, Karoline, Jubilarin wider Willen.

Und wenn die Zwillinge da waren, dann waren sicher auch ihre Eltern … Tatsächlich, neben der Magnolie standen Fernando und Bärbel, die (um Himmels willen!) Tante Bea stützten. Ein schlechtes Zeichen. Die Anwesenheit selbst der entferntesten Verwandtschaft ließ darauf schließen, dass da etwas Gewaltiges im Gange war. Etwas, wozu sie nie ihre Einwilligung gegeben hätte, wäre sie denn gefragt worden. Erst recht nicht, wenn es um einen Donnerstag ging. Sicher steckte da ihre mustergültige Schwiegertochter dahinter! Instinktiv legte Karoline die Hand auf den Kettenanhänger mit dem Herz aus Diamanten, den sie von Rudolf zur Goldenen Hochzeit bekommen hatte. Was für ein Ärgernis! Die Blaskapelle – und das, was damit zusammenhing – brachte ihren ganzen Plan für den heutigen Tag durcheinander.

Karoline holte tief Luft. Nun denn, dann war jetzt eben Improvisationstalent gefragt.

»Oma? … Oma!«

Auch das noch!

Bereits im Mantel trippelte Karoline mürrisch in den kleinen Flur. Seit einem Jahr sperrte sie ihre Dachgeschosswohnung von innen ab. Sehr zum Missfallen ihrer Schwiegertochter, die die Sorge um sie ins Feld geführt hatte, sie aber im Grunde nur überwachen wollte. Gerade das wollte Karoline aber unbedingt verhindern. Nach einigen heftigen Diskussionen hielt sich die Schwiegertochter inzwischen erfreulicherweise etwas zurück. Und das war auch gut so. Wenn zwei Menschen sich so wenig zu sagen hatten, ging man sich besser aus dem Weg.

»Hallo, Moritz. Was ist denn bei euch unten los?«, begrüßte sie ihren einzigen Enkel.

Der pickelige 13-Jährige mit der Kappe, deren Schirm irgendwo über dem linken Ohr hing, starrte sie jedoch nur mit großen Augen an. Es hatte ihm wohl komplett die Sprache verschlagen. Natürlich, fiel es Karoline siedend heiß ein, sie war ja schon ausgehfertig angezogen. Und geschminkt hatte Moritz seine Oma sicher auch noch nie gesehen.

Endlich fand er seine Fassung wieder. »Äh … Die Musik … Mama sagt, ich soll dich holen, damit du die Kapelle und deine Gäste begrüßen kannst.«

»Meine Gäste?«, schnaubte Karoline. Sie ärgerte sich über ihre eigene Dummheit. Sie hätte damit rechnen müssen, dass ihr Achtzigster nicht einfach so sang- und klanglos vorbeigehen würde wie ihre vorigen Geburtstage. Nicht, wenn man eine Schwiegertochter hatte, die in der Öffentlichkeit immer gut dastehen wollte.

»Mamas Überraschung …«, nuschelte Moritz. Ob seine Stimme gleichgültig oder verächtlich klang, konnte Karoline nicht sagen. Die Kinder sprachen ja heute so schnell, dass man froh sein musste, überhaupt etwas zu verstehen. Gegen dieses Problem konnte auch das neue Hörgerät nicht viel ausrichten.

Jedenfalls half jetzt nur die Flucht nach vorn, wenn der Tag, ihr Tag, so ablaufen sollte, wie sie sich das vorgestellt hatte.

»Weißt du, ob die Hintertür offen ist?«, fragte Karoline schärfer als beabsichtigt. Die lethargischen Bewegungen ihres Enkels machten sie nervös.

»Die Hintertür?«, nuschelte er irritiert.

»Ja, die Hintertür. Hörst du so schlecht wie du sprichst?«

Moritz zuckte zusammen und schüttelte dann den Kopf.

Hatte sie ihn zu scharf angeraunzt? Ach, er war in einem schwierigen Alter. Zwischen Kind und Mann, Kuscheltier und Nasenpiercing. Sie spürte, wie ihr Blutdruck stieg, und zählte langsam bis drei. Jetzt nur nicht aufregen.

»Auf welche meiner Fragen bezieht sich dein Kopfschütteln?«

»Beide«, erwiderte er verstört.

»So ein …!«, entfuhr es ihr, den Rest konnte sie zum Glück noch verschlucken. Bloß keine Schimpfwörter vor dem Kind!

In diesem Moment ging in dem Jungen jedoch eine Veränderung vor. Die pubertäre Verwirrung entließ ihren Enkel für einen Moment aus ihren Klauen, und auf seinem Gesicht erschien ein spitzbübisches, verschwörerisches Lächeln, ein Lächeln wie damals, als der blonde Fratz gegen den ausdrücklichen Willen seiner Mutter hoch zu Oma geschlichen war, um bei ihr Schokolade zu naschen und sich stundenlang vorlesen zu lassen.

»Jetzt kapier ich: Du willst türmen! Echt cool, Oma! Soll ich dir hinten aufschließen?«

»Unbedingt«, sagte Karoline erleichtert und wollte schon nach der Klinke greifen, um ihren Enkel hinauszulassen, doch der lehnte sich gegen die Tür, verschränkte die Arme in gespielter Lässigkeit vor der Brust und schaute sie keck an.

»Was hast du vor, Oma?«

»Das geht dich nichts an.«

»Keine Antwort, keine Hintertür«, entgegnete Moritz mit einem entschiedenen Gesichtsausdruck. Sein Lächeln war nun anders als in den letzten Monaten. Nicht unangenehm berührt von der alten Frau, die ihn in letzter Zeit oft unwirsch zurechtwies. Nein, viel erwachsener.

Sie war auf ihn angewiesen, das wussten sie beide. Der

Schlüssel zur Hintertür der Villa hing im Schränkchen direkt neben dem Haupteingang im Erdgeschoss. Dort residierte Karolines Sohn Dieter mit Schwiegertochter und Enkel Moritz. Um es dort zu holen, musste man die große Haupttreppe hinunter, die Eingangshalle durchqueren und vor allem an der Tür zum Salon vorbei. Das würde Karoline nie schaffen, ohne von ihrer Schwiegertochter erwischt und zur Musikkapelle vors Haus geschleift zu werden. Wenn Dieters Frau sich in den Kopf gesetzt hatte, der Nachbarschaft zu demonstrieren, was für eine schöne Überraschung sie der Schwiegermama zum Achtzigsten bereitete, würde sie sich durch nichts und niemanden davon abbringen lassen.

»Ich habe eine Verabredung«, murmelte Karoline.

»Ein Date?«, fragte Moritz überrascht.

»Ein … was?«

Er überlegte kurz. »Ein … ein Rendezvous.«

Erstaunt sah sie ihn an. Bekam man so ein altmodisches Wort tatsächlich heute noch in der Schule beigebracht?

»Ja, so könnte man es nennen.«

Moritz' Miene zeigte erst Verwirrung, dann Ekel. »In deinem Alter?«

»Ja, in meinem Alter«, erwiderte Karoline mit all der Selbstbeherrschung, die sie aufbringen konnte. Der Rotzbengel sollte bloß nicht merken, wie sehr die Frage sie kränkte.

»Und Mama darf nichts davon wissen?«

Karoline nickte würdevoll.

»Okay, Mann!« – und weg war er.

Karoline verdrehte die Augen und sah ihm hinterher, wie er das Treppengeländer hinunterrutschte. »Okay, Mann«, war einer der Lieblingssprüche ihres Enkels, der sich selbst nicht mehr Moritz nannte, sondern Mo. Seine Freunde hatten sich ähnliche Namen verpasst, trugen alle die gleichen unförmigen Kleidungsstücke, rauschten auf ihren Skateboards den Bürgersteig entlang und fummelten ständig an den winzigen technischen Geräten herum, die sie in ihren überdimensionalen Hosentaschen oder an Bändern um den Hals trugen. Sprach man sie an, hörten sie praktisch nichts, da ihre Ohrmuscheln mit diesen winzigen Kopfhörern verstopft waren, durch die unerträglicher Lärm namens Rap ihr Hirn erweichte. Aber wenn abends im Zimmer das Licht gelöscht wurde, steckten sie sicher noch den Daumen in den Mund.

Immerhin war Moritz es gewesen, der ihr die Bedienung des Mobiltelefons erklärt hatte. Dass sie überhaupt solch ein Gerät besaß, hatte sie ihrer Schwiegertochter zu verdanken, die beleidigt war, weil Karoline sie bei ihren Arztbesuchen nicht dabeihaben wollte. »Dann nimm wenigstens ein Handy mit, Mutter«, hatte sie gesagt, »falls was passiert.« Moritz hatte Karoline hinter dem Rücken seiner Mutter zugezwinkert und die Einstellung, mit der man das Handy von zu Hause aus orten konnte, später abgeschaltet.

Mit diesem Handy rief sie jetzt Wolfgang an.

»Ich werde mich ein paar Minuten verspäten, aber dann nehmen wir einfach die nächste Bahn, ja?«

»Soll ich Sie abholen?«

O Gott, das fehlte noch, dass Wolfgang vor ihrem Haus den Aufmarsch zu ihrem achtzigsten Geburtstag sah! Wo sie ihm doch bei ihrem ersten Treffen erklärt hatte, sie sei vor Kurzem siebzig geworden.

»Nein!« Karoline bemerkte selbst, dass die Antwort zu scharf und zu schnell kam, und bemühte sich deshalb um einen sanften Ton. »Warten Sie ruhig im Warmen, an unserem üblichen Treffpunkt, ich bin gleich da.«

»In Ordnung, meine Liebe, dann bis gleich.«

Sie lächelte, als sie auf den roten Knopf drückte. Zum Glück besaß das Gerät große Tasten, deren Beschriftung man tatsächlich erkennen konnte.

Karoline setzte den eleganten Hut auf und prüfte noch einmal kurz den Inhalt der Handtasche. Portemonnaie, Schlüsselbund, Mobiltelefon, Taschentücher, Lippenstift, Herztabletten, Halspastillen. Keine Inkontinenzbinde. Dem Mutigen gehört die Welt, hatte Rudolf immer gesagt. Dann atmete sie einmal tief durch, öffnete einen Spalt weit die Wohnungstür und lauschte angestrengt. Wäre die Geburtstagsfeier an einem anderen Wochentag gewesen, hätte sie sich vielleicht sogar konziliant gezeigt, aber nicht heute, nicht an diesem Donnerstag.

»Psssst«, zischte Moritz kurz darauf vom untersten Treppenabsatz. »Die Luft ist rein, Oma.«

So leise wie möglich zog Karoline die Tür hinter sich ins Schloss und begann vorsichtig die Treppe hinunterzusteigen.

Seit der junge Nachfolger ihres langjährigen Hausarztes ihr in drastischen Worten erklärt hatte, dass sie in absehbarer Zeit zum Pflegefall würde, wenn sie nicht endlich etwas für sich täte, war ein Jahr vergangen. In der Praxis hatte sie sich die vorlaute Einmischung in ihr Leben verbeten, abrupt war sie aufgestanden und erhobenen Hauptes hinausgerauscht, aber in den folgenden Tagen und Nächten waren ihr seine Worte nicht mehr aus dem Kopf gegangen. Sie hatte zurückgeblickt auf die Jahre nach Rudolfs Tod, in denen sie sich für nichts mehr interessiert und mit niemandem mehr als das Nötigste gesprochen hatte – außer mit Moritz. Ihm zuliebe hatte sie Weihnachten und Ostern und die Geburtstage des Enkels mit der Familie gefeiert, was bedeutete, dass sie sich für die Dauer einer Mahlzeit mit der Schwiegertochter arrangierte. Ihren eigenen Geburtstag, ihren Namenstag, den Hochzeitstag und Rudolfs Todestag hatte sie jedoch all die Jahre allein verbracht. Der alte Hausarzt hatte das verstanden. Und auch die Schwiegertochter hatte sich, sicher insgeheim erleichtert, ihrem Wunsch gebeugt.

Dennoch war der neue Doktor ein Glücksfall gewesen, wenn seine Impertinenz sie anfangs auch entsetzt hatte. Beim nächsten Arztbesuch hatte sie gefragt, was er damit meine: etwas für sich zu tun. Er riet ihr zunächst zu einfachen isometrischen Übungen. Zu mehr wäre sie vor einem Jahr auch noch gar nicht in der Lage gewesen. Nach sechs Wochen war sie jedoch schon etwas sicherer auf den Beinen und weitete die Gymnastik aus. Der Arzt war erfreut, verschrieb ihr zusätzlich Atemtherapie und Akupunktur und reduzierte die diversen Pillen auf sechs pro Tag. Sie selbst schränkte den Konsum von Kuchen und Schokolade ein und gönnte sich höchstens noch zwei Piccolöchen pro Woche. Innerhalb von drei Monaten nahm sie so acht Kilo ab (was die Schwiegertochter aufgrund ihrer häufigen medizinischen Termine sicher als Zeichen des fortschreitenden Verfalls deutete), gewann dank täglicher Beckenbodengymnastik die Herrschaft über ihre Blase zurück (sofern sie keinen Kaffee trank) und fühlte sich von Tag zu Tag vitaler.

Daher konnte sie jetzt auch die Stufen hinuntersteigen, ohne übermäßig zu schnaufen. Und so sehr die Eigenmächtigkeit der Schwiegertochter Karoline auch ärgerte, spürte sie bei ihrer Flucht nun eine unbändige Lebenskraft. Das Adrenalin pulsierte durch ihre Adern, und sie gestand sich ein, dass sie es genoss.

Als Karoline jedoch am Fuß der Treppe angekommen war, hörte man plötzlich die Stimme der Schwiegertochter von draußen.

»Moritz! Was ist nun mit Oma?«

Moritz verdrehte die Augen.

»Ich komme schon allein klar«, flüsterte Karoline ihm zu. »Halt sie mir nur noch ein paar Minuten vom Hals.«

Moritz nickte und schlurfte Richtung Vordertür. Herrje, dass die Kinder heutzutage aber auch nicht mehr die Füße heben konnten, dachte Karoline, während sie so schnell sie konnte zur Hintertür trippelte. Ihr geliebter Rudolf hatte wirklich an alles gedacht, als er die Villa damals hatte umbauen lassen. Zwar war es Karolines Elternhaus, denn sie hatte das erhebliche Vermögen mit in die Ehe gebracht, aber Rudolf war als Kriminalbeamter derjenige gewesen, der in dem alten Kasten für Fluchtmöglichkeiten gesorgt hatte, sollte einmal ein Brand ausbrechen. Der Gedanke an Rudolf trieb ihr wie immer die Tränen in die Augen, aber heute musste sie sich besonders beherrschen. Wenn sie jetzt weinte, würde die ganze Schminke verlaufen. Zehn Jahre war Rudolf nun schon tot, fast auf den Tag genau. Und neun Jahre hatte sie nur darauf gewartet, ihm bald folgen zu dürfen, und einzig an ihrem blonden Enkel Freude gehabt. Bis der neue Arzt ihr vor einem Jahr die Leviten gelesen hatte. Karoline lächelte.

Aus dem kleinen Salon hörte sie jetzt Stimmen, die sie nur zu gut kannte: Hanne, Sylvia, Christine, Elke und Kristina. Die Damen des Kegelclubs, dem sie bis zu Rudolfs Tod angehört hatte. Ausgetreten war sie nach dem Spruch, endlich sei auch sie verwitwet und könne tun und lassen, was sie wolle. An diese Biester hatte sie schon lange nicht mehr gedacht. Eigentlich kamen die Schatten der Vergangenheit doch erst zur Beerdigung wieder zusammen. War dieses Überraschungsfest schon der vorgezogene Leichenschmaus? Karoline lächelte erbost. Ihr werdet euch noch wundern, dachte sie, wie lange so ein altes Schlachtross durchhält.

»Mutter, wo willst du denn hin?«

Karoline zuckte zusammen, doch sie entspannte sich gleich wieder. Es war nur ihr Sohn, nicht die Schwiegertochter. Dieter würde sie entkommen können.

»Ich muss kurz frische Luft schnappen.«

»Aber, Mutter, wir …«

Sie hatte sich umgedreht und blickte nun zu ihm auf. Dieter war neuerdings pensioniert, obwohl er noch nicht einmal sechzig war. Aber er konnte es sich ja leisten. Seine Familie lebte ganz anständig von dem, was Rudolf und sie ihm zur Hochzeit überschrieben hatten. Zu seiner ersten Hochzeit wohlgemerkt, damals, mit Christa. Die war mit dem elterlichen Erbe auch noch vernünftig umgegangen. Nicht so wie die Neue.

»Ja, Sohn, ich höre. Allerdings sage ich dir gleich, dass ich nicht an einer Feier teilnehmen werde, die hinter meinem Rücken arrangiert wurde.«

Er betrachtete sie mit gerunzelter Stirn, völlig perplex, als erkenne er sie nicht wieder.

»Äh … du siehst so … äh … so anders aus.«

An Charme hatte es ihm immer gemangelt, aber im Moment kam ihr seine ungeschickte Art im Umgang mit Menschen gerade recht.

»Danke für das Kompliment. Und nun entschuldige mich.«

Das Schlurfen von Gummisohlen drang erst an ihr Ohr, als ihr Enkel direkt hinter seinem Vater auftauchte. Er hob den gereckten Daumen über Dieters Schulter, bevor dieser sich zu ihm umwandte.

»Papa, dein Typ wird verlangt. Du musst den Grill anschmeißen«, erklärte Moritz und zerrte ihn am Ärmel mit sich fort.

Karoline atmete erleichtert auf.

Die Hintertür der Villa ging in den rückwärtigen Park, an dessen Ende ein kleines Gartentor auf eine verkehrsberuhigte Nebenstraße führte. Den über hundert Jahre alten Schlüssel, Zeugnis feinster Schmiedekunst, trug Karoline immer bei sich. Weder Sohn noch Schwiegertochter wussten, dass das Tor sich überhaupt noch öffnen ließ. Wozu auch? Sie fuhren mit ihren großen Autos die Einfahrt hinauf und betraten die Villa durch das Hauptportal. So hatte Karoline ihre geheime Pforte, die sie nun seit einigen Wochen wieder nutzte.

Fast zweihundert Meter Gartenweg lagen bis zum Tor vor Karoline. Sie hatte nicht einmal die Hälfte davon hinter sich gebracht, als sie auf einmal die Stimme der Schwiegertochter hörte. Instinktiv zog sie den Kopf ein und verbarg sich hinter einem Busch.

»Und hier wollen wir einen Natur-Swimmingpool anlegen mit einer Holzterrasse und vielleicht sogar einem kleinen Sandstrand zum Sonnen.«

»Sehr geschmackvoll«, antwortete eine männliche Stimme. »Und in diesem nicht einsehbaren Park natürlich ganz exklusiv.«

»Leider müssen wir mit dem Bau noch warten, bis … Aber dann wird es umso schöner.«

Karoline sah durch die blühenden Rhododendren das strahlende Weiß des schwiegertöchterlichen Kostüms blitzen. Wer der Herr in ihrer Begleitung war, der sie jetzt am Arm wieder zurück Richtung Vorgarten führte, konnte sie nicht erkennen. Aber es interessierte sie auch nicht. Jetzt war es also ein Natur-Swimmingpool. Ungewollt hatte Karoline bereits detaillierte Kenntnis von den Umbauten, die nach ihrem Ableben in der Villa geplant waren, welche ihr Großvater erbaut und Rudolf zu ihrem Heim gemacht hatte. Zu schade, dass sie das Gesicht der Schwiegertochter nicht mehr sehen würde, wenn der Notar ihnen Karolines Testament eröffnete und sie von den Verfügungen erfuhr, die sowohl das Haus als auch ihr gesamtes restliches Vermögen betrafen.

Im Schutz der Rhododendren gelangte sie kurz darauf zu ihrer Gartenpforte, öffnete sie mit ihrem Schlüssel, schloss sorgfältig wieder hinter sich ab und wandte sich nach links. Auch die Nebenstraße führte zu dem Café, in dem sie sich immer donnerstags mit Wolfgang verabredete. Es lag direkt an der Haltestelle der Straßenbahn, die sie in sieben Minuten zum wöchentlichen Seniorentanz brachte. Voll Vorfreude lächelte Karoline. Ein erquicklicher Nachmittag lag vor ihr. Jetzt konnte nichts mehr schiefgehen.

Als sie jedoch um die letzte Ecke bog, blieb sie erschrocken stehen. An der Fußgängerampel gegenüber dem Café stand einer der letzten »Getreuen«, wie sie die wenigen ehemaligen Kollegen von Rudolf nannte, die noch Kontakt zu ihr hielten. Henning Weichert hatte nicht mehr viel mit dem spindeldürren pickligen Jungspund gemein, den ihr Mann vor bald dreißig Jahren als Kommissarsanwärter ausgebildet hatte. Erst vor Kurzem hatte Karoline das Gerücht vernommen, dass der große, schwere Mann Polizeipräsident werden wolle. Er wäre sicher nicht die schlechteste Wahl.

Der Kommissar telefonierte. Das taten heutzutage ja alle ständig, auch wenn es oft nur darum ging, dass man nicht in drei, sondern in fünf Minuten nach Hause kam. Aber Karoline kannte sich mit der Körpersprache von Kommissaren aus, und Weicherts Haltung zeigte ihr, dass sein Telefonat beruflicher Natur war; dabei blickte er immer wieder hinüber zu dem Café, wo Wolfgang bei einer Tasse Kaffee nach ihr Ausschau hielt. Karoline war nicht umsonst mit einem der besten Kriminalbeamten verheiratet gewesen, die die Stadt je gehabt hatte. Sie sah von Wolfgang, der sie entdeckt hatte und ihr zuwinkte, zu Weichert, der sich im selben Moment umdrehte und sofort sein Gespräch beendete.

Kurz hatte er gestutzt, doch nun kam er lächelnd auf sie zu.

»Karoline!«, rief er und ergriff ihre schmale, faltige Hand. »Ich war gerade auf dem Weg zu Ihrem Empfang. Alles Gute zum Achtzigsten!«

»Danke, mein Guter. Wie geht es Lisa?«

Vor fast dreißig Jahren hatte Weichert Rudolf die Patenschaft für seine Erstgeborene angetragen. Ein hübsches Ding, das inzwischen nach Australien ausgewandert war.

»Danke, bestens. Sie ist wieder schwanger.«

Karoline nickte unverbindlich. Hatte sie nun drei oder schon vier Kinder? Sie hatte den Überblick über Lisas zahlreiche Nachkommenschaft längst verloren. Aber das war jetzt egal, sie musste Wichtigeres mit Weichert besprechen als die Anzahl seiner Enkelkinder.

»Wie ich sehe, sind Sie im Dienst.«

Weichert blickte sie etwas irritiert an. »Ihre blitzschnelle Kombinationsgabe, werte Frau Bergerhausen, erstaunt mich immer wieder. Außerdem werden Sie von Jahr zu Jahr jünger.«

»Sie sind ein Charmeur«, entgegnete Karoline, spürte aber, wie sie leicht errötete.

Natürlich machte Wolfgang ihr auch Komplimente, aber er glaubte ja, dass sie erst siebzig war und kannte sie zudem gerade mal ein paar Wochen. Wenn Weichert sagte, wie scharfsichtig sie nach wie vor noch war, hatte das ein ganz anderes Gewicht. Er kannte nicht nur ihr richtiges Alter, sondern hatte offenbar auch die Veränderung bemerkt, die sie im letzten Jahr durchgemacht hatte. Etwas, das weder ihrem Sohn noch der Schwiegertochter aufgefallen war.

»Na, machst du mit deiner Oma einen Geburtstagsausflug?«, fragte Weichert jetzt über Karolines Schulter hinweg.

Moritz grinste ihn unsicher an, als er neben Karoline trat.

»Ich wollte nur sehen, ob du gut weggekommen bist«, flüsterte er ihr zu.

»Was für eine konspirative Geschichte habt ihr zwei denn da laufen?«, fragte Weichert, während er Moritz väterlich auf die Schulter schlug. Der Mann hatte ein Händchen für Jungs. Kein Wunder, bei vier Söhnen, die Lisa gefolgt waren. Und Moritz himmelte ihn an, das war offensichtlich. Gut so, dachte Karoline, solange der Junge Vorbilder wie Weichert hat, wird er seinen Weg machen.

»Oma hat ein Rendezvous«, platzte Moritz heraus. »Cool, was?«

Weichert wirkte einen Moment wie erstarrt, dann huschten seine Augen nervös zum Café hinüber, wo Wolfgang inzwischen aufgestanden war, um am Tresen seinen Kaffee zu bezahlen.

»Ja«, kam Karoline seiner Frage zuvor. »Ich treffe mich mit dem Herrn dort drüben im Café. Sie haben seinetwegen telefoniert, nicht wahr?«

Während Moritz verunsichert zwischen den beiden Erwachsenen hin und her blickte, blinzelte Weichert irritiert. Diesen Tic hatte er also immer noch nicht ablegen können.

»Äh, ja, ich glaube, dass …«

In diesem Moment klingelte Weicherts Handy erneut.

»Entschuldigung«, sagte er und ging ein paar Schritte beiseite, bevor er das Gespräch annahm.

Karoline beobachtete interessiert, wie er immer blasser wurde.

»Danke«, stammelte er schließlich und drückte auf den roten Knopf.

»Sie haben den Mann mit Ihrem Handy fotografiert, im Präsidium angefragt, und jetzt hat man Ihnen seine Identität bestätigt«, sagte Karoline ihm auf den Kopf zu, als er wieder zu ihnen trat.

Weichert nickte wortlos und starrte verlegen auf seine Füße.

»Ist er ein Heiratsschwindler?«

Moritz riss die Augen auf.

Weichert blinzelte wieder irritiert. Doch dann breitete sich ein anerkennendes Lächeln auf seinem Gesicht aus.

»Ihr Rudolf hatte recht: Sie sind ein Teufelsweib, werte Frau Bergerhausen.«

»Ich habe mir gleich so was gedacht, als ich ihn kennenlernte«, erklärte Karoline nun ungerührt. »Aber seien Sie unbesorgt: Ein Heiratsschwindler kann mir nicht gefährlich werden. Ich hab schon vor Jahren mein ganzes Vermögen in eine Stiftung überführt, die für meinen Lebensunterhalt und die Ausbildung meines Enkels sorgt. Ich selbst besitze praktisch nichts mehr.«

»Und wieso triffst du dich dann mit ihm, wenn du weißt, dass er dich nur ausnehmen will?«, fragte Moritz verständnislos.

»Du musst das noch nicht verstehen, Moritz. Weißt du, ich genieße die Aufmerksamkeit, die Komplimente und die geselligen Tanznachmittage mit diesem Herrn, der sich die größte Mühe gibt, mir zu gefallen. Nach dem Grund für all die Schmeicheleien zu fragen ist ein Luxus, den ich mir in meinem Alter nicht mehr erlauben kann.«

Peinlich berührt starrte Moritz seine Oma an. Weichert blickte wieder auf seine Schuhe.

»Tun Sie mir einen Gefallen, Herr Weichert?«, fragte Karoline nun.

Der Kommissar hob verlegen den Kopf. »Jeden.«

»Meinetwegen behalten Sie Wolfgang im Auge. Ich bitte Sie nur um eins: Unternehmen Sie nichts gegen ihn, bis ich Ihnen grünes Licht gebe.«

Weichert zögerte, dann nickte er, beugte sich zu Karoline und nahm sie sacht in den Arm.

»Ich wünsche Ihnen einen schönen achtzigsten Geburtstag, liebe Lili – ich darf Sie doch so nennen?«

Karoline nickte, während sie mit den Tränen kämpfte, als sie den Kosenamen hörte, den Rudolf ihr gegeben hatte. Wenn Weichert diesen Namen kannte, war seine Beziehung zu ihrem Mann offenbar noch enger gewesen, als sie je geahnt hatte.

»Und nun komm, Junge. Lass uns deiner Mutter gegenübertreten und Unwissenheit auf der ganzen Linie heucheln«, sagte Weichert und boxte Moritz gegen die schmächtige Brust.

»Viel Spaß, Oma.« Moritz gab ihr einen schnellen Kuss auf die Wange.

»Danke für deine Hilfe, Mo.«

Die Ampel sprang auf Grün, und Karoline überquerte die Straße, während Wolfgang aus dem Café trat. Ein schöner Mann. Und ein guter Tänzer, der sich nicht daran störte, dass ihre Schritte klein und unbeholfen waren.

Alles Gute zum achtzigsten Geburtstag, Lili, sagte Karoline zu sich selbst.

Dann hob sie den Arm und winkte Wolfgang fröhlich zu.

Katharina Münk

Abschied

Sie wollte nie neunzig werden, auch nicht, als sie bereits neunundachtzigkommafünf war. So alt. Gott behüte. Was macht man da?

Meine Schwestern und ich waren jedenfalls völlig ratlos. Als Tochter versteht man das nicht – auch wenn man selbst, im Freundeskreis nach dem idealen Zeitpunkt des unvermeidlichen Ablebens befragt, vor zwei Jahren noch großspurig verkündet hatte, dass man nichts dagegen hätte, im passablen Alter von neunundachtzig Jahren zu sterben.

Doch das gilt nicht für Mütter. Mütter dürfen nicht sterben. Auch nicht mit neunundachtzig. Und erst recht nicht, wenn man noch so fit war wie sie, gesegnet mit einem Verstand und einer Urteilskraft so klar wie das Regenwasser in der Tonne hinterm Haus. Wir liebten sie. Wir kannten aber auch ihre Unbeirrbarkeit, wenn sie sich etwas in den Kopf gesetzt hatte. Und genau aus diesem Grund reifte in uns der Gedanke, dass sie tatsächlich damit ernst machen könnte, ihren nächsten und wohl letzten »Runden« ganz einfach nicht mehr zu erleben. Das Leben wird das, was wir vom Leben denken. Das konnte fatalerweise auch für die Beendigung des selbigen gelten.

Auch unser Vater hatte seinen weltlichen Aufenthaltsort kurzerhand verlassen, vor einem runden Geburtstag, seinem siebzigsten. Obwohl nicht viel älter als sie, wollte er, typisch Mann, wohl der Erste sein – wie früher nach dem

Mittagessen, »Ich steh schon mal auf«, um nicht den Tisch abräumen zu müssen, oder im Wanderurlaub, »Ich geh schon mal vor«, um ja vor ihr und uns drei Töchtern oben auf dem Berg zu sein.

Zwanzig Jahre später wollte nun also unsere Mutter partout dorthin, wo er schon war, und fand dies noch nicht einmal schlimm. Es war keine demente Fantasie von ihr, und sie war auch nicht auf Mitleid aus oder bedauerte sich gar selbst, dass sie schon so alt war. Nein, dies war perfider. Dies war ein Plan, ein eiskalter, berechnend, ja geradezu empörend: Das Umgehen des runden Geburtstages durch Nichterleben des selbigen und der womöglich noch folgenden, logischerweise. »Dass Ihr mir bloß nicht so viel weint, wenn ich nicht mehr da bin.« Was war das für eine Empfehlung? Es war gemein, egoistisch. Es tat weh. Fanden wir. Ihr besagter Plan existierte natürlich nur in unseren Köpfen, wie ein Gespenst aus Kindertagen, aber auch mit dem war nicht zu spaßen. Denn die Angst arbeitete sich langsam vor in uns, die Angst, irgendwann einmal in nicht allzu ferner Zukunft loslassen zu müssen, die Mutter, das Kindsein, das eigene Leben. Denn seien wir ehrlich: Wer wird schon hundert?

Den Neunzigsten halbwegs gesund und mit wachen Sinnen erleben zu können, war doch ein seltenes Geschenk des Himmels, für sie und letztendlich auch für uns. Und das musste man einfach groß feiern – auf dass das Gespenst mit dem schwarzen Mantel und der Sense sich nicht unter dem Bett hervortraute. Noch nicht.

Sicher, sie hatte gute Argumente, die Korken nicht mehr knallen zu lassen. Vor dem kleinen Saal, den es für die Feier zu mieten galt, würden keine Rollatoren und Rollstühle mehr stehen. Diese Fortbewegungsart hatten viele ihrer Altersgenossen schon hinter sich. Sie blieben zu Hause oder im Heim und griffen zum Telefon. Die meisten hatten ohnehin schon in der Zeitung gestanden. Ihr Gegner war kein Schicksalsschlag gewesen, kein plötzlicher Unfall, keine spektakuläre Diagnose, sondern ganz schnöde die scheinbar harmlos dahinrieselnde Zeit, die der härteste Sparringpartner des Lebens ist und gern mit dem Tod flirtet, je näher sie ihm kommt. Es gibt keinen Ort, an dem sie uns nicht findet.

Rein körperlich war man in ihrem Alter verdammt unsouverän, fand sie. Daran änderten weder die Titan-Kniegelenke etwas noch die regelmäßigen Fahrradfahrten ins Dorf, um sich ein halbes Pfund »Doppelback« und die extra fein geschnittene Zervelatwurst zu holen. Man konnte darüber streiten, ob solche Ausflüge auf zwei Rädern in ihrem Alter nun Ausdruck einer beneidenswerten Souveränität oder bodenlosen Leichtsinns waren. Das eine schloss das andere nicht aus, befürchteten wir, vor allem weil wir wussten, dass sie Autos zwar noch sehen, aber viel zu spät hören konnte und sie sich längst nicht mehr um die Zukunft sorgte – eine fatale Kombination. Fest stand jedenfalls: Alles war für sie inzwischen etwas weiter weg als früher, die Welt war größer geworden. Doch »auf dem Rückweg geht's bergab. Da trete ich einmal in die Pedale und lass laufen bis zur Hofeinfahrt.« Natürlich traf sie dabei niemanden, der auch nur annähernd ihr Alter hatte. Da konnte man schon die Lust verlieren, die Lebenslust. Fand sie. Und sie ließ keine Gelegenheit aus, uns dies unmissverständlich klarzumachen.

Doch sie kokettierte auch mit ihrem hohen Alter. Ereilte eine 83-jährige Nachbarin eine Lungenentzündung, kannte sie kein Pardon angesichts deren relativ gesehenen Jugendlichkeit: »So schlimm wird das wohl nicht sein. Die soll erst mal so alt werden wie ich.« Oder: »Mit achtzig war ich noch richtig flott.« Solche und ähnliche Kommentare waren ein Eingeständnis an die eigene Schwäche und Stärke zugleich. Nicht uneitel, und auch nicht ungeschickt.

Unsere Mutter hatte überhaupt mit der Zeit eine erbarmungslose Benchmark entwickelt für das, was aus ihrer Sicht »alt« und was »jung« war. Seit Jahren schon weigerte sie sich, zum Seniorencafé der Frauengemeinschaft zu gehen, zu diesen »furchtbar alten Leuten«, die im Schnitt zehn bis zwanzig Jahre jünger waren als sie selbst. »Die schenken sich zum runden Geburtstag eine Kerze und eine Flasche Traubensaft. Traubensaft, dickflüssig, mit null Prozent Alkohol, stell dir das mal vor! Alt zu werden ist doch keine Krankheit!« Und dass Frauen Probleme damit hatten, vierzig oder fünfzig zu werden, war ihr gänzlich unbegreiflich: diese »jungen, egozentrischen Hühner!«.

Noch gnadenloser war sie mit uns, ihren Töchtern, ihren jüngeren Ausgaben. Wenn ich, siebenundvierzig Jahre alt, am Wochenende zu Besuch kam, musterte sie mich und stellte unumwunden fest: »Mein Gott, Kind, bist du grau geworden. Dagegen kann man doch was machen heutzutage! Und diese Turnschuhe! Aus dem Alter bist du doch wohl raus.« War ich jetzt im Vergleich zu ihren fast neunzig Jahren noch Kind? Oder gehörte ich – was meine Haarpigmente und das offenbar unpassende Schuhwerk anging – schon zum alten Eisen?

Aufgrund ihrer, nun ja, direkten Art hatte ich mein eigenes Altern seit Jahren stets vor Augen. Und doch blieb ich für sie trotzdem immer noch Kind, geschätzte sechzehn Jahre alt. Wir mussten sie nicht behüten – im Gegenteil, sie behütete uns. Bei aller Unabhängigkeit waren wir abhängig von diesem Band, das es noch gab. Wir waren Kinder. Psychologisch betrachtet waren wir nicht autark und frei. Doch so lange es unsere Mutter noch gab, war diese Erkenntnis völlig legitim, für jeden ersichtlich und irgendwie weniger peinlich, weil man sie mit Leben füllen konnte. Sie hatte ein Gesicht, warme Hände und einen veritablen Pulsschlag.

Sternzeichen Stier. Und Ostwestfälin. Noch Fragen? Ihr Geburtstag war am 25. April. Sie gefiel uns schon nicht mehr, als wir bei meiner Schwester Weihnachten feierten, nur acht Kilometer entfernt von ihrem Zuhause. Und der Schnee. Es lag viel zu viel Schnee! Für meine Mutter verhielt sich dessen Gefährlichkeit proportional zum Alter: Mit neunundachtzig Jahren war er bedrohlicher, tiefer und glatter als in all den Jahren, ach was, Jahrzehnten zuvor, geradezu lebensgefährlich, wenn man vom Beifahrersitz aus hinaus in die Winterlandschaft blickte.

»Das wird mir alles zu viel. Ich kann das nicht mehr. Und dann auch noch im Dunkeln! Ach …«

»Herrje, dann mach doch einfach die Augen zu.«

Ich bereute es in dem Moment, in dem ich es gesagt hatte. Doch nun war es zu spät.

»Die werde ich sicher bald zumachen. Aber wenn ich dann tot bin, macht bloß kein Drama draus.«

»Mama, so war das doch nicht gemeint«, lenkte ich ein. »Aber ich habe seit bald dreißig Jahren den Führerschein, und es ist nur ein kleines bisschen glatt.«

»Ich meine ja nur. Werd du erst mal so alt wie ich, dann weißt du, wovon ich rede. Pass auf, Kind! Hier ist Geschwindigkeitsbegrenzung!«

»Das sehe ich selber. Weißt du was? Guck doch einfach aus dem Seitenfenster und schau dir die schönen Lichterketten in den Bäumen an.«

»Vier Augen sehen aber mehr als zwei. Ach, das wird mir alles zu viel …«

Sicher, man mochte die Angst einer neunundachtzigjährigen Frau, ausgerechnet auf der Straße zu sterben, verstehen. Sie hatte die Wahrscheinlichkeitsrate auf ihrer Seite. Aber sie war noch so verdammt fit, und deshalb konnte man schon ein wenig die Geduld verlieren. Kaum waren wir bei meiner Schwester angekommen, war ihre Panik vergessen, und sie musste höchstpersönlich in jeden Kochtopf gucken, um die Gar- und Gewürzlage des Weihnachtsmenüs zu begutachten, ließ darüber ihren Gehstock im Wohnzimmer stehen. Doch als wir danach die Gläser hoben, bekam sie wieder feuchte Augen, hatte diesen rührseligen, wehmütigen Blick, der nicht in die Vergangenheit, sondern in die Zukunft gerichtet war, als würde sie das letzte Mal mit uns feiern. »Versprecht mir, dass Ihr auch zusammen Weihnachten feiert, wenn ich nicht mehr bin.« Die Gläser senkten sich. Sie konnte schon ein Spielverderber sein, auch mit Roger Whittaker und ›Silent Night‹ im Hintergrund – und plötzlich saßen wir wieder am Tisch wie die Kinder und wünschten uns insgeheim nichts sehnlicher, als dass sie einfach nur weiter in ihrer bunten Kittelschürze für uns kochte und das Tischgebet sprach. Das war doch nicht zu viel verlangt.

Und als wir uns nach den Feiertagen dann wieder in alle Himmelsrichtungen verstreuten und ich sie nach Hause fuhr, wurde ich nicht müde, beim Davonfahren zu winken. Sie war noch kerngesund, und doch schaute ich mich um, als sähe ich sie vielleicht zum letzten Mal, winkte aus dem heruntergefahrenen Fenster in die eiskalte Luft, bis nur noch ein kleiner beigefarbener Punkt im Rückspiegel zu erkennen war.

»Ich will keine neunzig werden.« Noch vier Monate, ungefähr hundertzwanzig Tage. Es reifte in uns eine Befürchtung, eine dunkle Ahnung, ja fast schon so etwas wie eine vorweggenommene Trauer. Man hätte auch sagen können: Panik.

Denn klar ist doch: Außer durch das vorzeitige Ableben kann man seinem Geburtstag nicht entkommen. Er lauert uns auf, schleicht sich über Nacht an wie ein Dieb, um uns wieder ein Körnchen in der Sanduhr zu stehlen. Und er macht es publik, dass uns seit dem letzten Fest schon wieder dreihundertfünfundsechzig Tage abhanden gekommen sind, schickt Gratulanten vorbei. Je älter man wird, desto jünger werden die. Ignoranz hilft da auch nicht. Denn selbst wenn niemand vorbeikommt, man ganz allein bleibt, so reicht ein einziger Gedanke, um dem Jahrestag Tür und Tor zu öffnen. Es gibt kein Entrinnen. Jedes Mal ein kleiner Tod. Und die runden Geburtstage machen erst recht reinen Tisch. Wegen der ersten Zahl. Hier reden wir nicht vom großen, sondern vom kleinen Zeiger auf der Uhr. Wer kann schon neun runde Geburtstage feiern? Wenn ich fünfzig werde, werde ich den Großteil der mir zur Verfügung stehenden runden Geburtstage schon aufgebracht haben.

In unserer Familie wurden Geburtstage immer feuchtfröhlich begangen, um die bösen Geister zu vertreiben. Als Kinder feierten wir im Wohnzimmer mit Kalte-Schnauze-Kuchen und Topfschlagen, später mit den ersten Jungs im Partykeller, vor den Postern von AC/DC und den Bay City Rollers. Noch später dann so, wie wir es von unseren Eltern kannten: johlend bis tief in die Nacht, mit Büfett und Mitternachtssuppe, die runden in gemieteten Lokalitäten für mindestens achtzig Gäste. Und je älter und kränker wir wurden, auch als der Krebs in die Familie kam, umso mehr

Gründe fanden wir, jeden Geburtstag groß zu feiern. Man konnte ja nie wissen.

So war das in unserer Familie. So ist es immer gewesen. Und nun ließ die Keimzelle dieser Weltanschauung verlauten, dass sie vorhabe, nicht mehr zu feiern – der Bruch mit allen Traditionen. Hatte sie eine Ahnung, was sie da in uns anrichtete?

Noch ernster wurde es dann Ende Februar, als es am Telefon hieß: »So kann's gehen.« Ihr Lieblingscousin war kurz vor Erreichen des fünfundachtzigsten Lebensjahres gestorben, was der ursprünglich für den Geburtstag vorgesehenen Saalreservierung einen neuen Anlass gab. Nur der Akkordeonspieler musste gecancelt werden.

Mit nicht minder gutem Timing ließ eine gute Bekannte unserer Mutter eine Woche später schwungvoll die Bettdecke zu Boden fallen – und sich gleich mit. Drei Tage danach, am Vorabend ihres neunzigsten, segnete sie dann das Zeitliche.

Da waren es noch fünfundvierzig Tage bis zu Mutters Neunzigstem.

Schon seit Januar besuchten wir sie öfter als früher. Natürlich nicht zu oft, um keinen Verdacht aufkommen zu lassen. Meine jüngere Schwester bot sich an, die Fenster zu putzen, und tat das dann so langsam und sorgfältig, dass sie zwei- oder dreimal zu ihr fahren musste; mein Mann und ich telefonierten so oft wie irgend möglich mit ihr, »ganz kurz, einfach so, Mama«; und die Älteste fuhr mit ihr in die Stadt, um dort – »ganz unverbindlich, Mama« – ein paar Hörgeräte zu testen. Vielleicht würde sie ja mehr Lust aufs Leben verspüren, wenn sie mehr davon hörte? Und wenn wir dann bei ihr waren, sahen wir uns gemeinsam alte Fotos an, ließen uns Geschichten von früher erzählen und schrieben ihre alten Backrezepte auf. Kennen Sie diese lächerlichen »Erzähl doch mal von früher«-Alben, mit vorgezeichneten Linien für den Text und Quadraten für die Fotos? Wir hatten die immer albern gefunden, und nun ertappten wir uns dabei, dass wir mit unseren Bemühungen genau in die Zielgruppe ebenjener Bücher fielen. Ich schickte ihr jedes einzelne Kapitel meines eigenen Buches – als Manuskript und in Schriftgröße vierzehn zum Lesen vorab –, da die Veröffentlichung des Romans definitiv nach dem 25. April erfolgen würde. Man konnte ja nie wissen.

Kurzum: Wir feierten ihren Geburtstag praktisch schon fünf Wochen vorher, so oft es ging, fast täglich, selbst auf die Gefahr hin, dass unser Verhalten genau das bewirkte, was wir eigentlich vermeiden wollten. Jedes Mal, wenn wir sie besuchten, brachten wir ihr kleine Geschenke mit, hier und da ein paar Blumen, ein Buch, ihre Lieblingshalsbonbons. Und überhaupt: DAS Geschenk! Mitte März beschlossen wir, es ihr schon vorher zu überreichen, ganz nach der Devise »Carpe Diem«. Auch wenn von »überreichen« eigentlich nicht die Rede sein konnte: Sie bekam Besuch von einem Handwerker, der ihr maßgefertigte Fliegendrahtrahmen in die Fenster setzte, mit Hochschiebevorrichtung. Die Frau muss man erst finden, die sich Derartiges zum Geburtstag wünscht.

So kam der Donnerstag, 31. März. Es dauerte eine halbe Ewigkeit, bis sie ans Telefon ging. Wochen zuvor hatte sie sich erfolgreich gegen das Hörgerät gewehrt.

»Damit du's nur weißt«, hörte ich sie schließlich in den Hörer keuchen, »sollte ich noch einmal ins Krankenhaus kommen, möchte ich nicht mehr operiert werden. Und da wir schon mal dabei sind: Zieht mir bloß nichts Buntes an für den Sarg. Ich will unter keinen Umständen so aussehen wie Tante Gudrun. Ihr blau-grünes Kleid sah wie eine Kittelschürze aus, einfach schrecklich. Und Schuhe hat man ihr auch keine angezogen. Das muss man sich mal vorstellen! Dass die so überhaupt ihre Ruhe gefunden hat … Ach, und für die Anzeige bloß keinen dieser salbungsvollen Sprüche. Die Liste mit den ganzen Adressen habe ich euch ja schon gegeben, oder?«

»Die Liste?« Ich spürte, wie aus meinem Gesicht jäh alles Blut entwich. »Herrje, Mama, erst mal hast du Geburtstag!«

»Ja, sicher, davon spreche ich doch. Damit ihr die Einladungen verschicken könnt.«

Ich atmete auf. »Ach so … ja, natürlich, die Liste haben wir.«

Hatte sie überhaupt eine Ahnung, welches Bild wir in solchen Momenten vor Augen hatten? Wie das eigentlich aussah – rein erziehungstechnisch, für ihre Kinder? Es reichte.

Als ich sie ein paar Tage später zusammen mit meiner älteren Schwester besuchte und diese beiseitenahm, um ihr von Mamas Dresscode fürs ewige Leben zu erzählen, wurde sie jedenfalls genauso blass wie ich.

Und sie gab die Parole aus: »Es wird ernst. Ab jetzt bloß keine unnötige Aufregung mehr. Wir machen alles so, wie sie es will: Kurzer Sekt-Empfang, wir essen früh zu Mittag, keine Torte mehr danach, nichts, was schwer im Magen liegt.«

Nach diesen Worten ging sie ins Badezimmer, um den Medikamentenbestand im Alibert zu überprüfen. Bestürzt lief ich ihr hinterher.

»Du glaubst doch nicht ...?«

»Ich will nur die Ablaufdaten der Beruhigungsmittel checken. Nicht, dass sie sich noch unbeabsichtigt umbringt. In dem Schränkchen muss sowieso mal aufgeräumt werden.«

»Mama, hast du denn besondere Wünsche für deinen Geburtstag? Worüber würdest du dich freuen?«, fragten wir eine halbe Stunde später unisono, als sie aus ihrem Mittagsschlaf erwacht war.

»Ach, daran will ich noch gar nicht denken. Weiß Gott, was bis dahin noch alles passiert.«

»Nehmen wir an, es geht alles gut. Wie soll der Tag dann vonstattengehen?«

»Na, so wie immer.«

»So wie immer? Mama, wie oft bist du denn schon neunzig geworden?«

»Ach, Kinder, macht mir da bloß nicht so viel Tamtam. Seid einfach nett und freundlich. Und schenkt mir vor allem nicht noch was zum Anziehen.«

»Wenn du aber wirklich nichts zum Geburtstag bekommst, guckst du auch komisch.«

»Nein, nein, ich brauch nichts. Und überhaupt: Zu viele Geschenke sind der pure Stress für mich. Ich bin keine achtzig mehr. Was Ihr wohl meint.«

»Mama, der Papst ist auch nicht viel jünger als du und hält noch die komplette Oster-Liturgie. Möchtest du mit dem tauschen? Der arme Mann. Du wirst nur neunzig, ohne Kameras, im kleinen Kreis.« Ein hinkender Vergleich, ein schwacher Trost. Es half nichts. Sie schüttelte den Kopf. Und uns graute vor den nächsten Tagen.

15. April. Noch zehn Tage – da hatte ich eine unheimliche Begegnung der dritten Art: Auf dem Kopfsteinpflaster der

Altstadt fiel an meinem Auto das hintere Nummernschild ab, und wenn ich nicht zufällig in den Rückspiegel gesehen hätte, wäre mir der heftig winkende Herr im schwarzen Cordanzug gar nicht aufgefallen. Ich hielt an und stieg aus.

»Ja, ja, junge Frauen und alte Kisten.« Er hatte mich erstaunlich schnell eingeholt und hielt mir das Nummernschild unter die Nase. »Mal schauen, welche Schraube passt.«

»Wie bitte?« Ich blinzelte verwirrt.

»Sehen Sie«, sagte er und nahm eine alte Hustenpastillendose aus seiner Hosentasche, »ich habe immer ein paar Schrauben dabei. Man kann schließlich nie wissen.«

Wortlos starrte ich ihn an, es hatte mir die Sprache verschlagen. Während er mit dem Nummernschild um mein Auto herumging, blickte ich verstohlen in den erweiterten Gefahrenradius, auf der Suche nach versteckten Kameras am Straßenrand. Vergebens.

»Ja, das finde ich auch«, sagte er dann und deutete lächelnd auf den Aufkleber rechts über der Stoßstange: Time is honey. »Während ich Ihnen Ihr Schild wieder anschraube, können Sie sich ja überlegen, wem Sie heute noch eine Freude bereiten könnten mit Ihrer Zeit. Ihre Karre fährt sicher keine neunzig mehr, oder? Dann sollten Sie sich beeilen.«

Fassungslos starrte ich ihn an. Was hatte er da gesagt? Keine neunzig mehr? Sich beeilen? Wer, oder vielmehr was war der? Ein Bote? Der Sensenmann? Mein Gott, ich glaubte zu verstehen. Er hatte auf mich gleich so unwirklich gewirkt, wie aus der Zeit gefallen, aus einer dieser Spukgeschichten, die sich in schottischen Hochmooren zutrugen, aber nicht am helllichten Tag in einer bundesdeutschen Großstadt. Im wirklichen Leben gab es keine Männer mehr mit Schrauben in den Hosentaschen, und deshalb blieb nur eine Erklärung. Kaum war das Schild angeschraubt, ließ ich die paranormale Erscheinung mit einem »Danke vielmals!« einfach stehen – er würde sich sowieso gleich in Luft auflösen. Ich raste zu meiner Wohnung, wo ich hastig ein paar Sachen in den Koffer stopfte.

Zwanzig Minuten später saß ich wieder im Auto und gab Gas. Ich wollte heim, um mich vom ordnungsgemäßen Zustand meiner fast, aber eben nur fast neunzigjährigen Mutter zu überzeugen.

Time is honey.

Sie saß hinterm Haus unter ihrem lila Sonnenschirm, auf dem Schoß eine Schachtel mit Einladungskarten, die Tageszeitung neben sich auf dem Boden, die Augen geschlossen. Ich musterte sie, horchte auf einen Atemzug.

Nichts.

Die Zeit kam zum Erliegen. Meine Hand lag auf der Klinke der Hintertür. Ich mochte sie nicht loslassen und irgendwie auch gar nicht näher treten. Anhalten, einfach die Zeit anhalten.

Schließlich räusperte ich mich – und sie hob langsam den Kopf, blinzelte mir entgegen.

»Du hier? Ach, Kind, du sollst doch nicht mehr so weit fahren mit deinem alten Auto. Ich mache mir da immer solche Sorgen. Nicht, dass dir noch vor mir was passiert. Das wäre für mich das Schlimmste … Guck mal«, sie streckte mir einige Karten aus ihrer Schachtel entgegen, »Tante Gerda benutzt seit zwanzig Jahren denselben Spruch für ihre Einladungen: ›Wer lange leben will, muss alt werden.‹ Das ist doch wohl peinlich: Die denkt, dass das niemand merkt. Oder hier«, sie wedelte mit mehreren Blättern Büttenpapier, »Hasselkötters Hans lädt mit großen Worten zu seinem Achtzigsten ein, und man liest und liest und liest, und am

Ende fragt man sich, wo das Ganze eigentlich stattfinden soll. Das hat er vergessen mitzudrucken. Dabei wird er erst achtzig. Auch nicht schön.«

Instinktiv entfuhr mir ein Seufzer. Ich war erleichtert, brannte mir diesen Augenblick unterm lila Schirm ins Hirn, emotional hochaufgelöst, eine Milliarde Megabyte, und ich ließ sie los, die Türklinke.

»Geht's dir wirklich gut, Mama?«

»Ja natürlich. Wieso fragst du? Weißt du, ich glaube, die Nachbarn sammeln schon für ein Geschenk. Seit der alte Birnbaum gefällt ist, krieg ich viel mehr mit als früher. Ob ich will oder nicht. Ah, und dann habe ich mir das noch einmal überlegt mit dem Empfang vorher. Ich finde, wir sollten das Mittagessen etwas später servieren lassen. Bei Waltraud neulich gab's nur ein Glas O-Saft, und danach mussten wir uns alle sofort an den Tisch setzen. Nein, so machen wir das nicht. Hol doch mal einen Stift und Papier aus der Küchenschublade und dann …«

Erleichtert ließ ich mich neben sie auf die Bank sinken. Ich musste erst einmal tief durchatmen, schloss die Augen. Mir war etwas schwindelig. Denn ich war mit deutlich mehr als neunzig Stundenkilometern zu ihr gefahren. Es mochten mindestens hundert gewesen sein.

Renate Welsh

Trotzdem feiern

Warum sollte man einen runden Geburtstag eigentlich nicht feiern?

Ich gab die Frage an Freunde und Verwandte weiter, an Mitreisende und Zufallsbekannte, stellte sie in der Schlange vor der Kasse im Supermarkt und im Wartezimmer beim Arzt. Kaum jemand, der nichts dazu zu sagen hatte.

Viele Geschichten wiesen erstaunliche Ähnlichkeiten auf, sodass man manchmal glauben konnte, die Protagonisten aus der einen würden auch in der nächsten einen Auftritt absolvieren. Neben Kindern aller Altersstufen spielten häufig Haustiere eine tragende Rolle, vor allem Hunde, dicht gefolgt von Katzen. Manche der persönlichen Erinnerungen schienen mir allerdings auch angereichert mit Szenen aus Filmen oder Büchern mit Slapstick-Charakter, und bisweilen war es schwierig, wenn nicht gar unmöglich, die Ereignisse chronologisch zu ordnen, was den Erzählungen einen zusätzlichen Reiz verlieh. Es machte Spaß zuzuhören, vor allem aber schien jede Geschichte bei den Zuhörerinnen und Zuhörern eine Reihe eigener Geschichten wachzurufen

Die meisten lagen lange zurück, aber der Unterhaltungswert größerer oder kleinerer Beinahe-Katastrophen steigt ja bekanntlich mit der seither vergangenen Zeit. Auch jener Verwandte, dem man bei Hochzeiten, Geburtstagen, Begräbnissen und sonstigen Zusammenkünften immer tunlichst ausgewichen war, wird irgendwann in der Erinnerung zu einem Charakter und damit zu einem konstituierenden Mitglied der Familie. Und ebendieser Verwandte war es dann häufig, der das totale Chaos bei einer ansonsten zivilisierten Geburtstagsfeier ausgelöst hatte, nicht selten unter Alkoholeinfluss, in besonders perfiden Fällen mittels einer anscheinend völlig unschuldig gestellten Frage.

Ich habe nicht versucht, die Anekdoten in ein säuberliches Schema zu zwängen, sie würden plattgedrückt und farblos zurückbleiben. Hübsch und irgendwie tröstlich finde ich jedoch, dass gerade die kleinen Niederlagen in der Vergangenheit zum Grundstock werden können für den privaten Mythos einer Familie, der darauf sogar oft besser gedeiht als auf den Triumphen. Und im Rückblick sind diese verunglückten Geburtstagsfeiern gerade die Erinnerungen, die man sich am liebsten ins Bewusstsein ruft.

Sollte man also doch runde Geburtstage feiern? Gerade weil sie wie jedes lange geplante Ereignis bereits den Keim des Misserfolgs in sich tragen?

Vielleicht müssten wir überhaupt viel mehr feiern, Gelegenheiten wahrnehmen für kleinere und größere Feste. Feiern, dass die Sonne scheint oder es endlich regnet, feiern, dass jemand einen klugen Satz gesagt oder ein Freund angerufen hat, dass die Zwiebeln nicht angebrannt sind ... oder dass man zu der nutzlosen Erkenntnis gekommen ist, dass Enkel und Onkel sich nur durch einen einzigen Buchstaben unterscheiden.

»Komm bloß nicht auf die Idee, mir ein Geburtstagsfest auszurichten«, wehrte einer meiner Söhne ab, als ich das Thema ansprach. Ihm droht nämlich so ein runder Geburtstag. Aber warum empfinden wir eine neue Ziffer an der Zehnerstelle, als wär's ein Eintritt in eine völlig neue Lebensphase, als würden wir Schlag Mitternacht einer anderen

Generation angehören? Sind die runden Geburtstagsfeste womöglich ein Ersatz für Übergangsriten?

Mein Vater hat mir an meinem dreißigsten Geburtstag zum Eintritt ins Greisenalter gratuliert. Meine Mutter war mit achtundzwanzig an einem Hirntumor gestorben, und ich hatte nie damit gerechnet, älter als sie zu werden, und war deshalb sehr überrascht, dass ich an meinem dreißigsten Geburtstag immer noch am Leben war.

Zu runden Geburtstagen fallen mir inzwischen vor allem Achtziger ein, wahrscheinlich, weil mir der selbst noch bevorsteht. Den Siebziger habe ich ja halbwegs mit Anstand hinter mich gebracht.

Als wir Vaters Achtzigsten feierten, schien die Sonne, und Rosen und Jasmin blühten. In meiner Erinnerung ist es das Familienfest, bei dem es keine einzige politische Diskussion gab. Vaters Blicke streichelten seine sieben Enkelkinder und seine vier Töchter, er lächelte den Schwiegersöhnen zu und sämtlichen Verwandten. »Meine gesammelten Werke«, sagte er voller Stolz. Weder zuvor noch danach hatte ich ihn je so zufrieden erlebt. Er wirkte auf mich, als sei er mit seinem Leben vollkommen einverstanden.

Meiner Schwiegermutter hatten wir gesagt, wir wollten sie an ihrem achtzigsten Geburtstag zum Essen ausführen, zusammen mit Schwager, Schwägerin und den Enkelkindern. Als sie das Restaurant betrat, waren dort alle ihre Freunde und Bekannten versammelt. Klein und zierlich stand sie da wie eine Achtjährige und konnte nicht fassen, dass so viele Menschen gekommen waren, um mit ihr zu feiern. Ich glaube, in dem Moment wurde ihr klar, dass sie tatsächlich in Österreich angekommen war. Dieses Jahr wird sie neunzig, und sagt schon seit längerem, dass sie zu ihrem Geburtstag kein Fest haben möchte. Sie hört nicht mehr gut, ihr wird öfter schwindlig, und am liebsten sitzt sie zum Plaudern nur mit zwei, drei Menschen am Tisch, größere Gesellschaften sind anstrengend für sie. Dreißigmal jeweils zwei Leute einladen, wäre das die Lösung?

Die für mich berührendste Geschichte erzählte mir eine Dame, die ich erst vor kurzem kennengelernt habe. Ihr Vater war vor zwei Jahren achtzig geworden. Er hatte sich lange gegen eine Geburtstagsfeier gewehrt, sich schließlich aber doch sehr gefreut, dass sich nicht nur seine über die halbe Welt verstreute Familie versammelt hatte, sondern dass es vielen Menschen aus verschiedenen Perioden seines Lebens offenbar ein Bedürfnis war, ihm zu gratulieren und so zu zeigen, wie wichtig er für sie gewesen war. Ein Chor, an dessen Gründung er Jahrzehnte zuvor beteiligt gewesen war, sang ihm ein Ständchen, er konnte sogar lächelnd die Ansprachen genießen, die frei waren von peinlicher Beweihräucherung. Seine Dankesrede war kurz und herzlich, danach plauderte er angeregt mit den Gästen – bis er auf einmal unvermittelt zu seiner Tochter sagte: »Jetzt schwindet mir die Kraft.« Im nächsten Augenblick sackte er tot zusammen. Wenige Minuten vorher hatte sie ihn noch fotografiert, wie er sie anstrahlte und lachte. »Dieses Bild«, schloss sie, »setzten wir auf den Sterbezettel.«

Eigentlich, denke ich, ist die Geschichte dieser Dame mein besonderer Wunsch zu jedem runden Geburtstag, auch wenn sie sich nicht gut ausmacht zwischen Blumensträußen, Sektflaschen und Bonbonnieren. Gehen dürfen, wenn sich alles gerade so schön rundet, das wünschen wir doch uns und denen, die wir lieben.

Jetzt aber werde ich mit meinem Mann unseren ersten Urlaubstag feiern gehen. Der Duft von frischem Kaffee weht schon seit einigen Minuten aus der Küche herüber in mein Arbeitszimmer, und manche von Großmutters Sprüchen sind auch heute noch zu beherzigen: Man soll die Feste feiern, wie sie fallen!

Die Autoren

Elisa Albert, 1978 in Los Angeles geboren, lebt mit ihrer Familie in Brooklyn, New York. Sie ist als Herausgeberin und Journalistin tätig und unterrichtet Creative Writing. 2008 erschien ihr erster Roman, ›Das Buch Dahlia‹ (dtv 13949), eine rabenschwarze Hymne an das Leben; ihm folgte der Band ›Was ist in dieser Nacht so anders?‹ (dtv 24749) mit unglaublich komischen Short Stories über die Widersprüchlichkeiten der jüdischen Lebenswelt von heute. Mehr zur Autorin: www.elisaalbert.com

Friedrich Ani, 1959 in Kochel am See geboren, lebt als freier Autor in München. Sein Werk – Krimis, Lyrik, Erzählungen, Jugendromane und Drehbücher – wurde in mehrere Sprachen übersetzt und vielfach ausgezeichnet, unter anderem dreimal mit dem Deutschen Krimipreis. Bei dtv erschien neben den Romanen um Kommissar Polonius Fischer, einem ehemaligen Mönch, zuletzt seine Krimireihe mit dem erblindeten Exkommissar Jonas Vogel: ›Wer lebt, stirbt‹ (dtv 20988), ›Wer tötet, handelt‹ (dtv 21061) und ›Die Tat‹ (dtv 21198). Weitere Informationen unter: www.friedrich-ani.de

Ewald Arenz, 1965 in Nürnberg geboren, lebt mit seiner Familie in Fürth und gehört zu den »wenigen Bestsellerautoren, die Franken zu bieten hat« (Bayerischer Rundfunk). Sei es ein Roman zum Dahinschmelzen wie ›Der Duft von

Schokolade‹ (dtv 13808), ein romantisches Märchen über den Tee, die Liebe und das Lesen wie ›Der Teezauberer‹ (dtv 13978) oder die skurrile Geschichte der unkonventionellen Bestatterfamilie ›Ehrlich & Söhne‹ (dtv 14051): In seinem mehrfach preisgekrönten Werk wahrt Arenz stets »bemerkenswert die Balance zwischen Anspruch und Unterhaltung«, wie die ›Süddeutsche Zeitung‹ schreibt. Mehr unter: www.ewald-arenz.de

Dietmar Bittrich, 1958 in Triest geboren, lebt heute als Autor in Hamburg. Er ist der Erfinder des Gummibärchen-Orakels, wurde mit dem Hamburger Satirikerpreis ausgezeichnet und hat schon mehrere sehr erfolgreiche Bücher veröffentlicht, darunter den Bestseller ›Böse Sprüche für jeden Tag‹. Zuletzt bei dtv erschienen: ›Einschlafbuch für Hochbegabte‹ (dtv 21267). Eine etwas andere Biografie des Autors und mehr zu seinem Werk erfahren Sie unter: www.dietmar-bittrich.de

Rita Falk, Jahrgang 1964, hat sich mit ihren Provinzkrimis um den niederbayrischen Dorfpolizisten Franz Eberhofer – ›Winterkartoffelknödel‹ (dtv 21330), ›Dampfnudelblues‹ (dtv 24850) und ›Schweinskopf al dente‹ (dtv 24892) – in die Herzen von Hunderttausenden von Lesern geschrieben. Von sich selbst sagt die Autorin, dass sie die schönste Zeit ihres Lebens in Oberbayern verbracht hat, wo sie bei der Oma aufwuchs. Inzwischen wohnt sie mit ihrem Mann, einem Polizisten, in Landshut und hat drei Kinder.

Dora Heldt, 1961 auf Sylt geboren, ist gelernte Buchhändlerin, seit 1992 als Verlagsvertreterin unterwegs und lebt heute in Hamburg. Den großen Durchbruch brachte ihr

›Urlaub mit Papa‹ (dtv 21143). Seither begeistern ihre herrlich amüsanten Frauen- und Familienromane Millionen von Leserinnen und Lesern. »Wenn wir ganz ehrlich sind, mag jeder es, wenn man sein eigenes, eingefahrenes Leben mal aus der Distanz betrachten kann. Weil man so in vielem den Irrwitz erkennt – und darüber lachen kann«, erklärt die sympathische Hamburgerin sich selbst ihren Erfolg. So wird es Ihnen sicher auch mit ihrem neuesten Roman ›Bei Hitze ist es wenigstens nicht kalt‹ (dtv 24857) ergehen. Mehr erfahren Sie unter www.dora-heldt.de

Jess Jochimsen, 1970 in München geboren, lebt als Autor, Kabarettist und Fotograf in Freiburg im Breisgau. Bei dtv erschienen von ihm bislang fünf Bücher, zuletzt ›Was sollen die Leute denken‹ (dtv 14048). Im Gegensatz zur Hauptfigur von ›Am Wasser gebaut‹ erinnert sich der Autor aber sehr wohl an den Roman, in dem sinngemäß der Satz über das Schwimmen steht. Er dankt dafür einem anderen Autoren dieser Anthologie: Rolf Lappert, ›Nach Hause schwimmen‹ (dtv 13830).

Anja Jonuleit, 1965 in Bonn geboren, wuchs am Bodensee auf und lebte einige Jahre im Ausland, wohnt nun aber wieder mit ihrer Familie am Schwäbischen Meer, nahe Friedrichshafen. Sie studierte Italienisch und Englisch und arbeitete als Übersetzerin und Dolmetscherin, bevor sie zu schreiben begann. Ihr erster Krimi erschien 2007. Daneben hat Anja Jonuleit mehrere, teils preisgekrönte Erzählungen und Romane veröffentlicht, wie etwa ›Herbstvergessene‹ (dtv 24788), ein berührender Familienroman über drei Generationen von Frauen, oder zuletzt die märchenhafte Weihnachtsgeschichte ›Neunerlei‹ (dtv 21326).

Rolf Lappert, 1958 in Zürich geboren, zählt zu den meistgelesenen deutschsprachigen Autoren der Gegenwart. Nach einer Ausbildung zum Grafiker begann er mit zwanzig Jahren, Kurzgeschichten, Romane und Gedichte zu verfassen. Von den Achtzigerjahren bis 2004 unterbrach er mehrmals das Schreiben, gründete mit einem Freund einen Jazzclub, reiste kreuz und quer durch die Welt und arbeitete als Drehbuchautor für eine höchst erfolgreiche Sitcom im Schweizer Fernsehen. 2008 feierten die Kritiker und die Leser seinen mitreißenden und unwiderstehlich komischen Roman über einen vom Unglück gebeutelten kleinen Jungen: ›Nach Hause schwimmen‹ (dtv 13830), ausgezeichnet mit dem Schweizer Buchpreis. Zuletzt bei dtv erschienen: ›Auf den Inseln des letzten Lichts‹ (dtv 14095). Seit 2000 lebt Rolf Lappert in Listowel/Irland.

Stefan Maiwald, 1971 in Braunschweig geboren, ist mit einer Italienerin verheiratet und lebt mit seiner Familie auf der Insel Grado zwischen Venedig und Triest. Von dort schreibt er seine Kolumnen und Reportagen, u. a. für ›Freundin‹, ›Merian‹, ›Golf Journal‹, ›SZ-Magazin‹ und ›11 Freunde‹. Seine italienische Familie ist den Lesern mit den köstlich unterhaltenden Bestsellern ›Laura, Leo, Luca und ich‹ (dtv 20960) und ›Meine Schwiegermutter ist cooler als deine‹ (dtv 21115) so richtig ans Herz gewachsen. Weitere Informationen unter: www.stefanmaiwald.com

Stefan Mühldorfer, 1962 geboren, studierte Neuere Deutsche Literatur und Public Relations im Aufbaustudium. Im Anschluss war er als Redakteur für Presse- und Öffentlichkeitsarbeit sowie freiberuflich als Filmredakteur und in der PR-Beratung tätig. Heute lebt er als freier Autor mit seiner Familie in München. Nach seinem mit Eleganz und Leichtigkeit geschriebenen Romandebüt ›Tagsüber dieses strahlende Blau‹ (dtv 13964) entstehen derzeit diverse Erzählungen sowie ein neuer Roman.

Katharina Münk, 1963 geboren, ist Personal Coach für Fach- und Führungskräfte und lebt mit ihrem Mann in Hamburg. Ihr Sachbuch ›Und morgen bringe ich ihn um‹ (2006) und ihr Romandebüt ›Die Insassen‹ (dtv 21299) über drei Ex-Topmanager und eine ehemalige Vorstandssekretärin, die eine Nervenklinik an die Börse bringen wollen, wurden zu großen Bestsellern. Im Herbst 2011 ist ihr neuester Roman ›Die Eisläuferin‹ (dtv 24881) erschienen, in dem einer Regierungschefin das Gedächtnis abhanden kommt.

Jutta Profijt, 1967 in Ratingen geboren, ging nach dem Abitur ins Ausland, verkaufte Walzwerke, unterrichtete Unternehmensvorstände und Studenten. 2003 veröffentlichte sie ihr erstes Buch, seit 2006 ist sie zu neunzig Prozent freie Autorin und zu zehn Prozent Übersetzerin. ›Kühlfach 4‹ (dtv 21129) – erster von bisher vier Krimis über den vorlauten Geist Pascha und den biederen Rechtsmediziner Dr. Martin Gänsewein – wurde nominiert für den Friedrich-Glauser-Preis 2010. Doch auch andere Genres reizen die in der niederrheinischen Provinz lebende Autorin: Zuletzt erschien ihr heiterer Frauenroman ›Blogging Queen‹ (dtv 21306). Weitere Informationen unter: www.juttaprofijt.de

Carlos Salem, 1959 in Buenos Aires geboren, arbeitete nach dem Publizistikstudium fürs Fernsehen und jobbte nebenbei als Kellner, Taxifahrer, Buchhändler, Hotelportier, Werbegestalter, Radiosprecher, Pizzabäcker und Vertreter für

Mittel zur Kakerlakenbekämpfung. 1988 wanderte er nach Spanien aus, wo er zunächst als Journalist für diverse Print- und TV-Medien tätig war. Neben Erzählungen und Lyrik hat er bisher sechs preisgekrönte und in mehrere Sprachen übersetzte Romane veröffentlicht. ›Wir töten nicht jeden‹ (<u>dtv</u> 21302), eine hinreißende Krimiparodie über einen Auftragskiller auf einem FKK-Campingplatz, wurde in Spanien mit dem Premio Novepol 2008 und in Frankreich mit dem Prix Paris Noir 2010 ausgezeichnet. Seit 2000 lebt Salem in Madrid.

Philip Sington, 1962 in Cambridge geboren, berichtete nach dem Studium der Geschichte neun Jahre als Wirtschaftsjournalist aus der spanischsprachigen Welt. Heute lebt er mit seiner Familie in London. Unter dem Pseudonym Patrick Lynch hat er zusammen mit Gary Humphreys mehrere Wissenschaftsthriller veröffentlicht, die sich millionenfach verkauft haben. Eine junge Frau, die ihr Gedächtnis verloren hat und ihren Psychiater auf die Spur eines lange gehüteten Geheimnisses des berühmten Physikers Albert Einstein bringt, steht im Mittelpunkt seines packenden Romans ›Das Einstein-Mädchen‹ (<u>dtv</u> 24783), der Kritik und Leser gleichermaßen begeistert hat. Weitere Informationen unter: www.philipsington.com

Denis Thériault, 1959 in Sept-Îles/Kanada geboren, arbeitete nach dem Studium der Psychologie als Schauspieler, Conférencier und Theaterregisseur, bevor er erfolgreich Drehbücher und Romane zu schreiben begann. Heute lebt der frankokanadische Autor mit seiner Familie in Montréal. Mit der poetischen Liebesgeschichte ›Siebzehn Silben Ewigkeit‹ (<u>dtv</u> 14054), ausgezeichnet mit dem Prix littéraire Canada-

Japon 2006, und seinem lebensbejahenden, ebenfalls preisgekrönten Roman über die Freundschaft zweier Jungen, ›Das Lächeln des Leguans‹ (<u>dtv</u> 24823), hat er viele Leser verzaubert. Vor Kurzem hat er seinen dritten Roman beendet.

Ilija Trojanow, 1965 in Sofia geboren, wuchs in Kenia auf und lebt nach Jahren in Mumbai und Kapstadt heute in Wien. Der weitgereiste und welterfahrene Schriftsteller, Übersetzer und Herausgeber wurde für sein Werk – Romane, Reiseberichte, Essays und Filmbeiträge – schon vielfach ausgezeichnet, unter anderem 2006 mit dem Preis der Leipziger Buchmesse für ›Der Weltensammler‹ (<u>dtv</u> 13581) und zuletzt 2011 mit dem Carl-Amery-Literaturpreis. Im August 2011 ist sein neuester Roman ›EisTau‹ erschienen. Mehr Informationen unter: www.ilija-trojanow.de

Renate Welsh, 1937 in Wien geboren, studierte Englisch, Spanisch und Staatswissenschaften und ist seit 1970 freie Autorin. Ihr Werk, zu dem unter anderem der Kinderbuchklassiker ›Das Vamperl‹ (<u>dtv</u> 7562) wie auch die erfolgreichen Romane ›Liebe Schwester‹ (<u>dtv</u> 25235) und ›Großmutters Schuhe‹ (<u>dtv</u> 25312) zählen, wurde vielfach übersetzt und ausgezeichnet, unter anderem mit dem Deutschen Jugendliteraturpreis und dem Bödeckerpreis. Die Bandbreite ihrer Veröffentlichungen reicht von fantastischen Erzählungen über Kinder- und Jugendliteratur bis zum historischen Roman.